황금빛 로마

*BACHIKAN SATSUJINJIKEN*

by Nanami Shiono

Copyright ⓒ 1992 by Nanami Shiono

Original Japanese edition published by Asahi Shimbun Publishing Co., Ltd.
Korean translation rights arranged with Nanami Shiono
through Japan Foreign-Rights Centre

Published by Hangilsa Publishing Co., Ltd., Korea, 2003

시오노 나나미의 세 도시 이야기 3

# 황금빛 로마

김석희 옮김

한길사

**시오노 나나미의 세 도시 이야기 3 황금빛 로마**

지은이 시오노 나나미
옮긴이 김석희
펴낸이 김언호

펴낸곳 (주)도서출판 한길사
등록 1976년 12월 24일 제74호
주소 10881 경기도 파주시 광인사길 37
홈페이지 www.hangilsa.co.kr
전자우편 hangilsa@hangilsa.co.kr
전화 031-955-2000~3 팩스 031-955-2005

인쇄 오색프린팅 제본 경일제책사

제1판 제1쇄 1998년 7월 15일
제1판 제3쇄 1998년 8월 5일
제2판 제1쇄 2003년 11월 20일
제2판 제7쇄 2021년 7월 10일

값 14,000원
ISBN 978-89-356-5124-5 03900

• 잘못 만들어진 책은 구입하신 서점에서 바꿔드립니다.

초승달이 뜬 로마

"어제 처음 로마에 도착한 사람도 하루만 지나면 마치 태어났을 때부터 로마에 살고 있었던 듯한 얼굴로 시내를 돌아다닌다. 그들을 맞는 로마 사람들도 그들을 이방인으로 보지 않는다."

테베레 강

"열린 창문 아래를 오른쪽에서 왼쪽으로 천천히 흐르는 테베레 강과 초록빛 나무로 둘러싸인 강 건너편의 아름다운 저녁을 멍하니 바라보면서 생각에 잠겨 있던 마르코는 방안에 사람이 들어온 것을 알아차리지 못했다."

### 고대 로마의 콜로세움

"밭이나 가축을 방목하는 땅이면 쉽게 발굴할 수 있지만, 현재 사람이 살고 있는 곳은 그 밑에 옛 도시가 묻혀 있다는 것을 알아도 발굴하기가 어렵다. 교황의 명령이 내려도 상당히 어렵다고 노인은 말했다. '어쨌든 고대에 관심을 갖기 시작한 게 고작 백 년 전부터니까요. 그때까지 유적은 집을 지을 때 쓰는 건축자재의 공급원이나 도적의 소굴이나 비를 피하는 곳에 불과했지요.'"
옆의 그림은 18세기 프랑스 화가 H. 로베르가 콜로세움 안에서 발굴하는 모습을 그린 장면.

## 바티칸 궁

16세기 당시 교황령의 영토는 이탈리아 반도의 5분의 1을 차지하고 있었다. 1450년 무렵부터 이 이야기의 배경이 되고 있는 16세기 중반까지, 파울루스 3세를 제외하면, 백 년 동안 교황령을 다스린 전임 교황 열두 명 가운데는 로마는커녕 교황령 안에서 태어난 사람도 없었다.
이탈리아가 아닌 다른 나라 출신도 셋이나 된다. 로마라는 도시는 최고 권력자인 교황부터가 외국인이었던 셈이다.

### 로마의 도로

"고대 로마 사람들은 길이라는 건 여행 시간의 절약과 쾌적함을 둘 다 만족시켜야 한다고 생각했는지, 직선으로 뚫을 수 있는 곳에서는 반드시 길을 똑바로 뚫어버립니다. 배를 타고 가면 그 거리가 적어도 세 배는 늘어나버립니다."

### 산탄젤로 성

"마르코의 시선은 다리 건너편에 모습을 나타낸 산탄젤로 성에 못박혀 있었다.
　마르코가 난생 처음 보는 산탄젤로 성의 내부구조를 잘 아는 까닭은 베네치아 공화국 첩보기관인
'10인 위원회'에 이 성채에 관한 자세한 정보가 보존되어 있었기 때문이다."

### 미켈란젤로, 시스티나 천장화 가운데
### 「천지창조」, 1508~12

"한창 일하고 있는 예술가의 모습은 천사보다 악마에 더 가깝구나. 예술가의 작업 현장에 와본 적이 없는 마르코는 그저 놀랄 뿐이었다. 마르코는 시스티나 예배당의 천장 가득 그려진 「천지창조」를 보고, 그 웅장한 화면에 당장 마음을 빼앗겨버렸다."

### 로마 속의 고대

"내가 태어나서 자란 베네치아는 중세와 르네상스 시대의 아름다움에서는 다른 어느 도시와도
비교되지 않을 정도이지만, 고대는 어디에도 없습니다. 피렌체 역시 베네치아와 다른 아름다움을
갖고 있지만, 중세와 르네상스의 정신이 결정체를 이룬 꽃의 도시입니다. 그곳에도 고대가 그림자를
떨구고는 있지만, 고대에 신경을 쓰지 않고도 얼마든지 살아갈 수 있습니다. 하지만 로마는 다릅니다."

내가 로마 땅을 밟게 된 그날이야말로 나의 제2의 탄생일이자
나의 진정한 삶이 다시 시작된 날이라고 생각한다.

· 괴테

황금빛 로마

20    작가의 말

25    영원한 도시
43    미켈란젤로
61    파르네세 집안 사람들
81    두 남자
99    고대로의 여행
113    여자의 두려움
119    아피아 가도

137　베네치아 귀족

157　가스파로 콘타리니 추기경

175　마르쿠스 아우렐리우스 황제

195　프레베자 해전

217　본국 소환

237　이별

253　에필로그

257　시오노 나나미를 사랑하는 독자 여러분께 | 옮긴이의 말

263　관련 지도
　　　16세기 지중해 세계
　　　르네상스기의 로마
　　　로마에서 오스티아까지

## 작가의 말

『주홍빛 베네치아』에서 『은빛 피렌체』을 거쳐 『황금빛 로마』로 이어지는 이 도시 삼부작의 진정한 주인공은 인간이 아니라 도시입니다.

투르크 제국의 수도가 된 콘스탄티노플(오늘날의 이스탄불)과 관계를 갖지 않을 수 없었던 16세기 초의 베네치아. 군주국으로 바뀌어가고 있던 동시대의 피렌체. 그리고 르네상스 최후의 교황이라고 불린 파울루스 3세 치하의 로마. 주홍빛 바탕에 금실로 성 마르코의 사자를 수놓은 국기가 지중해를 오가는 선박의 돛대에서 펄럭이던 시대의 베네치아. '은빛 아르노, 황금빛 테베레'라고 시인들이 노래한 아르노 강과 테베레 강이 피렌체와 로마 주민의 생활에 오늘날보다 훨씬 깊이 관여하고 있던 시대의 두 도시 이야기.

그러나 이 세 도시에 대해서라면 이미 썼습니다. 베네치아는 『바다의 도시 이야기』, 피렌체는 『나의 친구 마키아벨리』, 로마는 『체사레 보르자 혹은 우아한 냉혹』 등, 각각 이 도시들을 중심으로 한 작품에서 모두 다루었습니다. 다만 이 삼부작에서는 대상은 같지만 다루는 방식이 다릅니다.

이 삼부작에서 나는 처음으로 주인공 두 사람을 창작하는 기법을 택했습니다. 남녀 주인공에게 이 세 도시를 여행하게 함으로써, 즉 세 도시에서 생활하게 함으로써, 르네상스 시대를 대표하는 베네치아, 피렌체 및 로마라는 세 도시를 묘사해보고 싶었기 때문입니다. 따라서 두 남녀 주인공을 제외한 나머지 인물들은 거의 다 실존 인물입니다. 또한 세 도시에서 일어나는 많은 일들, 예를 들면 베네치아 첩보기관이 사용한 암호 통신, 피렌체의 재판과 처형, 로마에서 활동한 예술가들의 작업 방식 등도 모두 사실입니다. 『황금빛 로마』 첫머리에 로마가 '영원한 도시'인 까닭을 썼는데, 이는 그 시대에 이탈리아를 여행한 몽테뉴의 여행기를 베낀 것입니다.

그래서 이 삼부작은 역사적 사실들을 주워모아 짜맞춘 패치워크가 되었습니다. 두 주인공을 창작하여 그들을 움직일 수 있었기 때문에, 논픽션 색채가 강한 나의 다른 작품에 비해 좀더 자유로운 패치워크가 된 것이지요.

이것은 늘상 내 머리에서 떠나지 않는 생각, 즉 사실은 재현할 수 없지만 사실이었다 해도 이상하지 않은 일은 재현할 수 있다는 생각을 실험한 예라고 해도 좋을까요.

그런데 이 삼부작을 다 쓴 뒤 내 머리에 떠오른 것은 집필을 시작하기 전에는 생각지도 않은 한 가지 사실이었습니다. 16세기 전반이라는 시대를 무대로 삼기로 결정했을 때는 의식하지 못했던 일이지만, 생각해보면 그 시대는 르네상스가 전성기를 지나 쇠퇴기에 접어든 직후입니다. 왜 나는 소설을 쓸 때 융성기를 다루지 않고 쇠퇴기를 무대로 하는 쪽을 선택했을까.

그 이유는 융성기는 소설로 쓸 필요도 없을 만큼 그 자체가 극적이기 때문일 거라고 생각합니다. 상황이 좋든 나쁘든 관계없이, 인간들이 모두 활력에 넘쳐 있습니다. 따라서 소설로 써서 극적으로 구성할 필요가 전혀 없습니다. 그리고 쇠퇴기의 끝무렵이 되면 역시 드라마틱해지니까 소설로 쓸 필요가 없습니다. 『콘스탄티노플 함락』은 내가 극적으로 쓰려고 애쓴 결과 드라마틱해진 것이 아니라, 그 자체가 이미 충분히 극적이었습니다.

반대로 전성기가 지나 쇠퇴기로 접어든 시기에는 활력도 역시 쇠퇴할 겁니다. 우아하게 쇠퇴해가는 시기, 그런 시기야말로 인간이 아니라 도시가 주인공이 되기에 어울리는 시기가 아닐까요. 내가 처음 쓴 소설 작품의 무대를 그 시기에 둔 것은 무의식적으로나마 그런 생각이 있었기 때문이라고 생각합니다.

지금은 『로마인 이야기』에 매달려 있어서 소설을 쓸 형편이 아닙니다만, 언젠가 여유가 생기면 이 삼부작의 속편을 써볼 생각입니다. 어쨌든 마르코 단돌로는 이제 겨우 40대에 접어든 나이니까, 다음에는 대사로 만들어 16세기 전반의 유럽 각국을 돌아다니게 해보면 어떨까요. 내 책꽂이에는 베네치아 공화국 대사들이 본국으로 보낸 통신문이나 본국으로 돌아온 직후에 원로원에서 관례적으로 행했던 보고 연설을 모은 역사서가 즐비하게 꽂혀 있습니다. 이만큼 완비된 정보를 갖추고 있었던 것은 당시에는 베네치아 공화국뿐이었습니다. 런던에서 발견한 『영국 첩보기관의 역사』(*A History of British Secret Service*)라는 책의 머리말에는 '근대 외교는 베네치아에서 태어났다'고 되어 있고, 이는 베네치아가 정보 수집을 중시했기 때문이라고 적혀 있습니다.

정보 수집은 외교에 필수불가결하지만, 그것이 과거가 되면 역사 서술에 필수불가결한 것이 됩니다. 그리고 살인사건을 끼워넣은 역사소설을 쓸 때도 역시 필수불가결해지는 것입니다…….

# 영원한 도시

*로마는 불가사의한 도시라고 마르코는 절실히 생각한다.*
*진정한 의미의 국제도시는 이 로마밖에 없는 것처럼 여겨진다.*

올림피아가 구해준 집은 로마 시내 중심부에서 약간 서쪽으로 치우친 곳을 북쪽에서 남쪽으로 굽이져 흐르는 테베레 강기슭에 자리잡고 있었다.

올림피아와 둘이서 늦겨울에 피렌체를 떠나, 여기저기 발길 닿는 대로 느긋한 여행을 즐긴 뒤 로마에 도착한 마르코 단돌로는, 처음 얼마 동안은 올림피아의 요구에 따라 그녀의 집에서 동거했다.

올림피아의 집은 로마에서도 손꼽히는 고급 창녀(코르티자나)의 집답게, 나보나 광장을 둘러싼 아름다운 동네에 있었다. 이 일대는 원래 고대 로마 황제인 도미티아누스(81~96년 재위)가 세운 스타디움이었지만, 로마 제국이 멸망한 뒤 오랫동안 이어진 중세 시대에 사람들이 그 유적을 조금씩 주택으로 개조했다. 관중석에 해당하는 부분이 주택으로 개조되었기 때문에, 경기장으로 사용된 한복판의 길쭉한 타원형 공간은 그대로 남아서 이제 광장으로 바뀌어 있다.

교황이 즉위하거나 무언가 큰 경사가 있으면 이 광장으로 통하는 다섯 개 도로가 모두 울타리로 폐쇄되고, 그 안쪽에 테베레 강물을 끌어들여 해전 놀이를 하는 일도 있었기 때문에, 해군이나 군함을 뜻하는 '나보'라는 낱말이 광장의 명칭이 되었다고 한다. 하지만 다른 설도 있다. 고대 로마의 언어인 라틴어에서 운동경기를 뜻하는 '아고네스'라는 낱말이 장구한 세월을 거치는 동안 변화하여 '나보나'가 되었다고 말하는 사람도 있다.

16세기 전반인 당시에는 이 광장을 예술품처럼 더 한층 아름답게 변모시킨 베르니니의 세 분수는 아직 없었지만, 그래도 유럽의 신흥 민족인 에스파냐인이나 독일인 유력자들의 저택이 즐비하게 늘어서 있어서, 부자 동네로 여겨졌다.

올림피아의 집은 나보나 광장의 거의 중앙에 면해 있는 건물의 이층 전체를 차지하고 있었다. 서향인 이 집에는 방이 몇 개나 있어서, 동거인인 마르코가 지낼 곳은 얼마든지 있었다. 올림피아는 남자 경험이 많은 창녀답지 않게, 사랑하는 남자와 처음으로 한지붕 밑에서 살게 된 행복에 도취해 있었다.

그러나 로마로 돌아오면, 올림피아도 더 이상 평범한 여자로 지낼 수는 없었다. 고급 창녀가 손님을 접대하는 시간으로 되어 있는 오후가 되면 대기실이 넘쳐날 만큼 손님들이 찾아왔다. 올림피아와 대화만 나누고도 손님들은 비싼 사례금을 흔쾌히 놓고 갔다. 로마에 온 뒤에야 마르코는 자기 애인이 라틴어도 자유자재로 구사하는 박식한 여자라는 것을 알고 놀랐다.

로마에 주재하는 각국 대사들은 본국의 유력자가 찾아오면 반드시 하루 날을 잡아 올림피아의 집에 데려오곤 했다. 올림피아를 방문하는 일도 교황을 알현하는 일과 마찬가지로 유력자 접대에는 빼놓을 수 없는 중요한 행사로 여기는 모양이었다. 또한 로마 사람들도 외국인들만 올림피아를 독점하도록 내버려두지 않았다. 몇몇 추기경은 단골이라고 말해야 할 정도였고, 은행가들도 많이 찾아왔다. 유럽 전역에 이름이 알려진 유명한 장군도 있다. 사회적으로나 경제적으로 혜택받은 이 남자들을 대화와 음악으로 접대하는 것이 올림피아의 일이었다.

올림피아 같은 여인들이 궁정신하(코르티자노)의 여성형인 '코르티자나'라고 불리는 것은 고대 그리스의 '헤타이라'(말동무를 뜻하는 '헤타이로스'의 여성형으로, 고급 창녀나 첩을 의미한다)를 연상시킨다. 이런 고급 창녀와 달리 몸을 파는 일만 전문으로 하는 여자들은 '코르티자나'가 아니라 '프로스티튜타'(매춘부)라고 부른다. 가족을 데리지 않고 혼자 부임하는 외국인이 많은 로마에는 이런 부류의 여자들도 수요자의 주머니 사정에 따라 고급에서부터 하급에 이르기까지 풍부하게 갖추어져 있었다.

매춘부에게는 기둥서방이 붙어 있는 게 보통이지만, 창녀도 고급일수록 특정한 보호자를 갖는 것이 관례라기보다는 상식으로 여겨지고 있었다. 올림피아의 보호자가 누구인지는 마르코도 신경이 쓰였다. 하지만 아무리 보아도 올림피아에게는 보호자가 있는 낌새가 엿보이지 않는다. 그래도 그럴 리는 없으니까, 마르코는 보호자가 있는 낌새를 채지 못하는 것은 자신의 낙관적 관측에 불과한 게 아닐까 생각하기도 했다. 무엇 때문인지 올림피아는 보호자가 있다고도 말하지 않았고 없다고 단언하지도 않았다.

올림피아의 집에서 나와 다른 집에서 살기로 결정한 것은 거기에 구애받았기 때문은 아니다. 만약 거기에 구애받았다면 마르코는 캐물었을 것이다. 그러지 않았던 것은 자기한테는 그럴 권리가 없다고 생각했기 때문이다. 정식으로 그녀와 결혼하기로 결정한 뒤에야 비로소 그럴 권리를 가질 수 있었다.

그렇다고 해서 여자가 그를 거추장스러워한 것도 아니다. 오히려 그와 함께 사는 것을 기뻐하고 있으니까, 그런 상태를 계속 유지할 수도 있었을 것이다. 올림피아와 함께 로마에 오기로 결정했을 당시, 기둥서방 노릇도 나쁘지 않다고 말한 것은 마르코였다. 경호원이 되어줄까 하고 농담조로 제안했다가 올림피아의 웃음을 사기도 했다.

하지만 동거한 지 며칠도 지나기 전에, 고급 창녀의 경호원 노릇은 자기가 할 수 있는 일이 아니라는 사실을 깨달았다. 올림피아에게는 언제나 그 과묵하고 충직하고 덩치 큰 하인이 그림자처럼 따라다녔다. 마르코는 경호원 노릇을 시작도 하기 전에 실직한 셈이다. 그런데도 계속 한지붕 밑에서 사는 것은 마르코의 성격으로 보아 아무래도 기묘한 느낌이 들지 않을 수 없었다.

올림피아는 사랑하는 남자의 마음이 흔들리는 것을 재빨리 알아차렸을 것이다. 마르코가 부탁하기도 전에 그녀가 먼저 나서서 적당한 집을 찾아주었다. 로마에서도 유명한 창녀의 집에 동거하고 있으면, 언젠가는 베네치아의 명문 귀족인 단돌로 가문의 이름이 겉으로 드러나버릴 우려도 있었기 때문일 게 분명하다. 따로 나가 살겠다고 말하고 싶어도 차마 말을 꺼내지 못하고 있던 마르코는 진심으로 고마워하면서 여자의 배려를 받아들였다.

그 대신 올림피아는 마르코에게 저녁식사 때부터 다음날 아침까지는 단둘이 보내겠다는 약속을 받아냈다. 마르코도 이의가 없었다. 이곳 로마에는 해보고 싶은 일이 산더미처럼 많았기 때문에, 올림피아와 함께 아침식사를 하고 나서 저녁식사 때까지 혼자서 시간을 보내는 것은 조금도 어렵지 않았다.

올림피아가 구해준 집은 나폴리의 유서깊은 귀족 가문인 팔코니에리 집안의 저택이라고 한다. 그 집안 사람들이 로마에 머물 때만 사용하는 저택이라서, 저택 일부에 별도의 출입구를 내고 셋집으로 개조하여 남에게 빌려줄 마음이 들었을 것이다.

교황청이 있는 로마에는 유럽 각국에서 파견되는 외교사절이 끊이지 않는다. 상인들은 자국의 상관(商館)에 머물 수 있고, 상관을 두지 않은 나라의 상인들은 여관을 이용한다. 여관은 그들을 위해 있는 거나 마찬가지였다.

외교사절의 경우, 대사를 상주시키고 있는 베네치아 공화국 같은 나라는 대사 관저를 두고 있지만, 당시의 로마에서는 이것이 오히려 예외였고, 프랑스나 영국이나 에스파냐 같은 나라의 대사들조차도 자국 출신 추기경의 저택에 손님으로 신세를 지는 것이 보통이었다.

대사처럼 체면에 신경을 쓸 필요가 없는 보통 사절이라도 언제까지나 상인들과 함께 여관 생활을 계속할 수는 없다.

 일단은 체면을 지킬 수 있고 비용도 별로 많이 들지 않는 셋집에 대한 수요는 경제 중심지인 베네치아보다 오히려 로마가 더 많았다. 외교사절도 상인도 학자도 예술가도 당시에는 가족을 데리고 이동하는 일이 거의 없었다. 혼자 오는 것이 보통이다. 남자 혼자서 하인을 한두 명 데리고 살기에 맞춤한 아담하고 품위있는 집을 외국인 손님에게 빌려주는 것은 로마에서는 귀족조차도 무시할 수 없는 수입원이었다.

 팔코니에리 저택의 정면 출입구는 '비아 줄리아'라고 부르는 도로에 면해 있었다. 곧게 뻗은 이 도로는 불과 20년 전에 닦인 신작로이다. 교황 율리우스(이탈리아어로는 줄리오) 2세의 명으로 만들어진 길이라서, 줄리오의 거리라는 뜻으로 이런 이름이 붙여졌다. 길을 뜻하는 '비아'(via)라는 낱말은 여성형이니까, 거기에 이어지는 이름 줄리오도 남성형 어미를 여성형으로 바꾸어 줄리아가 된 것이다.

 이 길을 사이에 두고 비스듬히 맞은편에는 아직 완공되지 않았는데도 벌써부터 그 거대한 규모와 당당한 위용으로 주위를 압도하는 파르네세 궁전이 보인다. 현재의 로마 교황 파울루스 3세는 파르네세 집안 출신이니, 말하자면 로마 교황의 호화로운 사저가 건설되고 있는 것이다.

 마르코가 세든 집은 사람 왕래가 많은 줄리아 가에서 출입하도록 되어 있지 않았다. 이 거리에서 팔코니에리 저택의 벽을 따라 직각으로 구부러지는 골목이 테베레 강 쪽으로 뚫려 있고, 이 골목에 언뜻 눈에 띄지 않는 작은 문이 있었다.

늘 닫혀 있는 그 문을 열고 안으로 들어가면 아담한 안뜰이 나온다. 거기서 위층으로 통하는 돌계단을 올라가면, 마르코가 빌린 방으로 곧장 갈 수 있도록 되어 있었다. 팔코니에리 집안 사람이 로마에 와 있어도, 마르코는 그들과 얼굴도 마주치지 않고 자유롭게 드나들 수 있어서 편리했다.

단돌로 가문은 유럽 각국의 궁정에서도 잘 알려진 베네치아의 명문이다. 그런 집안의 우두머리가 숨어 살기에는 안성맞춤인 집이라고 마르코는 생각했다. 주위와 너무 외떨어진 집은 오히려 남의 눈에 띌 우려가 있지만, 이 정도의 집이라면 그럴 염려도 거의 없었다. 호젓한 출입구를 통해 저택 정면의 줄리아 가로 나가서 북적거리는 인파 속에 섞여버리면, 마르코도 대도시 군중의 한 사람이 될 수 있었다.

또한 올림피아가 고른 집인 만큼, 내부 구조도 살기 편할 뿐더러 '영원한 도시' 로마에 살고 있다는 것을 날마다 실감하며 즐길 수 있는 집이었다.

셋집 입구로 들어가면, 바로 오른쪽에 하인용 방이 있다. 하인이 문지기 역할까지 맡을 수 있도록 하려는 배려이다. 하인용 방 옆에는 아담하면서도 밝은 부엌이 있었다.

현관 바로 맞은편에는 널찍한 거실이 있고, 거실 오른쪽은 식당이다. 식당과 부엌이 붙어 있는 것은 고용인을 많이 데리고 다닐 수 없는 외국인을 위한 것이 분명하다. 넓은 거실 왼쪽에는 널찍한 침실이 있다. 그리고 돌기둥에 담쟁이덩굴이 휘감겨 있는 조용하고 시원한 테라스는 거실에서도 침실에서도 나갈 수 있도록 되어 있었다. 집은 서남향이라서, 아담한 집인데도 구석구석까지 환하다. 테베레 강을 따라 불어오는 강바람이 상쾌했다.

침실에서도 거실에서도 테라스에서도 오른쪽으로 고개를 돌리면, 눈앞을 흐르는 테베레 강 건너편에 우뚝 서 있는 바티칸 궁전을 볼 수 있다. 또한 고대를 생각하고 싶으면, 포로 로마노와 콜로세움이 가까운 거리에 있으므로 집을 나가서 조금만 걸으면 된다.

게다가 이 저택에는 전용 선착장까지 딸려 있었다. 올림피아는 전용 선착장이 있는 건 로마에서 이 집뿐이라고 자랑스럽게 말했다.

선착장은 지붕도 벽도 없는 허술한 구조가 아니다. 돌로 만든 튼튼한 아치가 강을 향해 열려 있고, 그 안에 배를 대도록 되어 있다. 강 건너편에서는 이쪽에 선착장이 있는 것을 알 수 있지만, 강 쪽으로 돌출한 구조가 아니기 때문에 테베레 강 동쪽 연안인 이쪽에서는 선착장이 있는 것을 알 수 없다. 작은 배는 이용할 수 있을 듯싶은데, 말뚝에 묶인 낡은 밧줄로 보아 오랫동안 사용되지 않은 것을 짐작할 수 있었다.

그래도 직접 배를 댈 수 있는 베네치아의 자기 집에 익숙한 마르코는, 공용 선착장까지 가지 않고도 강에 배를 띄울 수 있다는 것만으로도 마음이 부드러워진다. 뱃놀이나 해볼까 생각했지만, 베네치아 석호의 잔잔한 수면과 달리 테베레는 강이다. 강폭도 피렌체의 아르노 강보다 훨씬 넓다. 다만 물살은 별로 빠르지 않은 듯이 보였다.

이 집에서 마르코의 로마 생활이 실질적으로 시작되었다. 그것은 모든 것을 순수한 마음으로 바라보고 천천히 혼자 생각할 수 있는 여유를 다시 얻었다는 뜻이기도 했다.

로마는 불가사의한 도시라고 마르코는 절실히 생각한다. 진정한 의미의 국제도시는 이 로마밖에 없는 것처럼 여겨진다.

어제 처음 로마에 도착한 사람도 하루만 지나면 마치 태어났을 때부터 로마에서 살고 있는 듯한 얼굴로 시내를 돌아다닌다. 그들을 맞는 로마 사람들도 이방인을 바라보는 눈으로 그들을 보지 않는다. 옆을 걷고 있어도 돌아보지도 않는다. 그런데 거지조차도 상대가 프랑스인이면 프랑스어로, 에스파냐인으로 보이면 에스파냐어로 "나리, 이 불쌍한 놈에게 한푼만 적선합쇼" 하고 아주 자연스럽게 말한다.

마르코의 고국인 베네치아 시내에서도 상당히 많은 외국인과 마주치게 된다. 정치의 중심지인 산 마르코 광장이나 경제의 중심지라 해도 좋은 리알토 다리 부근에서는 독일어와 프랑스어, 그리스어, 투르크어와 아랍어까지도 불어오는 바람처럼 자연스럽게 귓전을 스치고 지나간다. 프랑스도 에스파냐도 영국도 외교교섭을 위해선지 첩보활동을 위해선지 알 수 없는 사람들을 베네치아에 상주시키고 있고, 여관 주인에서부터 곤돌로 사공에 이르기까지 외국어 두세 개를 이해하는 것은 당연할 정도다. 베네치아에 사는 외국인 수는 런던이나 파리, 마드리드, 앤트워프 같은 대도시보다 훨씬 많다는 것이 정설이다.

베네치아가 외국인에게 이토록 매력이 있는 것은 물론 경제적 이익 때문이지만, 누구도 차별하지 않는 공정한 사회제도 덕분이기도 하다. 베네치아에 거주하는 외국인들은 종교나 국적이 다르다는 이유로 박해받거나 추방당할까 걱정할 필요가 없다. 안심하고 경제활동에 전념할 수 있는 베네치아는 정치체제가 공화제이기 때문에, 전제군주의 변덕을 두려워할 필요도 없었다.

그런데…… 순수한 베네치아 귀족인 마르코 단돌로는 생각한다. 그런데 베네치아의 외국인에게는 '일시 체류자'라는 인상이 늘 따라다니는 것은 무엇 때문일까.

세계시민적인 도시가 될 자격은 콘스탄티노플도 충분히 갖고 있다. 비잔틴 제국이라고도 불린 동로마 제국의 수도로 천 년의 역사를 가졌고, 불과 백 년 전에 콘스탄티노플을 함락시킨 투르크도 수도를 그곳으로 옮겼을 만큼 아시아와 유럽을 잇는 요충으로 중요한 도시다. 경제적 이익에 이끌려 전세계에서 상인들이 모여드는 것도 당연하다. 투르크의 술탄은 철저한 전제군주지만, 그의 변덕에도 아랑곳하지 않고 상인들이 모여드니까, 오리엔트의 부가 집중되는 콘스탄티노플의 매력은 다른 어느 도시도 따라가지 못할 것이다. 투르크 식으로는 이스탄불이라고 부르는 이 도시에 베네치아는 외교 기지인 대사관은 물론, 경제활동 기지인 상관까지 두고 있었다. 콘스탄티노플에 상설되어 있는 베네치아 상관은 유럽 국가들 중에서는 가장 규모가 컸다.

이처럼 콘스탄티노플에 거주하는 외국인은 전통적으로 항상 많았고, 그것은 현실적인 이익 때문이기도 했다. 게다가 투르크는 1453년에 동로마 제국을 멸망으로 몰아넣은 뒤, 주변 국가에 대한 침략 전쟁에 차례로 성공하여 대제국으로 변모한 나라다. 언어나 종교가 다른 많은 민족이 투르크 제국에 정복당했고, 제국의 수도인 콘스탄티노플은 그런 다민족 국가의 성격을 어디보다도 잘 반영하는 도시였다.

그리스어를 사용하고 그리스정교를 믿으며 과거에는 비잔틴 제국의 주인공이었던 그리스인. 오리엔트에 살고 있으면서도 이슬람 세계 안에서 기독교를 고수한 아르메니아인.

어쩔 수 없이 전세계에 흩어져 살면서도 자기네 종교인 유대교를 끝까지 지키며 강인하게 외국에 침투하는 데 성공해온 유대인. 투르크에 정복당한 뒤, 기독교를 버리지 않은 사람과 이슬람교로 개종한 사람으로 나뉘어버린 슬라브 민족. 종교는 정복자인 투르크 민족과 같은 이슬람교를 믿으면서도, 투르크 제국의 피정복자가 되어버린 아랍인들.

이처럼 다양한 민족을 품에 안은 다민족 국가가 존재할 수 있는 것은 투르크인이 아랍인에 비해 종교적으로 너그러웠기 때문이지만, 군사나 행정에서는 상당한 수완을 발휘하는 투르크인도 경제에서는 도저히 칭찬받을 만한 상태가 아니었다는 이유가 크다. 반대로 군사나 행정 능력이 뒤떨어지는 그리스인, 아르메니아인, 아랍인 중에는 장사 수완이 뛰어난 사람이 많았다. 그리고 유럽과의 교역에서는 베네치아인을 비롯한 유럽인이 없으면 어찌해볼 도리가 없었다.

하지만 이런 콘스탄티노플에서도 유럽인들은 일시 체류자의 기분을 떨쳐버릴 수가 없다. 원래 그 땅의 주민이던 그리스인이라면 이슬람 교도가 나라를 다스리게 되었다 해도 거기에 계속 눌러살 수밖에 없지만, 흔히 라틴인이라는 총칭으로 불리는 유럽인들은 언제든 돌아갈 수 있는 고국이 있다는 생각이 늘 머리 한구석에 달라붙어 있기 때문일까.

그런데 로마의 외국인들은 돌아갈 수 있는 고국이 있는데도, 마치 자기 집에 있는 듯한 느낌으로 로마에서 살고 있다.

로마에는 산업이라고 말할 수 있는 것이 하나도 없다. 베네치아 같은 경제 중심지도 아니고, 지금은 유럽의 정치를 좌우하게 된 에스파냐 왕이나 프랑스 왕이 궁정을 두고 있는 것도 아니다. 그래도 외국인 수가 많은 것은 기독교의 본산인 바티칸이 존재하기 때문이지만, 그렇다고 해서 로마에 사는 외국인이 모두 성직자인 것도 아니다.

로마에는 온갖 부류의 외국인이 있다. 성직자는 물론, 학자와 예술가, 은행가, 장군, 창녀, 그리고 단순히 로마를 방문하고 싶은 생각만으로 여기까지 찾아온 다양한 신분의 여행자도 많다. 이들이 로마에 도착하면 모두가 하나같이 로마화되어버린다. 로마에 오자마자, 마치 태어났을 때부터 로마에 살고 있는 토박이 같은 얼굴로 살기 시작하는 것을 보면 유쾌하기까지 했다.

무엇 때문일까. 마르코는 생각에 잠긴다. 베네치아 사람인 마르코도 그러니까, 이것은 남의 문제가 아니라 그 자신의 문제이기도 했다. 바로 그렇기 때문에 로마라는 도시의 이런 측면이 지난 사나흘 동안 마르코의 머리를 완전히 점령하고 있었다.

로마에 살고 있는 다른 외국인들은 어쩌면 이런 의문조차 품지 않을지도 모른다. 의문을 품지 않아도 될 만큼 외국인을 감싸 버리는 로마의 매력은 온화하고 자연스럽고 상쾌한 것인지도 모른다.

마르코가 이런 생각에 잠긴 것은, 그가 마흔 살을 눈앞에 둔 베네치아 귀족으로서 베네치아 공화국의 최고의결기관인 원로원 의원을 지냈을 뿐 아니라, 그 나라의 첩보기관으로 투르크에까지 이름이 알려진 '10인 위원회' 위원을 지낸 전력을 갖고 있었기 때문일 것이다. 사람의 인간적 성숙은 그가 경험한 일에 영향을 받을 수밖에 없는 법이다. 마르코도 이처럼 얼핏 보기에는 하찮은 현상이라도 그 이면에 얽힌 인과관계를 생각지 않을 수 없게 되어 있었다.

그 요인은 결국 하나로 귀착되지 않을까 하고 마르코는 생각했다.

그것은 바로 로마를 다스리는 로마 교황이 통치자로서 갖는 성격의 특이성이다. 가톨릭 교회의 수장이라는 종교인으로서의 특이성만이 아니다. 16세기 당시, 로마 교황은 이탈리아 반도 안에 있는 마르케, 움브리아, 라치오 지방으로 이루어진 영토의 통치자이기도 했다. 이탈리아 반도의 5분의 1을 차지하는 이 영토를 '교황령'이라고 부른다.

그렇다 해도, 역시 세속 군주와는 다르다. 프랑스나 에스파냐, 영국의 왕들처럼 세습 군주는 아니다. '콘클라베'라고 부르는 추기경 회의에서 선출되어 교황에 즉위하는데, 죽을 때까지 그 지위를 누리는 것은 허용되지만 세습은 허용되지 않는다. 따라서 교황이 죽을 때마다 콘클라베가 열린다. 그리고 콘클라베에서는 국적도 신분도 전혀 상관하지 않고 후임 교황을 선출한다.

초대 교황은 예수 그리스도의 열두 제자 가운데 좌장격이던 성 베드로니까, 교황청의 역사도 1500년이 넘는 셈이지만, 백 년 전인 1450년 무렵부터 이 당시까지의 교황만 열거하면 다음과 같다.

니콜라우스 5세(1447~1455)는 토스카나 지방 출신.

칼릭스투스 3세(1455~1458)는 에스파냐 태생.

피우스 2세(1458~1464)는 시에나 태생.

파울루스 2세(1464~1471)는 베네치아 귀족 출신.

식스투스 4세(1471~1484)는 북이탈리아의 사보나 태생. 시스티나 예배당을 세운 것으로 유명하다.

이노켄티우스 8세(1484~1492)도 사보나와 가까운 제노바 태생.

알렉산데르 6세(1492~1503)는 에스파냐의 보르자 가문 출신.

피우스 3세(1503)는 시에나 태생.

율리우스 2세(1503~1513)는 북이탈리아의 사보나 태생. 시스티나 예배당 천장화를 비롯하여 미켈란젤로에게 많은 작품을 주문한 것으로 유명하다.

레오 10세(1513~1521)는 메디치 가 출신으로 피렌체 태생.

하드리아누스 6세(1522~1523)는 네덜란드의 위트레흐트 태생. 클레멘스 7세(1523~1534)도 메디치 가 출신으로 피렌체 태생. 그리고 3년 전인 1534년부터는 파르네세 가문 출신의 파울루스 3세가 교황의 삼중관을 쓰고 있었다.

현재 교황 파울루스 3세만은 로마에서 태어났지만, 지난 백 년 동안 교황령을 다스린 전임 교황 열두 명 중에는 로마는커녕 교황령 안에서 태어난 사람도 없다. 이탈리아가 아닌 다른 나라 출신도 셋이나 된다. 로마라는 도시는 최고권력자인 교황부터가 외국인이었던 셈이다.

최고통치자의 자리를 차지하고 있는 사람이 이방인이라면, 측근 중에도 이방인이 많은 게 당연하다. 게다가 로마 교황에는 추기경들 중에서도 고령자가 선출되는 것이 보통이니까 재위 기간도 자연히 짧아져서 길어야 10년이다. 하나의 이방이 세력을 확립하고 다른 이방을 배제하기에는 너무 짧은 기간이다.

그 결과, 외국인들조차도 자기 도시로 생각할 정도의 개방성이 로마라는 도시의 성격이 된 게 아닐까 하는 생각이 든다. 이 로마에서는 도시의 구성분자인 주민도, 그 주민들의 기질도 세계시민적인 색채가 짙어지는 것이 당연했다.

생각해보면 이는 고대 로마에서도 마찬가지가 아니었을까 하고 마르코는 생각했다. 로마 제국 황제들도 서기 1세기까지는 로마 출신이었지만, 그후에는 조금씩 속주 출신으로 바뀌었다. 네로 황제는 로마 귀족 출신이지만, 그로부터 불과 1년 뒤에 황제가 된 베스파시아누스는 이탈리아 출신이긴 해도 로마 태생은 아니다. 서기 2세기로 넘어갈 무렵에 즉위한 트라야누스 황제와 그 후임인 하드리아누스 황제는 에스파냐로 이주한 로마인의 자손이긴 했지만, 에스파냐 태생이다.

3세기와 4세기에는 로마 황제도 변경 지방 출신이 많아진다. 카라칼라 황제는 북아프리카 출신이고, 시리아나 다뉴브 강기슭 출신도 있다. 디오클레티아누스 황제와 콘스탄티누스 대제의 출신지인 달마티아는 아드리아 해를 사이에 두고 이탈리아와 맞닿아 있으니, 제국의 수도 로마와는 그래도 가까운 편이다. 로마 제국 황제가 되려면 반드시 로마 시민권을 갖고 있어야 했지만, 로마 출신이냐 아니냐는 아무 관계도 없었다.

그리고 로마 시민권은 카라칼라 황제 시대에 제국 안의 모든 자유민에게 주어졌다. 이론적으로는 광대한 로마 제국의 어디에서 태어났다 해도, 로마 시민권만 갖고 있으면 누구나 황제가 될 수 있었던 셈이다.

고대 로마 시대에 최고통치자의 자격 요건이 로마 시민권 소유자였다면, 로마 제국이 붕괴한 뒤에는 그 요건이 기독교를 믿는 사람으로 바뀌었다고 생각할 수도 있다. 그렇게 생각하면, 로마 교황이 에스파냐 태생이든 네덜란드 출신이든 문제삼을 이유는 전혀 없다.

로마라는 도시는 이처럼 고대부터 줄곧 동포와 이방인을 차별하지 않는 도시였다. 이런 의미에서는 다른 어떤 도시도 로마와 어깨를 나란히 할 수 없을 게 분명했다.

베네치아는 경제나 다른 분야에서는 외국인의 활동에 완전한 자유를 주지만, 정치에는 참여시키지 않는다. 콘스탄티노플에서도 국정만은 톱카피 궁전에 틀어박혀 있는 투르크인들이 담당하고 있었다.

어떤 도시가 국제도시인지 아닌지는 거기에 사는 외국인의 수에 달려 있지 않다고 마르코는 생각했다. 진정한 의미에서 개방적인 이 로마에 기독교의 포교 본거지를 둔 성 베드로와 성 바울은 보기 드문 전략적 사고의 소유자가 아니었을까. 그렇게 생각하자, 마르코는 쓴웃음을 짓지 않을 수 없었다.


열린 창문 아래를 오른쪽에서 왼쪽으로 천천히 흐르는 테베레 강과 초록빛 나무로 둘러싸인 강 건너편의 아름다운 저택을 멍하니 바라보면서 생각에 잠겨 있던 마르코는 방안에 사람이 들어온 것을 알아차리지 못했다.

뒤에서 부드러운 팔이 뻗어와 가슴을 얼싸안고 등에 따뜻한 살결의 온기가 느껴졌을 때, 마르코는 그게 누구인지 알았지만 돌아보지 않고 그대로 있었다. 여자도 남자의 등에 얼굴과 가슴을 눌러대고 두 팔을 남자의 가슴으로 돌린 채 움직이지 않는다. 조용하고 평화로운 시간이 모래시계보다 훨씬 느린 속도로 지나간다.

"당신을 진정으로 사랑해."

남자의 말에 여자는 말없이 온몸을 내맡기는 것으로 응답했다. 지금 마르코가 자기 가슴에 둘러진 여자의 팔을 풀고 그녀의

영원한 도시 *41*

몸에서 떨어지기라도 하면, 여자는 버팀대를 잃고 쓰러져버릴 뿐 아니라 그대로 녹아서 사라져버릴 것만 같았다.

 얼마나 시간이 지났을까. 둘 다 움직이지 않고 있었던 시간은 고작 몇 초였을지도 모른다. 아니, 어쩌면 좀더 오랫동안 그대로 있었을지도 모른다. 먼저 팔을 푼 것은 올림피아였다. 그녀는 팔을 풀고 앞쪽으로 돌아오더니, 마침내 약속을 지킬 수 있었다는 기쁨을 우쭐한 미소로 나타내며 말했다.
 "내일이라면 보러 와도 좋대요. 그 까다로운 마에스트로(거장)를 설득하는 건 여간 힘든 일이 아니었지만."
 시스티나 예배당 천장에 그려진 「천지창조」를 보고 싶다고 부탁한 것은 로마에 도착한 직후였다. 그런데 이제야 겨우 허락이 떨어졌다는 것이다.
 고명한 조각가이자 화가인 미켈란젤로는 이번에는 시스티나 예배당의 정면 벽에 다른 벽화를 그리고 있는 중인데, 제작 현장에 남이 들어오는 것을 몹시 싫어한다는 게 지금까지 거절당한 이유였다.
 누가 움직였을까. 누가 주선해준 덕분일까.
 마르코가 물어도, 여자는 미소만 지은 채 대답하지 않았다.

# 미켈란젤로

*한창 일하고 있는 예술가의 모습은 천사보다 악마에 더 가깝구나.*
*예술가의 작업 현장에 와본 적이 없는 마르코는 그저 놀랄 뿐이었다.*

 마르코의 셋집에 여자는 옷을 몇 벌 놓아두고 있었다. 마르코와 함께 외출할 때를 위해서다. 피렌체에서 황제의 첩자 노릇을 하고 있을 때처럼 수수하고 검소한 서민 여자의 옷은 아니다. 그렇다고 해서, 옷차림만 보아도 로마에서 손꼽히는 창녀라는 것을 짐작할 수 있는 화려하고 공들인 비단옷도 아니었다.

 옷감도 고급이고 바느질도 일류 솜씨라는 것은 한눈에 알 수 있지만, 색깔이나 무늬는 은은한 느낌으로 통일되어 있었다. 요즘 유행하고 있는 섬세한 무늬의 레이스를 사용하고 있지만, 여봐란듯이 과시하지 않아서 오히려 고상해 보였다.

 진정으로 사랑하는 남자가 있는 여자는 옷차림까지도 상대 남자에게 어울리게 바꾸는 법일까. 마르코는 누가 보아도 미남이지만, 미남이라기보다 기품있는 남자라는 인상이 더 강했다.

 행동거지가 느긋한 것은 옛날부터 변함이 없었다. 걸음걸이도 남의 눈에는 조금 긴 팔다리를 주체하지 못해서 그러는 것처럼 보일 만큼 조용한 느낌이지만, 본인은 게으른 탓이라고 믿고 있었다. 마르코는 키만 큰 게 아니라 몸매도 후리후리해서, 동작이 조금 굼뜬 것도 태평스럽다기보다 품위있어 보였다.

올림피아가 마르코를 처음 만났을 무렵에는 없었던 주름살이 이 무렵에는 두 뺨에 세로로 새겨져 있었다. 하지만 그것도 두 사람이 알게 된 뒤의 세월을 나타내고 있는 듯해서, 여자에게는 사랑스럽게 느껴지기까지 했다. 그리고 갸름한 얼굴에 새겨진 주름은 중년 남자의 은근한 멋을 풍겼다.

서른 살에 베네치아 공화국 원로원 의원으로 선출되어 다소 들떴던 시절로부터 어느덧 10년이란 세월이 지나갔다. 올림피아의 옷차림이 마르코와 함께 보내는 시간만이라도 그와 어울리도록 고상하게 바뀐 것은 여자의 마음이 자연스럽게 반영된 결과일 것이다.

그녀가 예의를 갖추면서도 친밀감을 담아 '마에스트로'라고 부르는 미켈란젤로를 만나러 가는 오늘도 그녀가 화려하진 않지만 품위있는 옷을 고른 것은 마르코에 대한 그녀의 감정을 드러내주었다.

감색 벨벳 옷감이 올림피아의 맑은 살결과 단아한 자태를 돋보이게 했다. 깊이 파인 옷깃은 진주빛 레이스로 장식되고, 장신구는 올림피아 스스로 '라파엘로의 목걸이'라고 명명한 목걸이 밖에 걸치지 않았다. 피렌체에 머물고 있을 때 마르코가 보석세공사에게 주문하여 올림피아에게 선물한 바로 그 목걸이였다. 이 무렵에는 이탈리아에서도 아랍인의 풍습인 귀고리가 유행하고 있어서 여자들은 다투어 귓불에 구멍을 뚫고 귀고리를 달았지만, 올림피아는 그렇게 하지 않았다.

상큼하게 뻗은 목덜미가 자랑이어서, 올림피아는 주로 목걸이를 즐겨했다. 많은 목걸이 중에서도 '라파엘로의 목걸이'를 특히 좋아해서, 아무래도 옷차림에 어울리지 않을 때는 자못 유감스러운 듯 거울 앞에 목걸이를 내려놓고 다른 목걸이를 걸었다.

오늘은 그 목걸이가 잘 어울리는 옷을 입고 있었다. 여자는 헝클어진 머리를 매만지면서 거울 속의 남자에게 말했다.

"제 다리로는 걸어가기가 조금 멀어서 마차를 대기시켜두었어요."

집 앞에는 말 한 마리가 끄는 무개 마차가 기다리고 있었다. 과묵하고 충직하고 덩치 큰 하인이 마부 노릇을 할 모양이다. 하인은 아직도 마르코한테는 목례밖에 하지 않는다.

두 사람을 태운 마차는 골목을 빠져나가 넓은 줄리아 가로 들어섰다. 교황 파울루스 3세의 사저가 지어지고 있는 이 거리에는 거기에 자극을 받은 로마 유력자들이 유행처럼 저택을 짓고 있어서, 줄리아 가 일대가 고급 주택가로 바뀌어가고 있었다. 길 양쪽에 아름다운 집들이 늘어서게 되면, 길 자체가 아름다워지는 것은 어느 도시나 마찬가지다.

게다가 이 길은 대개 곡선을 이루고 있는 로마 시내의 도로들 중에서는 예외적으로 곧장 뻗어 있었다. 경쾌하게 나아가는 마차에 몸을 내맡기기에는 가장 알맞은 길이기도 했다.

말없이 앉아 있는 남자를 올림피아는 절대로 방해하지 않는다. 다만 남자의 손에 조용히 자기 손을 겹쳐놓았을 뿐이다.

줄리아 가를 빠져나온 다음, 그 오른쪽으로 비스듬히 뚫려 있는 또 다른 길도 빠져나가자, 갑자기 시야가 탁 트였다. 테베레 강기슭에 도착한 것이다. 마차는 천천히 속도를 줄여, 강의 이쪽과 저쪽을 이어주는 돌다리 쪽으로 굴러갔다.

 그러나 마르코의 시선은 다리 건너편에 모습을 나타낸 산탄젤로 성에 못박혀 있었다. 그 유명한 건물이 지금은 교황궁의 요새로 쓰이고 있다는 것은 베네치아 태생인 마르코도 알고 있었다. 10년 전 로마가 독일과 에스파냐 연합군의 공격을 받았을 때 교황이 피신한 것도 산탄젤로 성이었다. 성벽 형태의 통로가 교황궁과 이 성채를 연결하고 있었다.

 다만 이 성채는 중세나 르네상스 시대에 세워진 것이 아니다. 흉벽을 둘러친 당당한 겉모양은 중세적인 느낌을 주지만, 원래는 고대 로마의 황제인 하드리아누스의 무덤이다. 그것을 르네상스 시대 건축가들이 고대 로마 시대에 지어진 건물 특유의 견고한 구조를 살리면서 현재의 요구를 충족시키는 방식으로 개조한 것이 산탄젤로 성이었다.

 산탄젤로 성에는 1년 정도는 충분히 농성할 수 있는 설비가 갖추어져 있다. 마실 물은 성채 안에 있는 우물에서 길어 먹고, 허드렛물은 바로 옆을 흐르는 테베레 강물을 끌어들여 쓰도록 되어 있다. 식량을 비축해놓을 장소도 있다. 무기도 대포에서부터 화살에 이르기까지 상비되어 있어서, 적이 언제 쳐들어와도 걱정할 필요가 없었다. 교황과 추기경들의 농성 생활이 불편하지 않게 하려는 배려 때문이겠지만, 위층에 있는 방들의 쾌적한 구조는 다른 궁전보다 나으면 나았지 못하지는 않았다.

난생 처음으로 산탄젤로 성을 보고 그 안에는 아직 들어가본 적도 없는 마르코가 이런 여러 가지 사실을 알고 있는 것은 베네치아 공화국 첩보기관인 10인 위원회에 이 성채에 관한 자세한 정보가 보존되어 있었기 때문이다. 유럽 최고의 첩보기관으로 자타가 인정하는 베네치아의 10인 위원회는 우호국에 대해서도 정보 수집을 게을리하지 않는다. 마르코 단돌로는 거의 10년 동안이나 10인 위원회 위원이었다.

마르코는 마차가 다리를 건너갈수록 마차를 덮을 듯 다가오는 산탄젤로 성의 위용에 압도당해 있었기 때문에, 그들이 탄 마차가 갑자기 다리 왼쪽으로 비키면서 멈춰선 이유를 얼른 알아차리지 못했다.

무지개 모양으로 완만하게 솟아 있는 돌다리 저편에서 모습을 나타낸 것은 20기쯤 되는 기병들이었다. 투구는 쓰지 않았고 철제 갑옷에 칼을 찼을 뿐이니 전투하러 가는 차림은 아니다. 기병대는 옆으로 비켜서서 기다리는 마르코의 마차를 향해 말발굽 소리를 높이 울리며 다가왔다.

모두 건장한 기사들이지만, 선두에 서 있는 사람은 지위가 높은 장군인 듯 유난히 화려한 갑옷을 입고 있었다. 그 사내도, 그리고 그 뒤를 따르는 기사들도 로마의 귀족들과는 달리 머리를 목덜미 언저리에서 짧게 자르고 있었다. 투구를 쓸 때의 편의를 위해서다. 직업 군인들인 게 분명하다. 선두에 선 장군은 당당한 체구의 소유자였고, 새까만 머리와 수염으로 보아 아직 마흔 살은 안된 듯싶었다.

마르코의 오른쪽에 앉아 있던 올림피아는 마차 가까이 다가온 그 기사에게 화사한 미소와 함께 가볍게 고개를 숙여 인사했다. 그런 올림피아에게 날카로운 눈길을 던져온 기사의 얼굴에는 웃음의 그림자도 보이지 않았다. 그러나 눈길이 여자에게 쏠린 것은 잠시뿐, 쏘는 듯한 기사의 시선은 이내 마르코에게로 돌려졌다.

하지만 기사들이 걸음을 멈춘 것은 아니다. 그들은 마차를 세우고 길을 양보한 마르코와 올림피아 옆을 빠져나가 곧장 뒤쪽으로 사라져갔다. 선두에 있던 사내를 제외한 나머지 기사들은 마차에 눈길도 주지 않았다. 선두에 선 사내의 눈길도 서로의 시선이 교차한 몇 초 동안만 두 사람 쪽으로 돌려졌을 뿐이다.

마차가 다시 움직이기 시작했다. 마르코는 올림피아가 그 기사의 정체를 가르쳐주기를 기다렸지만, 여느 때와 달리 올림피아는 금방 입을 열지 않았다. 그렇다고 해서 마르코가 기다리다 못해 그 사람이 누구냐고 물어볼 만큼 오래 기다리게 하지도 않았다.

"그분이 바로 피에르 루이지 파르네세 공작이세요."

마르코는 무심코 뒤를 돌아보았다. 평소에는 뒤를 돌아보지 않는 마르코로서는 드문 일이었다. 하지만 기사들은 말발굽 소리만 남긴 채 어느새 시야에서 사라진 뒤였다.

피에르 루이지 파르네세라면 교황 파울루스 3세의 맏아들이다. 1503년에 태어났으니까, 서른다섯 살이 될까말까 한 나이다.

결혼이 금지되어 있는 가톨릭 성직자가 자식을 낳으면 추문이므로 많은 성직자들은 자식을 조카라고 말했지만, 파울루스 3세는 추기경 시절부터 그런 것은 상관하지 않는 성격이었던 모양이다. 피에르 루이지도 태어난 지 2년 뒤에 정식 아들로 알려졌다. 그러나 모친의 이름만은 베네치아의 10인 위원회도 끝내 알아내지 못했다.

로마 교황은 모든 기독교도 가운데 가장 지위가 높은 인물로 되어 있다. 신성로마제국 황제의 대관식도 교황이 집전하지 않으면 정식으로 인정되지 않고, 프랑스나 에스파냐 왕이 즉위할 때도 현지 대주교가 교황을 대리하여 대관식을 거행하는 것이 관례로 되어 있었다. 이 무렵에는 교황의 권위에 저항하는 움직임이 독일의 루터와 영국 왕 헨리 8세의 주도로 나타나기 시작했지만, 아직도 로마 교황이 갖고 있는 은연한 위세를 의심하는 사람은 없었다.

물론 명색이 신성로마제국 황제라는 자가 교황의 용서를 받기 위해 눈발 속에 사흘 동안이나 서 있었던 저 유명한 '카노사의 굴욕' 같은 사건은 일어나지 않게 된 지 이미 오래였다. 그것은 종교의 권위가 절대적이던 중세 때 이야기이고, 파울루스 3세가 교황에 즉위한 16세기 전반은 인간의 존엄성에 눈뜬 르네상스를 거친 뒤였다. 하지만 그래도 역시 로마 교황한테는 한수 접고 들어가지 않을 수 없었다. 기독교 국가들이 예외없이 자국 출신을 교황의 보좌역이기도 한 추기경으로 만들어 교황청에 들여보내려고 애쓰는 것이 그것을 실증했다.

이 로마 교황의 마음을 누구보다도 많이 차지하고 있는 것은 누구인가. 그리고 그 인물은 기독교 교회에서 가장 지위가 높은 교황의 호의를 누리기만 하는 것으로 만족하고 있는가. 아니면 그 호의를 이용하여 자신의 야망을 실현하려하는가.

이탈리아 각국만이 아니라 유럽 국가들도 모두 30년 전에 있었던 체사레 보르자의 전례를 잊지 않았다. 교황의 아들이라는 신분을 활용하여 중부 이탈리아에 자신의 왕국을 세우려다가, 동시대의 정치철학자인 마키아벨리에 따르면 인간의 지혜로는 어쩔 수 없는 불운을 당했기 때문에, 결국은 대망을 달성하지 못하고 죽은 풍운아를 잊지 않고 있었다.

마키아벨리의 눈에는 풍운아였던 이 젊은이가 각국 지배자들의 눈에는 기존 질서의 파괴자로밖에 보이지 않았던 것도 당연할 것이다. 체사레 보르자가 서른한 살의 젊은 나이에 죽었을 때, 유럽의 지배자들은 모두 안도의 한숨을 내쉬며 가슴을 쓸어내렸다.

파울루스 3세는 이탈리아 북쪽에 있는 유럽 기독교도들의 비난에도 아랑곳하지 않고 피에르 루이지 파르네세를 당당히 자기 자식으로 인정했다. 게다가 최근에 교황은 이 아들을 교회군 총사령관에 임명했을 뿐 아니라, 이탈리아 북부에 있는 파르마와 피아첸차의 영주로까지 승격시키려 하고 있었다.

체사레 보르자의 야망도 교회군 총사령관의 지위와, 이몰라와

포를리라는 소국의 영주를 출발점으로 삼았다. 피에르 루이지의 눈부신 출세는, 교황의 동향에 주목하지 않을 수 없는 각국 군주들의 마음에 피에르 루이지도 결국 제2의 체사레 보르자가 되지 않을까 하는 의혹을 불러일으킬 수밖에 없었다.

체사레와 피에르 루이지의 유사점은 출생만이 아니다. 피에르 루이지의 야망이 큰 것도 걱정거리였다. 게다가 일급 전략가였던 체사레만큼 화려한 성과를 아직 올리지는 못했지만, 피에르 루이지도 장군으로서 상당히 뛰어난 인물이라는 평판을 얻고 있었다.

그러나 왕국을 새로 세우려면 군사적 재능만으로는 충분치 않다. 정략적인 두뇌가 반드시 필요하다.

마키아벨리가 '위대한 속임수의 명수'라고 감탄한 체사레 보르자는 유럽 각국의 군주들을 자유자재로 조종했지만, 피에르 루이지 파르네세는 체사레 보르자와 같은 냉철한 정열을 갖고 있는 것처럼 보이지는 않았다. 교황 파울루스 3세의 아들은 격정적인 인물로 알려져 있는데, 한 번은 오랫동안 자기를 모신 부하를 자기 손으로 죽여버린 일도 있었다. 베네치아 공화국 10인 위원회의 극비 자료에는 '성질, 흉포함에 가까움'이라고 적혀 있었다.

그렇긴 하지만, 피에르 루이지에 대한 전면적인 지원을 노골적으로 드러내기 시작한 교황 파울루스 3세는 3년 전에 즉위하여 의욕에 차 있었다. 그는 올해 일흔 살이라고는 도저히 보이지 않을 만큼 건장한 육체의 소유자이기도 했다. 그리고 권력을 가지면, 인간은 무엇 때문인지 건강과 장수도 누리게 된다. 앞으로 몇 년 동안 파르네세 교황의 재위가 계속될지 모른다. 그렇기 때문에 피에르 루이지 파르네세는 현재 가장 주목받는 인물이었다.

10년 동안이나 베네치아 국정의 중추부에 있었던 마르코 단돌로가 무심코 마차 위에서 뒤를 돌아본 것도 단순한 호기심 때문만은 아니었다.

올림피아가 평상시와는 달리 말수가 적은 것을 알아차린 마르코는 두 손으로 여자의 손을 감싸쥐면서 농담조로 말했다.

"당신이 인사했는데, 파르네세 공작은 답례도 하지 않더군."

올림피아는 여느 때처럼 여유있는 미소를 지으며 대답했다.

"기분이 안 좋았나 봐요."

피에르 루이지 파르네세에 대한 대화는 이것으로 끝났다. 마차는 건설중인 성 베드로 대성당을 왼쪽으로 보면서 성 안나의 문이라고 불리는 출입구로 향하고 있다. 화려한 군장을 갖춘 스위스 근위병들이 양옆을 지키는 성 안나의 문은 교황궁 통용문이라고 해도 좋았다.

시스티나 예배당으로 곧장 갈 줄 알았는데, 두 사람이 안내된 곳은 반대 방향에 있는 아름다운 방이었다. 추기경이나 대주교의 대기실인 모양이다. 마르코가 여기서 누구를 만나느냐고 올림피아에게 막 물어보려 할 때였다. 옆방으로 통하는 문이 열리더니, 한 소년이 모습을 나타냈다.

정말로 소년이라고밖에 부를 수 없는 나이였다. 진홍빛 추기경 옷을 걸치고 있지만, 나이는 기껏해야 열예닐곱 살쯤일까. 몸도 아직 사나이답게 여물지 않아 호리호리하고 가냘프다. 수염을 기르기에는 돋아나는 수염이 충분치 않은지, 수염도 깨끗이 깎았다.

다만 행동거지에는 숨길 수 없는 기품이 감돈다. 친근한 미소를 지으며 다가온 젊은 추기경에게 올림피아가 먼저 우아하게 무릎을 꿇고, 추기경이 내민 손에 가볍게 입술을 댔다.

"오늘은 향기로운 아름다움을 발산하고 계시군요."

일어선 올림피아는 성직자답지 않은 젊은 추기경의 찬사에 미소로 답하고는, 한 걸음 물러서 있는 마르코를 돌아보며 말했다.

"전에 말씀드린 마르코 단돌로 씨를 데려왔습니다."

이번에는 마르코가 한쪽 무릎을 꿇고 젊은 추기경의 손에 입을 맞추었다. 그러면서 마르코는 자신의 신분이 드러나버렸구나 생각했지만, 일반 사람에게는 허용되지 않는 일을 부탁하자니 올림피아도 사실을 밝힐 수밖에 없었을 거라고 생각했다.

추기경은 마르코한테도 기품있고 정중한 태도를 바꾸지 않았다. 뿐만 아니라 추기경이 된 지 오래되지 않았기 때문인지, 연소자가 연장자를 대할 때처럼 자기 소개까지 했다.

"알레산드로 파르네세입니다. 아직까지는 기회가 없었지만, 언젠가는 꼭 베네치아에 가보고 싶습니다."

이 말에 마르코는 뭔가 적당한 감사의 말로 대답했을 게 분명하지만 확실히는 기억나지 않는다. 그의 머리는 10인 위원회 위원이던 시절로 돌아가 있었기 때문이다.

아직 소년티를 벗지 못한 모습으로 눈앞에 서 있는 젊은 추기경은 아까 다리 위에서 엇갈린 피에르 루이지 파르네세의 맏아들이었다. 교황 파울루스 3세의 직계 손자다.

아버지인 피에르 루이지와는 달리, 젊은 추기경은 어머니의 신분이 확실하다. 그녀는 로마의 대귀족인 오르시니의 딸이다. 친밀감이 담긴 태도에 엿보이는 의젓한 품격은 외가 혈통에 기인하는 것인가 하는 생각도 들었다.

파르네세 추기경과 올림피아는 친한 사이인 듯, 대화하는 모습이 참으로 자연스럽다. 공적인 자리에서도 창녀를 차별하지 않다니, 로마의 고위 성직자는 과연 다르구나 하고 마르코는 감탄했지만, 이날의 올림피아한테서는 그녀가 로마에서 손꼽히는 창녀임을 짐작케 해주는 것은 티끌만큼도 찾아볼 수 없었다. 귀족 부인이라고 소개해도, 모르는 사람은 믿었을 게 분명하다. 마르코는 친밀하게 이야기를 나누는 두 사람한테 조금 따돌려진 느낌이 들었지만, 불쾌감은 갖지 않았다.

젊은 추기경은 미소띤 얼굴을 드디어 마르코에게 돌리고는, 우선 잠시라도 마르코를 따돌리고 올림피아와 둘이서만 이야기한 것을 사과한 뒤, 마르코가 예상치도 못했던 말을 꺼냈다.

"제가 직접 마에스트로가 있는 곳으로 안내하겠습니다. 다른 사람을 보내면 그분께 실례가 될 것 같아서요."

이 말에는 신앙심이 별로 깊지 않은 마르코도 황송한 마음이 들었다. 하지만 파르네세 추기경이 한마디 거들어주었기 때문에 오늘 일도 성사될 수 있었던 것이다. 마르코는 추기경의 호의를 고맙게 받아들이기로 했다.

시스티나 예배당으로 가는 길에 엇갈린 검은 옷차림의 수도사들은 모두 공손히 옆으로 비켜서서 파르네세 추기경에게 경의를 표했다. 나이로 보아도 추기경 회의장의 말석에 앉는 게 고작일 텐데, 현재 교황의 손자쯤 되면 바티칸에서는 대단한 위세를 갖는 모양이다.

시스티나 예배당 입구는 뜻밖에 조촐하고 아담했다. 방문하겠다는 뜻을 미리 알려놓았는지, 굳게 닫혀 있던 문은 추기경이 주먹으로 세 번 두드리자 기다릴 사이도 없이 열렸다.

예배당 안에는 처음 얼마 동안은 문을 열어준 조수밖에 없는 것처럼 보였지만, 이윽고 저 앞쪽 벽면 앞에 세워진 받침대 위에서 한 남자가 내려오는 것이 보였다. 사다리를 타고 내려오는 발놀림이 확실했다. 파르네세 추기경이 그 사내에게 다가갔기 때문에, 마르코도 그 뒤를 따랐다.

남자의 키는 크지도 작지도 않은 중간 정도일까. 하지만 어깨가 딱바라지고 실팍한 체격을 갖고 있었다. 예순 살은 넘었을 터인데, 몸 전체의 균형에는 흐트러진 구석이 보이지 않았다. 몸에 걸친 옷은 염색하지 않은 자연색의 짧은 무명옷이지만, 옷 전체에 온갖 색깔의 물감이 얼룩져 있어서 마치 기발한 무늬옷처럼 보인다. 그 옷을 허리띠로 아무렇게나 졸라매고 있었다. 격투기 선수를 연상시키는 늠름한 다리가 검은 타이츠에 감싸인 것이

미켈란젤로 *55*

윗옷 밑으로 엿보이고, 희끗희끗한 머리는 언제 빗질을 했는지 알 수 없을 만큼 헝클어져 있었다. 얼굴의 아래쪽 절반을 뒤덮은 수염도 손질한 흔적은 보이지 않았다.

한창 일하고 있는 예술가의 모습은 천사보다 악마에 더 가깝구나. 예술가의 작업 현장에 와본 적이 없는 마르코는 그저 놀랄 뿐이었다.

하지만 이 악마는 미소를 지으면 뜻밖에 상냥한 얼굴이 된다. 다만 그것은 이미 아는 사이인 추기경과 그 뒤에 서 있는 올림피아한테만 보여준 얼굴이었고, 추기경이 소개한 마르코에게 돌려진 얼굴은 일을 방해받아 짜증난 사람의 얼굴일 뿐이었다. 파르네세 추기경은 마르코를 베네치아 공화국의 명문 귀족인 단돌로 가문의 우두머리라고 소개했지만, 한창 일에 열중해 있던 미켈란젤로에게는 명문 귀족이든 아니든 훼방꾼임에는 다름이 없는 모양이다. 그러나 마르코는 이런 취급을 당했다고 해서 기분이 상할 남자가 아니었다.

마르코는 시스티나 예배당의 천장 가득 그려져 있는 「천지창조」를 보고, 그 웅장한 화면에 당장 마음을 빼앗겨버렸다. 불편하게 고개를 젖히지 않으면 볼 수 없는 화면이었지만, 그것도 전혀 개의치 않았다. 넓은 천장을 가득 메우고 있는 그림 전체에서 온갖 색깔의 빛이 쏟아져내리고 있는 듯했다. 창문으로 들어오는 햇빛을 반사하고 있다기보다는 화면 자체가 빛을 발하고 있다고밖에는 생각되지 않았다.

마르코 단돌로는 타고난 베네치아 사람이다. 베네치아 사람도 아름다운 것에 대한 사랑에서는 피렌체 사람에게 뒤지지 않는다. 피렌체도 공공 건물을 자국 출신의 예술가들이 재능을 발휘할 수 있는 공간으로 삼는 데 열심이었지만, 베네치아 공화국은 피렌체에 비할 바 아니었다. 국정의 중심인 두칼레 궁전(통령 관저)에 있는 회의장은 모두 베네치아 출신 화가들의 그림으로 메워져 있다.

베네치아도 피렌체와 마찬가지로 국내의 예술품 수요가 왕성했고, 그 수요에 부응할 예술가도 부족하지 않았다.

벨리니 일가, 조르조네, 카르파초, 그리고 이제 유럽 최고의 화가로 꼽히는 티치아노. 이들의 그림에 공통된 풍부하고 아름다운 색채는 베네치아 화파 화가들의 대명사처럼 평판이 높았다. 이들의 작품은 그림 감상의 기쁨을 철저히 만족시켜준다는 데 모든 사람의 의견이 일치했다.

그러나 그림에 관한 한 피렌체 화파 화가들을 넘어섰다는 평을 듣게 된 베네치아 화파의 그림도 미켈란젤로가 그린 「천지창조」처럼 내부에서 뿜어나오는 빛을 느끼게 하지는 못한다. 작품 내부에서 나오는 빛과 아름다움과 힘에 보는 사람이 압도당하지 않을 수 없다. 이것이 화가라기보다는 조각가와 건축가로 세상에 알려진 미켈란젤로의 작품이라니, 오직 그림에만 전념해온 베네치아 화파 예술가들은 그 점을 어떻게 생각할까.

마르코는 전에도 지금과 같은 느낌을 받은 적이 있다는 생각이 들었다. 그리고 잠시 후에야 그게 언제였지를 생각해냈다. 피렌체에 머물고 있을 때, 메디치 가의 로렌치노 저택에서 보티첼리가 그린 「프리마베라(봄)」와 「비너스의 탄생」을 보았을 때였다.

그 두 작품도 그림 자체가 빛을 발했다는 생각이 났다. 보티첼리는 그림에만 전념했다는 점에서는 베네치아 화파 화가들과 비슷했지만, 미켈란젤로와 마찬가지로 피렌체 사람이었다.

예배당의 좌우 벽면에 그려진 다섯 화가(페루지노, 보티첼리, 기를란다요, 로셀리, 시뇨렐리)의 작품들도 훌륭했지만, 「천지창조」만으로도 오늘은 충분하다고 느꼈다. 그래서 마르코는 벽화들을 대충 한 번 둘러보았을 뿐이다. 그러고는 작품을 감상하고 있는 그에게 무심한 눈길을 던지고 있는 미켈란젤로 곁으로 다가가서 말했다.

"더없이 행복한 시간을 주신 데 깊이 감사드립니다."

마르코가 한 말은 이것뿐이었다. 마르코가 더 이상 아무말도 하지 않자, 엄격하게 쏘아보는 듯한 느낌이던 미켈란젤로의 검은 눈동자가 순간 유쾌한 듯 반짝였다.

"논평을 덧붙이지 않는 게 마음에 들었소. 아는 체하고 싶어하는 바보가 하도 많아서 인간이 싫어지기 시작하던 참이라오."

이 말에 파르네세 추기경과 올림피아는 소리내어 웃었다. 그들 두 사람은 괜히 아는 체하다가 미켈란젤로에게 면박당한 사람이 누구누구인지 짐작이 갔기 때문일 것이다. 다시 일을 시작하겠다는 미켈란젤로를 남기고, 세 사람은 시스티나 예배당을 나왔다.

마르코에게 호감을 느낀 것은 미켈란젤로만이 아니었다. 이제까지는 친밀감보다는 정중함이 앞선 태도로 그를 대하던 파르네세 추기경도 약간 허물없는 태도로 바뀌었다. 마르코가 어디에 머물고 있는지를 알고 나서는, 거기라면 자기 집과는 엎어지면 코 닿을 거리니까 한가할 때 한 번 만나자고 말하기까지 했다. 이렇게 되면 신분을 감추고 숨어 산다는 건 생각도 못할 일이 될 테지만, 나쁜 기분은 들지 않았다. 마르코도 소년티가 남아 있는 젊은 추기경이 좋아지기 시작했기 때문이다. 교황의 손자는 솔직하고 열린 마음을 갖고 있는 듯했다.

근위병의 전송을 받으며 성 안나의 문을 나온 두 사람의 마차가 테베레 강으로 빠져나가기 위해 성 베드로 대성당 앞에 접어들었을 때였다.

혼자 깊은 생각에 잠겨 있던 마르코는 옆에 앉은 올림피아의 목소리에 문득 현실로 돌아왔다. 평소에는 좀처럼 들을 수 없는 엄격한 목소리였다. 고개를 돌려보니, 피투성이가 된 사내를 둘러멘 사람들이 마차 옆을 달려가고 있고, 올림피아는 그들에게 다친 사내를 마차에 태우라고 말했다.

여기서 가까운 병원이라면, 테베레 강에 떠 있는 티베리 섬에 있는 병원뿐이다. 마차로 가면 금방이라도 도착할 수 있는 거리다. 부상자를 둘러메고 있던 남자들도 올림피아의 말에 따랐다.

"건축 공사장에서 돌기둥 위에 올려놓은 기둥머리가 떨어져서 다쳤습니다. 어째서 그런 곳을 얼쩡거리고 있었는지……."

그 중 한 사람이 부상사를 마차 바닥에 눕히면서 말했다. 2인승 마차니까, 부상자만 태워도 자리가 꽉 차버린다. 사내들도 부상자를 그녀에게 맡기기로 한 모양이다.

마차가 빠른 속도로 달리기 시작하자, 올림피아는 좌석에서 내려와 다친 사내의 머리를 무릎 위에 올려놓고 마차 바닥에 주저앉았다. 그렇게라도 하지 않으면 부상자의 몸이 안정을 유지할 수 없었기 때문이다. 옷이 더럽혀지는 것 따위는 안중에도 없는 듯했다.

하지만 좌석에 그대로 앉아 있던 마르코는 부상자의 몸을 조사해보지 않고도 상태가 절망적이라는 것을 알아차리고 있었다. 출혈이 심한 상처는 대단치 않은 듯했지만, 등뼈가 부러졌다면 손을 쓸 수가 없다.

달리는 마차가 길바닥에 깔린 마름돌 모서리에라도 걸렸는지 더욱 요란하게 흔들렸다. 이제껏 정신을 잃고 있던 부상자가 눈을 가늘게 뜬 것은 그때였다. 부상자는 눈앞에 있는 올림피아의 얼굴을 멍하니 바라보며 뭐라고 한마디 중얼거렸다.

마르코에게는 들리지 않았지만, 사내의 머리를 두 팔로 떠받치고 있던 올림피아는 알아들은 모양이다. 여자의 안색이 달라졌다. 그 직후에 부상자의 머리가 옆으로 기우뚱하게 기울어졌다.

그 머리를 천천히 마차 바닥에 내려놓은 올림피아는 아직도 열심히 채찍을 휘두르는 하인에게 이제 서두를 필요도 없어졌다고 말하는 것조차 잊어버린 듯했다.

# 파르네세 집안 사람들

*그렇게 중요한 몸이 되셨으니, 이제 나 같은 여자한테*
*시간을 낭비할 틈은 없지 않겠어요?*

 방안의 모든 물건에서는 손님의 기분을 북돋아주려는 자상한 배려가 엿보였다. 호화로운 천을 씌운 투르크 풍 긴의자는 기독교의 수도 로마에 있는데도 이슬람교의 수도 콘스탄티노플에 있는 듯한 이국적인 기분을 느끼게 해주고, 천장에는 하얀 구름이 떠 있는 푸른 하늘을 배경으로 회랑에서 아래를 살짝 내려다보는 사람들이 그려져 있어서, 두 사람밖에 없는 실내가 닫힌 공간이 되는 것을 막아주고 있다. 이 방에서는 무슨 짓을 해도 남의 눈에 뜨일 염려가 없지만, 그 그림 때문에 마치 남의 시선에 노출되어 있는 듯한 관능적인 기분이 든다.

 올림피아도 오늘은 고급 창녀의 옷차림을 하고 있었다. 불타듯 새빨간 비단 드레스는 그 옷에 쓰인 옷감의 양만으로도 그저 호화롭다는 말밖에는 할 말이 없고, 소매도 팔꿈치부터 손목까지는 금실로 짠 섬세한 무늬의 레이스로 화려하게 장식되어 있다. 젖꼭지 바로 위까지 깊이 파인 옷깃에서는 풍만한 젖가슴이 금방이라도 쏟아질 듯하다. 피부색과 같은 커다란 진주를 꿴 목걸이는 최신 유행에 따라 한가운데에 보석이 장식되어 있다. 은은한 빛을 내는 금발은 오늘은 느슨하게 땋아올려 풍성한 웨이브를 이루었다.

의자에 앉아 무릎에 받친 류트를 손톱으로 튕기고 있는 올림피아와 조금 떨어진 의자에 걸터앉은 남자. 창녀와 손님의 흔해빠진 정경으로밖에 보이지 않는데, 감도는 분위기는 어딘지 모르게 달랐다.

"당신을 만나려고 사흘이나 기다린 건 처음이군."

"당신이 로마에 돌아와 계신 줄도 모르고 다른 약속을 하는 바람에 그만……."

"과거엔 로마로 돌아오자마자 당신한테 달려올 수 있었지만, 그때하고 지금은 내 처지가 달라."

"잘 알고 있어요. 어쨌든 교회군 총사령관에 취임하신 걸 축하드립니다."

"정말로 기뻐해주는 건가? 왠지 남남처럼 서먹서먹한 말투로군."

"당신은 옛날처럼 로마 교외의 들판에서 온종일 말을 달리고 있던 젊은이가 아니에요. 영지를 가진 공작 전하에다 기독교 세계를 지키는 교회군 총사령관이기도 하니까요."

피에르 루이지 파르네세는 의자에 몸을 묻은 채 눈만 여자에게 돌리면서, 우수를 머금은 조용한 목소리로 말했다. 공식 석상에서의 파르네세밖에 모르는 사람이라면, 그 목소리를 듣고 깜짝 놀랄 게 분명하다.

"옛날에는 즐거웠지. 아무것도 생각할 필요가 없었어. 당신 어머니도 아직 건강하게 살아 계셨고, 당신은 평범한 소녀로 지낼 수 있었고, 나도 수십 명이나 되는 추기경 가운데 한 사람의 아들에 불과했지.

그 무렵 당신은 누나처럼 굴면서 나를 여기저기 끌고다니곤 했지. 당신이 억지로 권하지 않았다면, 갓 발굴된 고대 조각품 따위는 보러 가지도 않았을 거야."

"공부에는 별로 흥미를 보이지 않는 소년이었으니까요."

"공부만이 아니야. 무엇에도 흥미를 가질 수 없었지. 친형제는 없었지만, 파르네세 집안이나 친척들 중에는 나와 같은 또래의 아이가 적지 않았어. 그러니까 외톨이였던 건 아니지. 다만 추기경의 아들은 나밖에 없었어. 그리고 어머니 얼굴조차 모르는 내가 흉금을 털어놓을 수 있는 상대는 당신뿐이었어. 당신과 나는 함께 자라면서 나이를 먹었지."

"하지만 당신 아버님은 그런 상태가 계속되는 걸 바라지 않았어요. 당신 장래에 대해 확고한 생각이 있었겠죠."

"이제 와서 생각해보면, 그 무렵부터 아버지는 당신이 언젠가는 교황이 될 거라고 확신했던 게 아닌가 싶어. 아버지는 아주 젊은 나이(25세)에 추기경에 임명되셨지. 보르자 교황(알레산데르 6세) 곁에서 그분의 방식을 보고 배우는 바가 많았을 거야. 아버지는 풋내기 추기경이었으니까 여파를 받지도 않는 안전한 처지에서, 알렉산데르 6세가 자기 아들(체사레 보르자)을 어떻게 지원하고 어떻게 활용하는지를 찬찬히 지켜볼 수 있었을 거야.

내가 결혼해도 좋은 나이가 되었을 때, 로마 교황청은 메디치 가의 전성시대였어. 교황 자리는 메디치 집안 출신이 독점하는 게 아닌가 하고 누구나 생각했을 정도지. 피렌체를 비롯한 토스카나 지방의 은행가며 학자며 예술가들이 교황의 연줄을 믿고 로마에서 한몫 잡으려고 몰려오는 바람에, 로마에서는 길모퉁이를 돌 때마다 토스카나 사투리가 들린다는 말이 나올 정도였으니까.

  그런 상황에서도 아버지는 굳게 믿고 계셨던 것 같아. 적어도 교황청 안에서만은 피렌체 일색인 시대도 언젠가는 끝나고, 다시 로마 출신자의 시대가 찾아올 거라고. 그리고 그것을 실현할 수 있는 사람은 파르네세 집안 출신인 당신밖에 없다고 확신했던 모양이야.

  내 신부감으로 오르시니 집안 여자를 고른 것도 그 집안과 우리 파르네세 집안 사이에 원래 인척관계가 깊었다는 이유 때문만은 아니야.

  오르시니 집안은 콜론나 집안과 더불어 로마에서 가장 오래되고 가장 강력한 가문이지. 그런 가문과의 관계를 확고히 해두는 것이야말로 나중에 교황이 되었을 때의 아버지에게, 그리고 교황이 된 아버지를 도우면서 영달을 이루게 될 나한테도 없어서는 안될 조건이라고 생각했을 거야."

  "하지만 그 무렵 저는 당신 아이를 배고 있었어요."

  "나 같은 신분으로 태어나면, 결혼은 정략결혼밖에 생각할 수 없어. 아버지는 당신의 존재를 알고 계셨고 또한 당신을 아주

좋게 생각했기 때문에, 우리 사이를 방해하는 짓은 전혀 하지 않았지. 하지만 당신에 대한 사랑 때문에 오르시니 집안의 딸과 결혼하기를 망설이는 나를 보고 아버지는 이런 말씀을 하신 적이 있어.

아버지라는 존재는 사위를 위해서는 지원을 아끼지 않는 법이다. 그것은 사위가 귀여워서가 아니라, 제 딸이 귀엽기 때문이다. 따라서 가장 신뢰할 수 있는 동맹관계는 이쪽이 잘되느냐 못되느냐에 딸의 장래가 달려 있다고 생각하게 만들 수 있는 관계를 말한다."

"잘 알고 있어요. 창녀의 딸로 태어난 제가 결혼한다면, 상대는 그런 혼인의 효용을 무시해도 상관없는 늙은 은행가 정도밖에 없었겠죠."

"하지만 우리 아들의 처지는 소홀히하지 않았어."

"그 아이도 제가 혼자 키울 작정이었어요. 그런데 파르네세 집안의 적자가 된 것은 제가 원해서가 아니라 당신네 사정 때문이었죠."

"정략결혼에서는 1년이 지나도 자식이 생기지 않으면 큰 문제가 돼. 혼인관계 자체가 위태로워져. 아버지는 그걸 염려한 거야. 우리 아들은 건강하게 자라서 첫돌도 무사히 맞았지만, 지롤라마 오르시니는 임신할 기미도 없었으니까."

"하지만 정식 결혼을 할 수 없는 건 체념할 수 있어도, 겨우 첫돌이 지난 아들을 빼앗긴 것만은 아무래도 체념할 수가 없었어요."

"알아. 그 무렵 당신이 겪은 고통은 당신 곁에 있는 나의 고통이기도 했지. 하지만 올림피아, 생각해봐. 그때의 고뇌는 깊었지만, 지금 우리 아들은 양지바른 곳에 있어.

아버지가 오르시니 집안의 우두머리한테 우리 아들을 적자로 삼는 문제를 이야기했을 때, 그쪽에서 제시한 조건은 한 가지뿐이었어.

우리 아들을 나와 지롤라마 사이에 태어난 장자로 삼는 것은 인정하겠지만, 만약 지롤라마가 아들을 낳으면 후계자는 그 아들로 한다는 조건이지. 아버지는 그 조건을 수락하셨어.

이 일이 누구의 주의도 끌지 않고 실현된 것은 세상이 메디치가의 전성시대였기 때문일 거야. 각국 지배자에서부터 로마 교황청 내부에 이르기까지 모든 사람의 관심이 메디치 집안 출신 교황인 레오 10세의 조카들한테만 쏠려 있었으니까. 우리 아들은 추기경인 할아버지와 같은 알레산드로라는 이름을 받고, 파르네세 집안의 장자로 자랐지. 지롤라마가 드디어 아들을 낳은 1524년까지, 4년 동안은 파르네세 집안의 외아들이기도 했어.

당신은 설마 알레산드로가 후계자가 되지 못한 것을 원망하고 있는 건 아니겠지?"

"천만에요. 그 아이는 당신 뒤를 이어 장군이 되기보다는 성직계에 들어가는 게 훨씬 어울린다고 생각해요."

"아버지도 그렇게 생각했을 거야. 정식 결혼에서 태어난 자식이 아니더라도, 성직계에서는 별 지장이 없어. 사생아의 몸으로 교황까지 된 클레멘스 7세의 전례도 있으니까.

알레산드로는 적자로 되어 있긴 하지만, 언제 진짜 신분이 폭로될지 모르니까, 그 가능성도 고려할 필요가 있다고 생각했지. 성직계에 들어가면 신분도 수입도 보장돼. 유일한 불편은 정식 결혼을 할 수 없다는 것뿐이야.

하지만 알레산드로는 아버지인 나의 후계자는 될 수 없어도, 제 할아버지의 후계자는 될 수 있을 거야. 아버지는 3년 전에 교황이 되자마자 겨우 열네 살이던 그 아이를 추기경에 임명하셨어. 아버지는 나를 만날 때마다 말씀하셔. 알렉산드로는 조용한 성격이지만 머리가 좋아서 장래가 기대된다고 말야."

"당신은 부인과의 사이에 아들을 셋이나 낳았어요. 오타비오, 오라치오, 라누치오…… 덕분에 파르네세 집안과 오르시니 집안의 동맹은 확고부동해졌죠. 다른 집안에서는 차남이 성직계에 들어가는 게 관례지만, 알레산드로는 그런 사정 때문에 명색이 장남인데도 성직에 전념할 수 있다는 거로군요."

"그런 말은 바보 같은 귀족 딸이나 지껄이는 거야. 당신한테는 어울리지 않아. 다만 한 가지 유감스러운 점은, 로마 교회의 내일을 짊어질 인재라는 말을 듣게 된 파르네세 추기경 알레산드로에게 생모를 밝힐 수 없다는 거야. 그 아이는 내 아내를 친어머니로 생각하고 있으니까."

"그애의 생모가 누구인지 아는 사람은 당신과 나, 그리고 교황님뿐이에요."

"그게 좋다고 생각했기 때문이야. 당신이 거리낌없이 아들을 만날 수 있는 것도 진짜 관계를 우리 세 사람밖에 모르기 때문이야."

"그리고 당신 아버님은 교황에 즉위하셨어요. 알레산드로도 기독교계에서는 교황에 버금가는 추기경이 되었으니 지위도 처지도 안전해요. 그리고 올해 당신은 교회군 총사령관에다 카스트로 공작을 겸하는 엄청난 출세를 하셨어요. 이제 할아버지, 아버지, 아들 삼대가 제각각 설 자리를 차지해서, 과거의 메디치 전성시대에 이어 파르네세 전성시대가 도래한 거죠.

그것만이 아니에요. 당신의 후계자로 인정된 둘째아들 오타비오는 아직 열두 살밖에 안됐는데 벌써 약혼을 했어요. 게다가 약혼녀는 흔해빠진 귀족 딸이 아니라, 유럽에서 가장 강력한 군주라는 신성로마제국 황제이자 에스파냐 왕이기도 한 카를로스 5세의 딸이니까 호화판이죠. 비록 첩의 딸이고, 암살당한 피렌체 대공의 미망인이긴 하지만, 카를로스는 메디치 가를 퇴짜놓고 파르네세 집안에 시집보내는 쪽을 선택했으니까요. 파르네세 집안은 이제 합스부르크 왕가와도 혈연관계를 맺게 되었으니, 그야말로 만만세죠."

"모두 다 정략이야. 교황이 된 뒤 아버지는 파르네세 집안을 로마의 귀족에서 유럽 전체의 귀족으로 끌어올릴 생각을 하고 계셔."

"그 정략인가 뭔가 하는 것에는 당신이 꼭 필요한 존재겠죠. 그렇게 중요한 몸이 되셨으니, 이제 나 같은 여자한테 시간을 낭비할 틈은 없지 않겠어요?"

"대답을 뻔히 알면서 일부러 물어볼 필요는 없어. 나한테 당신은 첫사랑일 뿐만 아니라, 내가 사랑한 단 하나의 여자야."

올림피아는 얼마 전부터 시간이 마음에 걸려 견딜 수가 없었다. 모래시계는 올림피아가 그것을 보는 것을 손님에게 눈치채이지 않도록 등뒤에 놓아두었지만, 눈앞의 거울에 잘 비치는 위치라서 시간을 아는 데는 불편함이 없었다. 그 모래시계의 모래가 다 떨어져버린 뒤에도 상당한 시간이 흘렀다. 마르코가 저녁 식탁에서 애타게 기다리고 있을 것이다. 피에르 루이지 파르네세는 적당한 핑계를 대어 쫓아낼 수 있는 손님이 아니다. 언제 마르코와의 관계를 추궁해오려나 하고 기다리고 있는데, 피에르 루이지가 거기에 대해 한마디도 하지 않는 것이 도리어 올림피아의 마음을 불안하게 했다.

여자의 마음이 흔들리는 것을 알아차렸는지, 날렵한 동작으로 여자의 등뒤로 돌아온 남자는 우선 여자가 손에 들고 있던 류트를 살짝 집어들어 옆으로 치웠다. 그러고는 땋아올린 여자의 머리를 익숙한 손놀림으로 풀기 시작했다. 그것은 두 사람 사이에만 통하는 신호였다. 밤을 함께 보낸다는 신호다.

올림피아는 체념하는 심정으로 남자가 하는 대로 내맡기고 있었다. 오랫동안 조용한 대화를 나눈 뒤에는 20년 세월이 더 한층 무겁게 느껴진다.

풀린 머리를 어루만지는 손가락의 움직임. 그 사이사이에 목덜미에 와닿는 입술의 차가운 감촉. 그리고 그때마다 풍겨오는 남자의 냄새. 모든 것이 친숙하여 제2의 자신처럼 느껴지곤 했다. 키가 큰 피에르 루이지에게 안기다시피 하여 별실로 가는 올림피아의 머리에서 마르코는 이미 사라져 있었다.

파르네세 추기경은 높은 지위를 차지한 젊은이라고는 생각되지 않을 만큼 고지식하게 마르코 단돌로와의 약속을 지켰다. 미켈란젤로가 그린 시스티나 예배당 천장화를 감상한 지 불과 일주일 만에 마르코를 자기 집으로 초대한 것이다. 초대의 뜻을 전하러 온 추기경의 비서는 '마에스트로' 미켈란젤로도 자리를 함께할 예정이라고 말했다.

저녁식사를 같이하자는 초대였다. 저녁식사와 그후의 밤시간은 올림피아와 함께 보내기로 되어 있었지만, 며칠 전부터 이 습관이 깨졌다. 여자는 이제 마르코의 집에 올 때도 있고 오지 않을 때도 있었다.

오지 않았을 때도 올림피아는 변명 한마디 하지 않았다. 마르코는 묻고 싶었지만, 왠지 말을 꺼내기가 어려웠다. 그래도 파르네세 추기경에게 초대받은 밤에는 하인을 시켜 자기가 집에 없다는 것을 알리는 편지를 여자 집으로 보냈다. 이유도 밝혔다.

파르네세 궁전은 엎드리면 코 닿을 곳이라 하인도 데려가지 않고 마르코 혼자 갔다. 골목길을 지나 줄리아 가로 나가자마자 파르네세 궁전이 오른쪽 앞을 가로막아선다. 하지만 거기는 높은 돌담에 둘러싸인 정원이고, 궁전의 정면은 반대쪽에 있다. 정면 입구로 가려면 궁전을 따라 뻗어 있는 골목을 지나서 광장으로 나가야 한다. 그 길은 올림피아의 집이 있는 나보나 광장으로 가는 길이기도 해서 마르코가 잘 알고 있는 동네였다.

궁전 앞에 있는 파르네세 광장에는 정면 현관을 중심으로 오른쪽과 왼쪽에 거대한 석조 욕조가 하나씩 놓여 있었다. 카라칼라 황제의 목욕탕 유적에서 가져온 것이라니까, 고대 로마 시대의 유물이 분명하다. 이것을 분수로 활용하기 위한 공사가 진행되고 있었다.

거의 완성된 궁전의 겉모양은 우아한 베네치아 식 저택도 아니고, 그렇다고 해서 장식을 절제한 피렌체 식 저택도 아니고, 로마적이라고 말할 수밖에 없는 화려한 아름다움으로 통일되어 있었다. 건물은 3개 층으로 나뉘고, 그 층층마다 나 있는 창문의 수는 너무 많지도 않고 너무 적지도 않다. 화려하긴 하지만 장식이 지나치지 않은 점으로 보나, 건물 전체가 무제한으로 자기 존재를 주장하지 않고 미적인 균형을 유지하고 있는 점에서도 이 궁전은 역시 르네상스 정신의 결정체였다.

교황 파울루스 3세가 아직 추기경이던 1515년에 착공되었으니까 벌써 20여 년이 지났는데도 아직 완공되지 않은 상태였다. 특히 안뜰에 면한 부분에는 완성되지 않은 부분이 많았다. 하지만 건축가는 그동안 한 번도 바뀌지 않았다. 피렌체 출신의 안토니오 다 상갈로가 설계를 맡았을 뿐 아니라, 이 시대 건축가들의 관례에 따라 공사 책임자도 겸하고 있었다(1547년에 상갈로가 죽은 뒤에는 미켈란젤로가 그를 대신했다).

온갖 '동'(動)을 내포한 '정'(靜)을 특징으로 하는 르네상스 양식을 파르네세 궁전에서 찾아볼 수 있는 것도 피렌체 사람이 지었다는 점을 생각하면 당연할 것이다.

마르코는 언젠가 이 궁전 앞을 지나가다가, 우연히 정면 현관의 대문이 열려 있어서 내부를 잠깐 들여다본 적이 있다. 양쪽에 돌기둥이 늘어선 웅장하고 화려한 현관홀이 안뜰로 곧장 통해 있었다.

 오늘밤에는 그 현관홀을 손님으로서 지나간다. 기둥 뒤쪽 벽면에는 기둥과 기둥 사이에 등불이 켜져 있어서, 천장의 장식과 함께 돌기둥도 뒤에서 비추는 등불빛에 하나씩 떠오르는 듯한 느낌이 든다. 얄미울 만큼 훌륭한 연출이었다.

 하인이 안내한 곳은 추기경의 거실일까. 이층으로 올라가면 바로 옆에 있는 널찍한 방이었다. 넓은 벽면에는 술의 신 바쿠스와 그의 친구들이 가득히 그려져 있었다. 기독교 고위 성직자의 거실에는 어울리지 않았지만, 로마에 있으면 이런 부조화가 오히려 조화롭게 느껴지니 유쾌하다. 북유럽의 독실한 신자가 보았다면 눈이 휘둥그래져서, 이래서 로마는 제2의 바빌론이라고 분통을 터뜨릴 게 분명하지만, 베네치아 태생의 이탈리아인 마르코는 그저 미소만 지었을 뿐이다.

 기다릴 사이도 없이 파르네세 추기경이 들어왔다. 추기경은 바티칸에서 만났을 때는 발목까지 내려오는 수도복 위에 두건 달린 짧은 망토를 걸치고 있었지만, 오늘밤에는 그 진홍빛 추기경복을 입고 있지 않았다. 어깨에서 허리까지는 몸에 딱 맞지만 허리부터 무릎까지는 치마처럼 활짝 퍼지고, 소매도 어깨부터 팔꿈치까지는 헐렁하지만 팔꿈치부터 손목까지는 팔의 선에 딱 맞게 지어진 최신 유행복을 입고 있었다. 기다란 윗옷은 비단에 벨벳 무늬가 도드라진 값비싼 천이고, 그 밑에 보이는 타이츠도 역시 비단이었다.

이래서는 누가 보아도 귀족 자제로밖에 보이지 않을 것이다. 추기경복을 걸치고 있는 그에게 느꼈던 애처로움은 오늘밤에는 전혀 느껴지지 않는다. 속세에서 유행하는 옷을 입고 있는 편이 열일곱 살의 추기경에게는 훨씬 자연스러웠다.

하지만 태도는 바티칸에서 만났을 때와 다름이 없었다. 교활한 빛은 눈꼽만큼도 보이지 않는 조용한 눈길을 마르코에게 쏟으면서 다가온 추기경은 신자에게 입맞춤을 허락하는 자세로 오른손을 내밀었다. 이것만은 습관이 되어버린 모양이다.

그 손을 잡고 가볍게 고개를 숙인 마르코도 로마에 온 뒤에 지은 최신 유행복을 입고 있었다. 따라서 둘 다 같은 모양의 옷을 입고 있는 셈이지만, 두 사람이 주는 인상은 달랐다.

파르네세 추기경도 키가 작은 편은 아닌데, 마르코는 그보다 10센티미터는 더 컸다. 그러나 키 차이보다 훨씬 큰 차이는 등의 두께였다. 젊은이의 등은 넓이에서는 마르코 못지않지만 평면적인 느낌이 든다. 성숙한 남자는 그것이 입체적으로 바뀐다. 얼굴로 판단하지 않고 남자의 나이를 가늠하려면 등을 보는 것이 제일일 것이다.

저번 날은 「천지창조」를 감상하는 일만으로도 마음이 벅찼기 때문인지, 파르네세 추기경의 용모까지는 자세히 관찰하지 않았지만, 자세히 보니 추기경은 지나칠 만큼 단정한 이목구비를 갖고 있었다.

이마는 넓고, 가느다란 콧날은 그리스 조각처럼 곧게 뻗어 있다. 눈썹은 가늘지만 또렷한 선을 이루며 뻗어 있고, 그 밑에는 크고 검은 눈이 조용한 빛을 띠고 있다.

얼굴 생김새는 아버지인 피에르 루이지 파르네세를 많이 닮았다. 하지만 아버지의 얼굴에는 정직하게 드러나는 감정의 기복이 아들한테서는 전혀 보이지 않는다. 자신을 억제하는 성향이 강한 것인지, 아니면 인생에 대한 대처 방식에 차이가 있는 것인지, 마르코는 짐작이 가지 않았다. 감수성이 모자라기 때문은 아닌 게 분명하다. 그것은 그날 밤 미켈란젤로와의 대화만 들어도 알 수 있었다.

미켈란젤로는 좀 늦게 도착했다. 작업을 끝내고 집에 돌아가서 몸을 씻고 있을 때, 만들다 만 조각이 눈에 띄었다. 그것이 마음에 걸려, 무심결에 그만 정과 망치를 집어들고 말았다. 그래서 그 일을 처리하고 다시 손을 씻느라 늦었다는 것이다. 그의 변명을 추기경은 웃는 얼굴로 받아들였다. 그래도 오늘밤 예술의 거장은 남들 앞에 나갈 수 있을 정도의 몸차림은 갖추고 있었다.

검은 모직 상의는 값비싼 옷감으로 지은 것이지만, 옷맵시에 신경을 쓰지 않은 탓에 그다지 값져 보이지 않는다. 이 사람은 자기의 입성에 무관심할 뿐 아니라 남이 무엇을 입고 있는지에도 별로 관심을 기울이지 않는 성질인 듯싶다. 인간의 나체가 그에게는 가장 큰 관심사인지도 모른다.

고명한 예술가는 이날 밤 나온 음식에도 별다른 흥미를 보이지 않았다. 파르네세 집안에서 손님을 초대한 것인 만큼, 음식의 가짓수는 적어도 그 하나하나가 정성껏 조리되어 있었다. 그런데 미켈란젤로는 나오는 음식을 차례로 대수롭지 않게 먹어치우면서, 일에 열중하다보면 먹는 것을 잊어버릴 때가 많다고 말했다. 젊은 추기경보다 세 배나 나이가 많은데도, 식욕은 추기경보다 더 왕성했다.

베네치아 사람인 마르코는 로마의 유력자와 예술가의 관계에 특히 관심이 끌렸다. 로마의 우두머리는 교황이다. 로마 교황은 기독교 세계에서 가장 지위가 높은 인물이기도 하다. 황제도 왕도 교황 앞에 나가면 무릎을 꿇고, 교황의 구두코에 입을 맞추는 것이 예의로 되어 있다. 그리고 추기경은 교황에 버금가는 지위를 차지하고 있는 사람이었다.

하지만 교황이나 추기경도 예술가에게는 이런 예의를 요구하지 않는 것이 로마의 풍토인 것 같다. 베네치아에 있을 때 들은 이야기지만, 교황 율리우스 2세와 미켈란젤로에 관해 이런 이야기가 나돈 적이 있었다.

교황 율리우스 2세는 시스티나 예배당 천장화를 미켈란젤로에게 주문한 인물이니 미켈란젤로와는 가까운 사이였다. 하지만 둘 다 성정이 강하다는 점에서는 남에게 조금도 뒤지지 않았기 때문에, 둘 사이에는 걸핏하면 험악한 상황이 벌어지곤 했다.

그러던 어느 날, 둘이 있는 자리에 함께 있던 주교가 두 사람을 화해시킬 작정으로 이렇게 말했다.

"교황 성하, 이 자들이 할 줄 아는 일이라고는 붓이나 정을 휘두르는 것뿐, 나머지 일에 대해서는 무지하기 짝이 없고, 갑자기

벼락출세한 자이오니 부디 용서하시고……."

발끈한 교황은 주교의 말을 끝까지 듣지도 않고 호통을 쳤다.

"바보 같은 놈, 벼락출세한 건 네놈이야! 당장 꺼져!"

교황의 호통을 받고 방에서 쫓겨난 것은 무릎까지 내려오는 옷을 입은 미켈란젤로가 아니라, 사회적 지위가 높은 사람임을 보여주는 긴 옷을 걸친 고위 성직자였다.

베네치아에서도 티치아노를 비롯한 고명한 예술가들이 존경받고 있지만, 공화국 통령과 예술가들의 관계는 이렇게까지 개인적인 것은 아니다. 로마에서는 예술가들의 업적이 고객의 명성에 직접 영향을 미치는 반면, 베네치아에서는 예술품을 주문하는 고객이 국가라는 비개인적인 기관이기 때문인지도 모른다. 따라서 개인과 개인이 마주치는 일도 적을 게 분명했다.

하지만 개인과 개인의 마주침을 보는 것이 마르코에게는 즐거웠다. 다만 파르네세 추기경은 나이가 젊은데다, 성격도 걸핏하면 화를 내는 율리우스 2세와 다르기 때문이겠지만, 미켈란젤로와의 개인적인 만남은 조용하고 경의에 찬 분위기 속에서 이루어졌다. 그렇긴 하지만, 이날 밤 젊은 추기경의 입에서 나온 것은 그야말로 미켈란젤로에게 의뢰하기에 알맞은 대담무쌍한 제안이었다. 그것은 건축이라기보다는 도시계획이라고 말하는 편이 옳을 정도였다.

파르네세 추기경은 젊은이답게 눈을 빛내며, 미켈란젤로 앞에 펼쳐놓은 지도를 가리키면서 말하기 시작했다.

"파르네세 궁전은 할아버지가 짓게 하신 건물입니다. 로마에서도 다섯 손가락 안에 드는 넓은 궁전이 될 테니까, 완공하려면 앞으로도 몇 년은 더 걸릴 겁니다. 교황이 된 할아버지와 영지를 가진 아버지는 이런 일에 관여할 겨를이 없습니다. 그래서 내가 건축가인 안토니오 다 상갈로와 의논하면서 완성할 수밖에 없지요.

하지만 이건 할아버지가 고른 건축가에게 계속 공사를 맡기고 있다는 점만 보아도, 할아버지의 생각을 계승한 것에 불과합니다. 나는 나 자신의 생각도 실현해보고 싶습니다. 그리고 그 일을 내가 가장 존경하는 예술가인 마에스트로가 맡아주셨으면 합니다."

파르네세 추기경의 생각은 테베레 강을 사이에 두고 동서로 '파르네세 동네'라고 불러도 좋은 광대한 구역을 건설한다는 것이었다.

우선 줄리아 가를 사이에 두고 파르네세 궁전과 마주보는 건물을 사들인다. 마르코가 세들어 살고 있는 팔코니에리 저택의 오른쪽 건물이다. 그 집을 사들이는 문제는 이야기가 상당히 진척되고 있다고 한다. 사들인 뒤에는 이 저택을 개조하여 파르네세 궁전의 별채로 삼는데, 본채와 별채 사이를 가르고 있는 줄리아 가는 이 길의 아름다움을 손상시키지 않기 위해서라도 손을 대지 않는다. 본채와 별채 사이는 다리로 연결한다. 다리를 아름답게 만들면 줄리아 가 자체도 로마의 다른 도로에서는 찾아볼 수 없는 아름다움을 가진 길이 될 것이다.

파르네세 추기경은 테베레 강 건너편에 있는 은행가 키지의 전원풍 저택과 그 저택을 에워싸고 있는 넓은 터도 전부 사들일 작정이라고 말했다. 미켈란젤로가 끼어들었다.

"그렇다면 테베레 강에 다리를 놓을 수밖에 없습니다."

별채로 삼을 예정인 저택은 마르코가 세들어 살고 있는 집 옆이니까, 테베레 강 동쪽 기슭에 인접해 있다. 거기서 키지의 정원으로 직접 건너가려면, 미켈란젤로의 말대로 다리를 새로 놓을 수밖에 없었다.

테베레 강의 이 구역에는 다리가 두 개밖에 없다. 하나는 산탄젤로 성 앞에 있고, 교황 식스투스 4세가 지은 다리는 그보다 훨씬 하류에 있다. 이래서는 사람이 왕래하기에 불편하기 때문에, 이 두 개의 다리 사이에 나루터를 네 군데 설치했다. 강을 가로질러 밧줄을 매놓고, 그 밧줄을 따라 나룻배가 양쪽을 오가도록 되어 있다. 피렌체의 아르노 강과 달리 로마의 테베레 강은 배가 다니는 강이라서, 아르노 강처럼 상류와 하류 두 군데를 댐으로 막아 물의 흐름을 완만하게 하는 방식은 취할 수 없다.

다리가 있으면 통로는 그 다리 위에 쉽게 만들 수 있지만, 식스투스 다리는 너무 멀다. 이 구역에서 강의 양쪽 기슭을 연결하고 싶으면 새 다리를 놓을 수밖에 없었다(오늘날에는 이 구간에 세 개의 다리가 걸려 있다).

파르네세 추기경은 이 전체적인 구상을 미켈란젤로에게 부탁하고 싶다고 말했다. 예순두 살의 예술가는 그답게 명쾌한 어조로 대답했다.

"이 계획이 실현되면, 파르네세 궁전을 중심으로 캄포 데 피오리에서 파르네세 궁전, 테베레 강, 그리고 강 건너편의 녹지까지 포함하여 일관된 미의식으로 통일된 구역이 출현하게 됩니다. 파르네세 가문에 어울리는 일대 장거가 되겠지요."

젊은 추기경도 거침없이 대답했다.

"그리고 마에스트로의 이름에도 부끄럽지 않은 사업이 될 거라고 생각합니다."

옆에서 듣고 있던 마르코는 문화가 탄생하는 현장에 난생 처음 입회한 듯한 기분이 들었다. 고객은 단순히 일을 주문하는 사람이 아니라, 일을 주문하는 동시에 예술가의 상상력을 자극하는 사람이기도 하다는 것을 깨달았다.

# 두 남자

*이곳 로마에서는 고대를 생각지 않으면*
*살아갈 의미가 없는 것 같은 느낌마저 듭니다.*




얼마 전부터 마르코는 외출할 때마다 누군가에게 미행당하는 느낌이 들었다. 뒤통수에 남의 시선을 느낀다. 때로는 그 시선이 이마에 닿아 있을 때도 있다. 그런가 하면, 그의 옆얼굴을 누군가가 응시하고 있다고 느낄 때도 있었다.

미행당하고 있다고 생각하는 것은 마르코가 혼자 외출할 때만이 아니다. 올림피아가 함께 있을 때도 마찬가지다. 하지만 그녀는 아무말도 하지 않는 걸 보면 미행당하는 것은 마르코 쪽이라고 생각할 수밖에 없었다. 그리고 그 생각이 확신으로 바뀐 것은 하인이 이렇게 말했을 때였다.

"주인님, 아무래도 누군가에게 미행당하고 있는 것 같습니다. 시장에 물건을 사러 갈 때도 사람들 틈에서 누군가가 저를 가만히 지켜보고 있는 듯한 기분이 듭니다."

마르코는 미행당하고 있다고 느낀 게 언제냐고 젊은 하인에게 물어보았다. 하인이 대답한 날짜와 시간은 마르코가 미행당하고 있다고 느낀 날짜 및 시간과 일치했다. 그것도 한 번뿐이라면 우연으로 생각할 수 있지만, 몇 번씩 겹치면 우연의 일치라고는 생각할 수 없다. 이는 한 사람의 짓이 아니다. 몇 사람이 서로 연락을 취하면서 주인과 하인의 행동을 감시하고 있다고밖에는 생각할 수 없었다. 그 이유가 무엇인지, 마르코는 전혀 짐작이 가지 않았다.

베네치아 공화국의 공직을 떠난 지도 벌써 3년 세월이 지나려 하고 있었다. 그동안 옛 동료와는 만나지도 않았다. 피렌체에 머물고 있을 때도, 그리고 로마로 거처를 옮긴 뒤에도 베네치아 사람과는 상인하고도 사귄 적이 없었다. 베네치아에서 손꼽히는 명문 귀족 단돌로 집안의 우두머리일 뿐 아니라 10년 동안 공화국 정부의 중추이며 첩보기관이기도 한 10인 위원회의 핵심이었던 자신과 현재의 자신을 이어주는 것은 아무것도 없었다. 단돌로라는 성이 드러나는 것은 피할 수 없는 경우도 있지만, 10인 위원회 위원이라는 신분이 겉으로 드러난 적은 한 번도 없었다.

마르코 단돌로가 일개인으로 지내는 나날은 벌써 꽤 오랫동안 계속되었고, 마르코 자신도 그 생활의 편안함에 만족하고 있었다. 창녀를 직업으로 가진 올림피아와 계속 애인관계를 유지하는 데도 지금 같은 생활이 가장 편리했다.

이런 식으로 아무도 해치지 않고 누구한테도 상처받지 않는 나날을 보내고 있는 마르코는 아무리 생각해봐도 자기가 미행당하는 이유를 짐작할 수 없었다. 올림피아한테 털어놓아볼까 생각했지만 그만두었다. 그녀에게 괜한 걱정을 끼치고 싶지 않았기 때문이다. 그리고 좀더 상황이 확실해진 뒤에 이야기해도 늦지는 않을 거라고 생각했다.

게다가 며칠 전부터 마르코는 바쁜 나날을 보내고 있었다. 좋은 안내자를 만난 것이다. 엔초라는 이름을 가진 일흔 살 가량의 로마 토박이 노인이다. 학식은 없지만, 철이 들 무렵부터 교황청의 고대 유적 발굴작업에 종사한 경험을 갖고 있었다. 특히 20년 전에 라파엘로가 발굴작업을 총감독하던 시절에는 라파엘로의 오른팔이 되어 발굴작업을 도왔다고 한다.

최근에 후진에게 길을 양보하고 은퇴했다지만, 지금도 로마의 유적에 관해서는 살아 있는 사전이라는 말까지 듣고 있는 노인이었다.

이 엔초 노인을 소개해준 사람은 이제 일주일에 적어도 한 번은 만날 만큼 친해진 파르네세 추기경이다. 언젠가 마르코는 추기경에게 이런 말을 한 적이 있다.

"내가 태어나서 자란 베네치아는 중세와 르네상스 시대의 아름다움에서는 다른 어느 도시와도 비교가 되지 않을 정도지만, 고대는 어디에도 없습니다. 피렌체도 베네치아와는 다른 아름다움을 갖고 있지만, 중세와 르네상스의 정신이 결정체를 이룬 꽃의 도시입니다. 그곳에도 고대가 그림자를 떨구고는 있지만, 고대에 신경을 쓰지 않고도 얼마든지 살아갈 수 있습니다.

하지만 로마는 다릅니다. 로마에서는 중세 때의 교회를 찾아가도 그 성당을 떠받치고 있는 둥근 기둥에서 고대를 보지 않을 수 없습니다. 르네상스 시대에 세워진 저택에서도 정원을 바라보면 거기에 놓인 고대 석관을 보지 않을 수 없습니다. 벽에는 옛날 거기에 서 있던 고대 건물의 흔적이 아치형으로 짜맞춘 돌에 그대로 남아 있고, 지금 내가 앉아 있는 이 의자도 고대의 기둥머리에 비단을 씌운 쿠션을 놓은 것에 불과합니다.

물론 베네치아는 고대 로마가 무너진 뒤에도 소금을 만들고 물고기밖에 잡지 못하는 어촌에 불과했습니다. 피렌체는 로마인이 아르노 강가에 건설한 도시지만, 고대에는 역사에도 얼굴을 내밀지 못하는 작은 도시였을 뿐입니다.

하지만 로마는 카푸스 문디(세계의 수도)였습니다. 너무나 당연한 이야기지만, 이곳 로마에서는 고대를 생각지 않으면 살아갈 의미가 없는 것 같은 느낌마저 듭니다."

로마 토박이인 파르네세 추기경은 베네치아 귀족인 마르코의 말을 젊은이답게 고개를 끄덕이며 듣고 있다가, 고대 로마를 알고 싶다면 좋은 사람을 소개해주겠노라고 말했다. 그리고 그 이튿날 추기경의 소개장을 든 엔초 노인이 마르코의 집 문을 두드린 것이다.

그날부터 마르코의 고대 순례가 시작되었다. 비가 오는 날은 제외하고(로마에는 비가 오는 날이 거의 없으니까 매일이라고 해도 좋지만) 아침에 데리러 오는 노인과 함께 고대 순례를 하다 보면, 어느새 오전 시간이 다 지나가버린다. 시외로 멀리 나갔을 때는 해가 지기 조금 전에 울리는 만종 소리를 들으면서 성문이 닫히는 시간에 늦지 않으려고 정신없이 말을 달릴 때도 있었다. 성문은 일몰을 신호로 닫히기 때문이다.

지금까지는 밤을 함께 보내고 아침에 자기 집으로 돌아가는 올림피아가 잠자리에서 일어난 뒤에도 마르코는 집에서 빈둥거리며 시간을 보낼 때가 많았지만, 파르네세 추기경의 분부가 있었기 때문인지, 엔초 노인은 아침마다 빠짐없이 문을 두드렸다. 그래서 이제는 올림피아보다 마르코가 먼저 잠자리에서 일어날 때가 많아졌다. 그런 마르코를 보고, 올림피아는 생활이 건전해져서 좋다고 놀리곤 했다.

이런 식으로 날마다 바쁘게 돌아다니며 상쾌한 피로를 느끼게 되었기 때문인지, 올림피아가 오지 않는 밤에도 그 이유를 깊이 생각지 않고 잠에 곯아떨어져버린다. 또한 미행당하는 게 아닐까 하는 문제도 깊이 생각해보지 않고 머리 한구석에 처박아버렸다.

마르코에게 엔초 노인은 그야말로 안성맞춤의 고대 안내자라고 해도 좋았다. 학식이 없으니까 고대 유물의 유래까지는 설명하지 않는다. 다만 유적일 경우에는 발굴 상황, 유물인 경우에는 그것이 언제 어디서 발견되었는가를 정확하게 말해준다. 발굴이 이루어진 곳으로 싫어하는 기색 한 번 보이지 않고 열심히 안내해주는 것도 고마웠다.

유래 따위는 설명해주지 않는 편이 더 나았다. 안내자들 중에는 제 역할에 충실하려는 의무감 때문인지 역사까지 친절하게 설명해주는 사람이 많다. 하지만 이런 설명은 모르는 사람에게는 도움이 될지 몰라도, 마르코처럼 학식이 있는 사람에게는 오히려 성가신 경우가 많다. 정확하지도 않은 역사나 유래를 장황하게 늘어놓으면, 듣는 사람은 그만 흥이 깨져버린다. 엔초 노인은 그러지 않았다. 고대 유적 발굴작업에 오랫동안 종사한 사람으로서 자기가 아는 사실만 설명한다. 그리고 바로 그것이야말로 마르코가 이제껏 몰랐던 사실이다.

게다가 엔초 노인은 마르코가 지불하는 과분한 사례금 때문인지, 아니면 단지 고대 로마에 대한 이 베네치아 사람의 정열을 흐뭇하게 생각해선지, 마르코가 예상치도 못했던 선물을 두 개나 주었다.

하나는 그가 오랫동안 사용했다는 로마 지도였다. 그것도 현대 로마의 지도가 아니다. 시대에 따라 다른 색깔의 물감으로 구분해놓아서, 고대부터 16세기까지의 로마를 한눈에 알아볼 수 있도록 만들어진 지도다. 이 지도를 선물받았을 때, 마르코는 저도 모르게 탄성을 질렀을 정도였다.

이에 못지않게 마르코를 기쁘게 해준 또 하나의 선물은 길이가 한 뼘 가량 되는 철제 펜이었다. 이는 한쪽 끝이 날카롭게 되어 있다. 고대 로마에서는 밀랍을 바른 목판에 철필로 글을 쓰는 것이 일반적인 방식이었다. 파피루스나 양피지는 값이 비싸서 공문서에 쓰이는 경우가 많았다. 스승 앞에 책상을 늘어놓고 배우는 학생들은 목판을 끈으로 묶은 '공책'을 사용하는 것이 보통이었다. 사적인 편지도 목판에 쓰는 방식이 가장 널리 보급되어 있었던 모양이다. 엔초 노인은 철필을 마르코에게 건네주면서 어눌한 투로 말했다.

"발굴 현장이든 건설 현장이든, 작업중에 고대 유물이 나오면 교황청의 고대 발굴반에 보고할 의무가 있답니다.

다만 유력자가 집을 짓다가 유물을 발견한 경우에는, 교황청에 보고만 하면 개인 소유물로 삼아도 상관없도록 되어 있습니다. 물론 누구나 걸작이라는 걸 알 수 있을 정도의 유물은 교황청이 사들이는 경우가 많지만요.

그래서 저희 같은 발굴작업 관계자들은 유물을 개인 소유물로 삼는 것이 엄격하게 금지되어 있습니다. 그래도 인부들 중에는 발굴된 작은 조각품이나 항아리 따위를 몰래 가져가는 사람이 있지요. 요즘은 고대를 부흥하려는 기운이 왕성해서, 유물을 살 사람은 얼마든지 있으니까요.

하지만 들키는 날에는 큰일납니다. 많은 인부가 그 때문에 직장에서 쫓겨났답니다. 발굴 현장에서 일하는 사람들 중에는 오랫동안 일하고 있는 사람이 뜻밖에 적습니다."

엔초 노인은 정직한 사람이었을 것이다. 그래서 총감독은 바뀌었지만, 엔초 노인은 현장감독이라고 불러도 좋은 자리를 무려 50년 동안이나 지킬 수 있었을 것이다.

"이 철필도 제 것으로 삼으려고 품에 넣은 건 아닙니다. 이것을 발견해서 작업복 주머니에 넣은 직후에, 지금은 깨끗이 씻겨져서 바티칸에 장식되어 있는 「라오콘 군상」이 발견되었지요. 발굴 현장 전체가 그야말로 흥분의 도가니였답니다. 그 소동 때문에 이걸 작업복 주머니에 넣은 채 그만 잊어버린 겁니다. 그걸 깨달았을 때는 며칠이 지난 뒤였고, 별로 중요한 유물도 아니라서 그대로 내버려둔 것이지요."

마르코는 이 선물을 고맙게 받기로 했다. 철필을 쥐고 있으면 고대 로마와 현대 사이에 가로놓인 1500년 세월이 한순간에 사라져버리는 듯한 기분이 든다. 누가 사용하던 것일까. 서기나 원로원 의원일까. 아니면 장군일까. 상상은 끝없이 펼쳐져간다.

고대 순례를 시작한 지도 한 달이 되어가던 어느 날, 엔초 노인이 마르코에게 오늘은 조금 멀리 나가보지 않겠느냐고 말했다. 고대 로마 시대에는 로마의 외항이었던 오스티아와 그 일대를 탐색하러 가자는 것이다. 들어보니 꽤 매력적인 계획이었다.

노인은 마르코가 세들어 사는 집에서 곧바로 테베레 강에 배를 띄울 수 있다는 것을 알고는, 오스티아까지 테베레 강을 따라 내려가자고 제안했다. 강어귀에 도착하면 하인을 배에 태워 돌려보내고, 노인과 마르코는 오스티아의 유적을 둘러본 다음 고대의 로마 가도를 따라 천천히 로마로 돌아온다는 계획이다. 그 일대의 유적을 꼼꼼히 살펴보려면 사흘은 너끈히 걸린다고 노인은 말했다.

계절도 마침 배를 타고 강을 따라 내려가기에 알맞은 가을이다. 마르코는 두말없이 동의했다. 올림피아에게 며칠 집을 비우겠다고 말하자, 그녀는 웃으면서 말했다.

"로마를 찾아오는 외국인들은 왜 너나없이 다 고대학자로 일변해버리는 걸까요?"

마르코는 애인의 손을 잡고 거기에 입을 맞추면서 진지한 말투로 대답했다.

"다른 사람이 왜 그러는지는 나도 몰라. 하지만 나에 관해서 말한다면, 나를 길 입구까지 데려다준 건 바로 당신이야. 당신이 파르네세 추기경과도 미켈란젤로와도 만나게 해주었으니까. 그 두 사람의 대화는 옆에서 듣고 있기만 해도 여러 가지를 생각하게 해주지.

파르네세 추기경은 대단한 인물이야. 그 젊은 나이에 로마 재개발을 생각하고 있어. 추기경은 미켈란젤로야말로 그 대사업을 공동으로 추진하기에 가장 맞춤한 인물이라고 믿고 있고, 미켈란젤로도 마음이 내키는 모양이더군.

그런데 16세기 사람인 파르네세 추기경과 미켈란젤로가 생각하는 로마 개조는 조만간 실현될 게 분명하지만, 그것도 고대 로마를 의식하지 않을 수는 없어. 아니, 반드시 의식해야만 진정으로 로마적인 것이 창조될 수 있다는 기분이 들어.

고대와 르네상스 사이에는 1500년이라는 장구한 세월이 가로놓여 있지만, 그 두 사람의 머릿속에서는 두 시대가 서로 멀리 떨어진 동시에 나란히 붙어 있기도 해.

둘 다 16세기 로마에서만 만들어낼 수 있는 것을 창조할 생각이라는 점에서는 두 시대가 멀리 떨어져 있어. 하지만 진정한 의미에서 16세기 로마를 창조하는 일은 고대 로마의 연장선상에서만 가능하다는 것도 그들은 알고 있지. 이 점에서는 1500년의 간격은 사라지고, 두 시대는 조금도 떨어져 있지 않아.

그들의 대화를 들으면서 나는 이 점을 잘 알 수 있었어. 그리고 피렌체 사람인 미켈란젤로에게 몸 안을 흐르는 피 같이 된 정신을 베네치아 사람인 내가 갖지 못할 리는 없다고 생각했지.

물론 미켈란젤로는 그 정신을 구현할 수 있는 재능을 타고난 인물이야. 반면에 정치 세계에서 성장했고 아마 이 세계에서 삶을 마치게 될 나는 그런 표현 방법은 갖고 있지 않아.

하지만 올림피아, 정신이라면 나도 공유할 수 있지 않을까. 그리고 만약 그 정신을 공유하는 데 성공한다면, 정치 세계에서 살든 장사꾼으로 여생을 마치든 그 정신에 따라 살아간다는 의미에서는 다를 게 없다고 생각해."

여자는 남자가 거듭나고 있다는 것을 느꼈다. 거기에 자기가 조금이나마 관계할 수 있었다는 것이 기쁘기도 했다. 그리고 이는 그녀의 마음 속 깊은 곳에서만 꿈틀거리는 생각이었지만, 젊은 추기경 알레산드로 파르네세도 거기에 관계하고 있는 것이 눈물이 나올 만큼 기뻤다.

올림피아는 말없이 마르코에게 몸을 던졌다. 마르코는 뜻을 같이하는 사람들 사이에 생겨나는 우정과도 비슷한 감정으로 그녀를 안았다. 그때 마르코에게는 눈물을 글썽이는 여자가 육체만이 아니라 정신까지도 공유할 수 있는 보기 드문 이성 동반자로 여겨졌다. 여자의 눈물을 입술로 훔쳐주면서, 마르코는 여자의 귀에다 몇 번이고 속삭였다.

"나한테 당신은 평생의 여자야. 단 하나뿐인 평생의 여자."


마르코가 오스티아에서 첫날 밤을 맞이하고 있던 시각에, 로마의 나보나 광장에 면한 올림피아의 집에서는 편안한 실내복 차림의 올림피아와 피에르 루이지가 저녁 식탁에 앉아 있었다.

남자는 올림피아가 작업복이라고 부르는 호화로운 옷차림 그대로 밤을 맞이하는 것을 허락하지 않았다. 그런 차림으로 있는 건 싫다는 남자의 말에 올림피아는 순순히 따랐다. 그가 시대를 주름잡는 파르네세 공작이라서 따른 것은 아니다. 이 정도의 일로 그가 만족한다면 얼마든지 따르겠다고 생각한 것이다.

피에르 루이지가 밤에도 귀가하지 않고 올림피아의 집에 머물 때면 언제나 그랬지만, 식탁 시중은 하녀가 아니라 과묵하고 덩치 큰 하인이 맡았다. 이 하인은 어릴 적에는 파르네세를 모신 사람이다. 그는 파르네세 집안의 발상지인 이탈리아 중부의 카스트로 마을 출신이었다.

파르네세 집안은 본거지를 로마로 옮긴 지 백 년이 넘었지만, 가문 발상지와의 인연은 끊지 않았다. 끊지 않은 정도가 아니라, 그 일대의 영지를 유지하는 데도 열심이었고, 영지에 사는 주민들을 파르네세 일가의 구성원으로 여기고 있었다. 파르네세 집안의 하인들 중에는 그 일대 출신이 많았다.

과묵한 하인은 소년 시절의 피에르 루이지를 섬기면서 함께 자라다가, 올림피아가 이 도련님의 아이를 가졌을 때부터 그녀의 하인이 되었다.

그를 올림피아의 하인으로 삼은 것은 피에르 루이지였지만, 아버지인 교황 파울루스 3세도 용인했다. 올림피아가 낳은 아들이 첫돌을 넘기자마자 파르네세 집안으로 입적된 뒤에도 하인만은 올림피아 곁에 그대로 두었다. 피에르 루이지가 강력하게 원했기 때문이다. 아직 젊은 애인이 자식을 빼앗기고 어떻게 살아갈지 염려스러워 견딜 수 없었던 것이다. 하인을 통해 올림피아의 신변을 감시한다는 생각은 당시에도, 아마 지금도 피에르 루이지의 머리에는 떠오르지 않았을 것이다.

 피에르 루이지 파르네세는 그가 방에 들어오기만 해도 방안에 있던 사람들이 모두 겁에 질려 주뼛거린다는 말을 들을 정도였지만, 올림피아와 함께 있을 때만은 사람이 싹 달라졌다. 달라지지 않는 것은 외모와 별로 웃지 않는 표정뿐이다. 거친 목소리를 내는 일도 없고, 난폭한 행동을 한 적은 한 번도 없다. 언제나 애처로울 만큼 상냥했다.
 애무하는 방식도 이 남자는 옛날과 똑같다고 올림피아는 생각한다. 열다섯 살 무렵 못 견디게 소중한 물건을 세심한 주의를 기울여 다루듯 애무하던 그 느낌이 서른다섯 살이 된 지금도 남아 있다.
 어머니의 사랑을 모르고 자란 남자의 숙명일까. 사내아이는 성장할수록 어머니의 애정 표현 방식을 귀찮게 느끼게 되지만, 그럼으로써 어른으로 성장하는 법이다. 귀찮게 생각할 필요도 없이 자란 남자에게 여자는 영원히 어떻게 대해야 좋을지 알 수 없는 존재인지도 모른다.
 하지만 피에르 루이지가 여자라면 누구한테나 애처로울 만큼 상냥하게 대하는 것도 아닌 모양이다. 구태여 세간의 평을 듣고 다니지 않아도 올림피아는 알고 있었다. 또한 피에르 루이지는, 요즘 들어 특히 그와 비교하여 자주 화제에 오르는 체사레 보르자와는 달리, 염문과는 인연이 없는 남자였다. 올림피아와의 관계조차도 지금까지 계속 숨겨왔기 때문이다.

한편 네댓 살 위인 마르코 단돌로는 남에게 긴장을 강요하는 타입이 아니다. 반대로 그와 대화를 나눈 사람은 거의 예외없이 경계심을 풀고, 농담을 하거나 친밀한 말투로 이야기한 것도 아닌데 허물없는 분위기에 잠기게 된다.

그렇다고 해서 강렬한 흡인력을 느끼게 하는 남자도 아니었다. 지도자라기보다는 참모형이라고 해야 할까. 그 이유는 아마 남의 윗자리에 서려면 친밀감을 느끼게 하는 동시에 다소나마 긴장을 강요하는 언행도 요구되기 때문일 것이다. 마르코는 앞장서서 현실의 거친 파도에 부딪쳐가는 사람이 아니라, 현실에서 완전히 도피할 수는 없다 해도 현실을 옆에서 곁눈질로 바라보거나 거친 파도도 잘 타고 나아가는 사람의 조용한 품위를 느끼게 했다.

조용한 남자 마르코의 애무가 그의 행동거지와는 정반대로 거칠고 강인한 것은 어머니의 포근한 사랑에 감싸여 자랐다는 점 외에, 어느 정도는 늘 냉정하게 깨어 있는 그의 정신에도 원인이 있을지 모른다.

올림피아는 그에게 안길 때마다, 그의 육체보다는 오히려 그의 눈길이 더 강하게 자신을 끌어당기는 것을 느끼곤 했다. 그의 눈길을 받으면 그녀의 몸은 저절로 그에게 기울어져간다. 그의 눈은 언제나 '자, 당신은 어떻게 할 거야?' 하고 말하는 듯했다.

어떻게 할지는 올림피아에게 달려 있을 것이다. 하지만 실제로는 마르코가 눈으로 그렇게 묻는 순간 그녀의 육체는 자신의 의지와는 동떨어진 움직임을 보이기 시작한다. 아니, 의지 따위는 깨끗이 사라져버린다. 방구석에라도 내동댕이쳐버린 느낌이다. 존재하는 것은 여자의 육체뿐이고, 그 육체는 남자의 의지대로 날아오르거나 남자의 의지대로 짓밟힌다.

피에르 루이지의 늠름한 팔에 머리를 기대고 쉬면서, 올림피아는 그런 생각을 하고 있었다. 그녀의 인생에 다른 어떤 남자보다도 커다란 그림자를 던지고 있는 두 남자.

한 사람은 몸이 떨어져 있을 때는 늘 다소의 불안을 느끼지 않을 수 없지만, 몸이 합쳐지면 그 무한한 상냥함으로 편안함을 느끼게 해주는 남자.

또 한 사람은 함께 있을 때는 이야기를 하든 말없이 앉아 있든 무어라 형언할 수 없을 정도의 편안함을 주지만, 몸이 가까워지자마자 그녀의 마음을 불안에 빠뜨리는 남자.

피에르 루이지에게 느끼는 불안감은 피할 수만 있다면 피하고 싶은 불안이지만, 마르코와의 사이에 생겨나는 불안은 허락되기만 한다면 언제까지나 자청하고 싶은 불안이었다.

머리 위에서 내려온 남자의 목소리에 올림피아는 현실로 돌아왔다.

"조만간 카스트로로 떠날 거야. 교회군 총사령관 선서식이니 뭐니, 로마에서 치러야 할 행사는 모두 끝났어. 이번에 영지로 가는 것은 교회군 총사령관 겸 카스트로 공작으로서는 처음이야."

"가족은 물론 동행하겠죠."

"알레산드로는 추기경이니까 당연히 로마에 남지만, 나머지 세 아들은 데려가. 특히 오타비오는 내년에 카를로스 황제의 딸과 결혼할 예정이니까, 공식적인 자리를 되도록 많이 경험해두는 편이 좋다고 아버지도 말씀하셨어."

"어련하시겠어요. 아드님들이야 당연히 데리고 가셔야죠. 그런데 마나님께서도 동행하시나요?"

"올림피아, 제발 부탁인데, 나만이 아니라 당신 자신한테도 상처를 줄 말은 하지 말아줘. 오르시니 집안은 로마에서 가장 유서 깊은 명문일 뿐 아니라, 그 집안 남자들 중에는 신성로마제국이나 프랑스나 베네치아 같은 강국의 용병대장을 직업으로 삼고 있는 사람들이 많아. 우리 집안의 무력은 오르시니 집안에 비하면 없는 거나 마찬가지지. 내가 갖고 있는 건 여차할 때 그 장군들을 소집할 권한을 갖는 교회군 총사령관이라는 직함뿐이야. 실제로 무력을 갖고 있는 건 내 처가에 속해 있는 그 남자들이라구."

"머지않아 당신도 카스트로 같은 작은 지방의 영주님이 아니라, 공작의 칭호에 어울리는 훨씬 큰 영토를 다스리는 군주가 되시겠군요."

정실도 아닌데 바가지를 긁는 아내처럼 말하는 자신에게 스스로 화가 난다. 하지만 대화가 이런 식으로 진행되는 것은 피에르 루이지한테도 책임이 있다고 생각한다. 그래도 올림피아는 말투를 바꾸려고 했다.

"하지만 만사가 당신이 원하던 방향으로 움직이고 있잖아요? 나는 그게 무엇보다도 기뻐요."

피에르 루이지는 눈앞에 흐트러져 있는 여자의 풍성한 머리카락에 살짝 입을 맞추었다. 그러고는 두 손으로 천천히 여자의 얼굴을 들어올렸다. 그러나 여자의 얼굴을 내려다보는 그의 눈은 어느새 여자의 기분에 자상하게 마음을 쓰는 남자의 눈이 아니라, 자기 기분밖에는 염두에 없는 남자의 눈으로 바뀌어 있었다.

"산탄젤로 다리 위에서 마주쳤을 때, 당신과 함께 마차에 타고 있던 남자는 누구지?"

올림피아는 허를 찔린 기분이었다. 그 일이 있던 직후에 피에르 루이지를 만났을 때는 이 질문이 나올 거라고 각오하고 있었다. 그런데 그후 몇 번이나 만났는데도 피에르 루이지는 그 일에 대해서는 한마디도 하지 않았다. 지금까지도 다른 남자들과 함께 있을 때 피에르 루이지와 마주친 적은 종종 있었다. 올림피아는 대은행가인 키지 집안의 연회나 프랑스 대사의 만찬 등, 로마의 사교 행사에는 늘 초대되는 손님이었다. 길을 산책하고 있을 때도 마주친 적이 있다. 그런 경우, 올림피아와 피에르 루이지는 서로 알기는 하지만 특별히 친한 사이는 아닌 남녀처럼 언기를 했다.

그리고 피에르 루이지는 지금까지 한 번도 함께 있던 남자가 누구냐고 따져 물은 적이 없었다. 올림피아의 손님에 불과하다고 믿었기 때문일 것이다. 그래서 올림피아는 마르코도 손님의 하나로 봐주었구나 생각했다.

그런데 이제 와서 불쑥 마르코가 누구냐고 물은 것이다. 올림피아는 허를 찔린 것을 눈치채이지 않도록 나른하게 졸린 목소리를 꾸며서 대답했다.

"마르코 단돌로라는 베네치아 귀족이에요."

거짓말은 아예 하지 않는 게 상책이다. 피에르 루이지는 그 정도쯤 쉽게 알아낼 수 있는 지위에 있다.

"제가 베네치아에 있을 때 처음 만났어요. 베네치아에서 세들어 살았던 집의 주인이기도 해요."

피렌체에서도 만났다는 말은 하지 않기로 했다. 피렌체에서 올림피아는 카를로스 황제의 첩자 노릇을 하고 있었지만, 그 사실은 피에르 루이지한테도 숨겼다. 그럴 수 있었던 것은 피에르 루이지도 같은 시기에 로마에서 멀리 떨어진 곳에서 군무에 종사하고 있었기 때문이다.

"당신 손님인가?"

남자는 목소리도 바꾸지 않고 물었다.

"그래요. 로마에서 당분간 공부를 하고 싶다고 해서, 나도 도와주겠다고 약속했기 때문에……."

"마르코 단돌로는 3년 동안 공직 추방 처분을 받은 몸이야."

아니나 다를까, 파르네세 공작은 조사하고 있었다. 그렇다면 마르코가 세든 집에 자기가 드나드는 것도 다 알고 있다고 생각하는 편이 좋을 것이다. 올림피아는 조금 몸을 긴장시키며 피에르 루이지의 다음 말을 기다렸다.

"그 남자, 당신 애인이지?"

올림피아는 대답하지 않았다.

"마차에 함께 있는 것을 보았을 때 알았어. 당신 태도가 다른 남자들과 함께 있을 때와는 완전히 달랐거든."

여자는 그래도 대답하지 않았다. 남자는 캐묻는 어조가 아니라 혼잣말을 하고 있는 느낌으로 말을 이었다.

"당신한테 청혼했나?"

올림피아는 이번에는 대답했다. 이 질문만은 갑작스러운 기습이 아니었기 때문이다.

"아뇨. 그분은 나하고는 결혼하지 않아요."

"하지만 독신이야. 단돌로 가문의 우두머리라면 남의 이야깃거리가 되지 않을 수는 없겠지만, 창녀를 정실로 삼은 베네치아 귀족은 전례가 없지도 않아. 그 남자한테 의지와 용기만 있다면 절대로 불가능한 일은 아니야."

아픈 곳을 찔리는 것은 역시 괴로웠다. 마르코에게 결혼을 조른 적은 한 번도 없었다. 불가능한 일이라면 아예 체념할 수도 있지만, 그래도 마음만 먹으면 결코 불가능한 일은 아니다. 결혼만은 생각해서는 안된다고, 그 생각만은 하지 말자고 다짐하면서도, 마음만 먹으면 가능한 일을 해주지 않는 남자를 사랑하는 것은 역시 괴로운 일이었다.

눈물이 올림피아의 뺨을 적시기 시작했다. 왜 우느냐고 물어도 확실히 대답할 수 없는 미묘한 감정이었지만, 그래도 눈물은 흐른다. 함께 있는 사람이 피에르 루이지이기 때문인지도 모른다. 남자는 여자의 얼굴을 두 손으로 떠받치면서 말했다. 이날 밤에는 처음 듣는 격한 어조였다.

"도대체 어느 누가 당신과 나 사이에 끼어들 수 있다는 거지?"

# 고대로의 여행

*성벽을 지나자 테베레 강 양쪽에 펼쳐지는 풍경이 갑자기 달라졌다.*
*완만한 기복을 이루는 푸른 평원과 여기저기 남은 고대 유적.*

 

테베레 강을 따라 내려가는 여행은 즐거웠다. 배를 띄운 직후에는 요즘 들어 마르코와 하인을 따라다니고 있는 정체불명의 집요한 눈길에서도 이제 벗어났다는 안도감을 맛보았지만, 그것도 이내 잊어버릴 만큼 즐거운 여행이었다.

젊은 하인은 주인을 따라 여행길에 나선 이후 처음으로 자신의 존재를 보여줄 수 있어서 저절로 기운이 나는 모양이었다. 하인도 베네치아 사람이다. 말을 다루는 데는 자신이 없어도 배 위에 올라가면 제 세상이다. 베네치아 시가지가 떠 있는 석호를 오가는 것과는 사정이 달랐지만, 테베레 강도 구불구불 흐르니까 급류라고 할 정도는 아니다. 흐름을 따라 하류로 내려갈 때는 돛도 노도 필요없었다. 키만 제대로 조작하면 된다. 고물에 앉아 키를 잡는 것은 그에게 맡기고, 마르코와 노인 안내자는 배 가운데쯤에 마주앉았다.

엔초 노인은 눈과 귀가 아직 밝은 모양이다. 강바람을 맞으면서 마르코에게 여러 가지를 설명해준다.

"이 언저리의 강바닥도 고대 유물 발굴에는 중요한 장소지요."

테베레 강에 떠 있는 유일한 섬인 티베리나가 다가왔다.

"로마 제국 말기에는 수도 로마에서도 기독교도들이 활개를 치고 다녔답니다. 그들은 고대 로마를 나타내는 거라면 뭐든지 싫어하고 증오했습니다. 대리석상도 테베레 강에 던져버렸겠지요. 이 부근 강바닥에서는 그렇게 버려진 석상들이 잇달아 나오고 있습니다."

"그걸 한 번 견학하고 싶은데."

"내년 여름에도 로마에 머물고 계신다면 한 번 모시겠습니다. 강바닥을 준설하는 일은 잠수해도 춥지 않고 강물도 줄어드는 여름에 하는 것이 관례지요."

마르코는 강물 속에서 완전한 형태의 고대 석상이 인양되는 광경을 상상하며 말했다.

"장관이겠군. 머리가 떨어져나갔거나 코가 잘려버린 고대 석상을 볼 때마다 같은 기독교도로서 그들의 만행에 부끄러움을 느끼지만, 강에 던져졌다면 그런 야만적인 행위도 면할 수 있었을 테니까."

"그렇게 망가진 건 없습니다. 다만 고대 말기부터 중세에 걸쳐 내버려진 것이든, 그보다 훨씬 옛날 로마로 운반하는 도중에 배가 가라앉아 그대로 배와 운명을 같이한 것이든, 천 년이 넘도록 강바닥의 진흙 속에 묻혀 있었기 때문에, 형태는 완전하지만 아무리 씻어도 지워지지 않는 얼룩이 반점처럼 묻어버렸습니다. 하얗게 빛나는 대리석으로 만들어진 걸작이었는데 그 꼴이 된

걸 보면 유감스러운 것은 마찬가지지요."

노인이 말하지 않아도, 청록빛 강물 속에서 새하얀 대리석상이 떠오르는 광경은 공상에 불과하다. 고대를 모르면 이런 초보적인 문제도 잘못 생각해버린다. 마르코는 저도 모르게 쓴웃음을 지었다.

교회와 수도원과 병원밖에 없는 강 속의 섬 티베리나가 뒤쪽으로 멀어진다. 테베레 강은 이 언저리에서 또다시 크게 굽이진다. 잠시 가다보니 처음에는 오른쪽에, 다음에는 왼쪽에 로마를 둘러싸고 있는 성벽이 보이기 시작했다. 드디어 로마 시가지를 떠나 강어귀로 내려가는 흐름에 몸을 맡기는 것이다.

성벽을 지나자 테베레 강 양쪽에 펼쳐지는 풍경이 갑자기 달라졌다. 완만한 기복을 이루는 푸른 평원과 여기저기에 남아 있는 고대 유적. 풀을 뜯는 소와 말, 그리고 수에서는 소와 말을 압도하는 양떼. 이따금 양떼를 쫓는 개들이 짖어대는 소리가 주위의 평온함을 깨뜨리며 울려퍼진다. 경작된 밭은 조금밖에 보이지 않는다. 목축이 주산업인 듯한 16세기 로마 교외의 풍경은 고대 로마가 아직 대제국이 되기 전의 상태로 돌아간 듯하다. 여기저기 남아 있는 유적을 없애버리면, 기원전 5세기 무렵의 로마 근교와 별차이가 없을 게 분명했다.

베네치아 공화국 영토 안에 있는 파도바와 베로나 근교는 경작할 수 있는 땅이라면 모두 경작한다고 해도 좋을 만큼, 밀이며 포도며 과일을 재배하는 밭으로 활용되고 있다. 당연한 일이지만, 한가롭게 양을 방목하는 풍경은 찾아볼 수 없다. 물론 고대 유적도 로마 근교와는 비교가 되지 않을 만큼 적었다.

"양이 많은 것 같군."

마르코는 외국인 나그네다운 감상을 토로했다. 그러자 좀처럼 웃지 않는 엔초 노인이 웬일로 웃으면서 대답했다.

"로마 사람에게는 빵과 양젖으로 만든 치즈가 일상적인 음식이랍니다. 통째로 구운 양고기는 평생에 한 번 먹을까 말까 한 진수성찬이지요."

그러고는 웃는 얼굴 그대로 말을 이었다.

"양들은 고대 유적 발굴작업에 종사하고 있는 우리한테는 꽤 좋은 협력자랍니다. 유적의 가장 큰 적은 돌틈에 돋아나는 잡초인데, 그 잡초가 무성해지기 전에 먹어치워주는 것이 양들이니까요."

베네치아 사람인 마르코는 과연 그렇구나 하고 감탄했다.

안내자는 뭐든지 앞질러 설명해주는 게 결점이지만, 엔초 노인에게는 그 결점이 없었다. 마르코가 스스로 알아차릴 때까지 기다려준다. 알아차리고 질문하면, 우선 거기에 대한 직접적인 대답을 하고 나서 그것과 관련된 사항도 해설해주었다. 마르코의 인품과 교양을 알아차리고 그런 방식을 택했을 것이다.

구불구불 흐르는 테베레 강도 이따금 직선으로 흐를 때가 있다. 물줄기가 직선이 되면 어김없이 동쪽 강기슭에 가도가 모습을 나타낸다. 배 위에서는 길까지는 안 보이지만, 당나귀를 끌고가는 농민이나 말을 탄 사람들이 오가는 걸 보면 거기에 길이 나 있는 것은 분명했다. 노인의 대답은 명쾌하다.

"저것도 고대 로마 가도 가운데 하나인데, 로마에서 오스티아까지 가는 길이라는 뜻으로 비아 오스티엔세라고 부릅니다. 오스티아가 로마의 외항이었던 고대에는 아피아 가도와 더불어 굉장히 붐비던 길이었을 겁니다.

고대 로마 사람들은 길이라는 건 여행 시간의 절약과 쾌적함을 둘 다 만족시켜야 한다고 생각했는지, 직선으로 뚫을 수 있는 곳에서는 반드시 길을 똑바로 뚫어버립니다. 오스티아까지 뻗어 있는 저 가도도 로마를 떠난 뒤 오스티아에 도착할 때까지 30킬로미터 가까운 거리가 거의 대부분 직선에 가깝게 되어 있습니다. 배를 타고 가면 그 거리가 적어도 세 배는 늘어나버립니다. 그래서 오스티아에서 돌아올 때는 고대 로마 가도를 이용할 생각입니다만."

마르코도 이의가 없었다.

오스티아 가도가 시야에서 사라진 지 얼마 후, 노인은 마르코에게 테베레 강어귀가 가까워진 것을 알렸다. 또다시 가도에서 멀어져 구불구불 흐르던 강이 바다로 흘러들기 조금 전에, 현재의 오스티아 항이 있는 강어귀 근처의 선착장에 배를 댔다.

여기서부터 마르코와 하인은 따로 행동한다. 하인은 오후의 순풍을 기다렸다가 테베레 강을 북상하여 로마로 돌아간다. 마르코와 엔초 노인은 말을 빌려 타고 주변의 유적을 탐색하면서 천천히 로마로 돌아가기로 되어 있었다.

마르코는 하인에게 곧장 집으로 돌아갈 필요는 없으니까 내일 오후까지는 오스티아에 있어도 좋다고 말했다. 젊은 하인은 기쁨을 얼굴에 그대로 드러내며 주인의 권유를 받아들였다.

"오랜만에 바다에서 낚시나 할까요."

그것도 좋겠다고 마르코는 대답했다. 오스티아 해변에 서서 바다를 바라보니 마르코도 가슴이 두근거렸다. 베네치아 시가지가 떠 있는 바다는 석호라서 잔잔하긴 하지만, 그래도 역시 아르노 강이나 테베레 강과는 다르다. 바다라서 파도가 인다. 베네치아 태생인 하인이 들뜨는 것도 당연했다.

엔초 노인이 미리 연락해두었는지 식사가 준비되어 있었다. 마르코는 오랜만에 맛보는 신선한 생선요리에 만족했다. 식사가 끝난 뒤 마르코 앞에 끌려온 말은 그대로 곧장 베네치아까지도 갈 수 있을 것처럼 팔팔하고 늠름한 검은색 아라비아 말이었다. 엔초 노인은 이제 나이가 들어서 말을 타기가 어렵다면서 당나귀에 올라탔다. 고대 유적을 견학하기 전에 우선 바다 쪽을 보는 편이 좋다는 노인의 의견에 따라, 두 사람은 테베레 강을 따라 말머리를 남서쪽으로 돌렸다.

"이 일대는 옛날에는 바다였지."

엔초 노인의 설명은, 마르코의 질문에 대답하는 경우가 아니면 언제나 혼잣말로 시작되곤 했다.

"테베레 강이 운반해오는 토사가 오랜 세월 동안 퇴적하여, 해안선이 앞바다 쪽으로 밀려나간 겁니다."

주위에는 인가도 없고, 키작은 풀숲이 이어져 있었다. 그 풀숲 사이에서 양떼가 조용히 풀을 뜯고 있었다. 낮은 둑으로 둘러싸인 곳에 대해서는 베네치아 태생인 마르코는 물어볼 필요도 없었다. 염전이다. 베네치아가 교역으로 번성하기 전에 외국에 팔 수 있었던 유일한 자원은 석호 주변 해안에서 얻는 소금이었다.

방향을 바꾼 엔초 노인을 따라 마르코도 말머리를 북쪽으로 돌렸다. 마르코는 말을 몰면서, 당나귀를 타고 있는 노인을 내려다보며 물었다.

"강어귀에 만들어진 항구는 토사의 퇴적을 면할 수 없는 법인데, 고대 로마인들은 그 점을 생각지 않았을까?"

"물론 생각했습니다. 로마인들은 건설 사업에서는 다른 어느 민족보다도 뛰어난 재능을 타고난 사람들입니다.

테베레 강은 시냇물이 아닙니다. 포 강만큼 크지는 않지만, 그래도 큰 강 축에는 들어갑니다. 토사가 퇴적하여 해안선이 앞바다로 밀려나가면 강어귀의 항구가 언젠가는 강 중간의 항구가 되어버린다는 것은 그 시대 사람들도 알고 있었습니다.

그래서 오스티아 항구는 그대로 놓아두고, 테베레 강의 구불구불한 흐름을 이용하여 따로 운하를 만들었지요. 지금 우리가 가려는 곳이 바로 거깁니다.

그리고 그 운하를 따라 대규모 인공항을 새로 만들었습니다. 항구는 제1항구와 제2항구로 나뉘어 있는데, 그것을 만든 황제 이름을 따서 클라우디우스 항과 트라야누스 항이라고 불렀습니다.

인공항은 전체가 바람과 파도를 완벽하게 피할 수 있어서, 큰 배는 거기에 접안하도록 되어 있었던 모양입니다. 거기서 짐을 작은 배에 옮겨 싣고, 운하를 따라 테베레 강으로 들어가서 로마까지 올라갔을 겁니다. 물론 오스티아 시내까지 들어가는 길도 뚫려 있었습니다. 제국의 수도 로마로 운반되는 물자는 막대한 양입니다. 항구와 오스티아를 양쪽 다 활용하지 않으면 도저히 처리할 수 없는 양이었을 게 분명합니다."

하지만 예상된 일이긴 했어도 마르코의 눈앞에 모습을 나타낸 클라우디우스 항과 트라야누스 항은 이제 더 이상 항구가 아니었다. 중세 천 년 동안 인공 운하조차도 보통 강이 되어버렸고, 퇴적된 토사로 말미암아 해안선은 앞바다로 이렇게 멀리 밀려나버렸다. 상류에서 밀려오는 토사를 방치해두면, 그것이 쌓이는 곳은 강어귀만이 아니다. 강어귀를 꼭지점으로 하는 삼각형은 점점 더 커지는 게 피할 수 없는 운명이다. 과거에는 지중해 세계에서 가장 큰 규모와 최신 설비를 자랑한 로마 외항도 이제는 풀숲 속의 호수에 불과했다.

과거의 모습을 그나마 간직하고 있는 것은 비록 허물어지긴 했지만 아직도 서 있는 벽돌벽과 끝부분이 떨어져나간 채 늘어서 있는 하얀 원기둥뿐이다. 고대에 항구 주변을 가득 메우고 있었다는 창고들의 흔적이었다.

마르코는 이날 처음으로 할 말을 잊었다. 의견도 질문도 떠오르지 않는다. '병사들의 꿈의 흔적'이라는 느낌만이 가슴을 옥죈다.

고대 로마 시대의 유적을 본 것은 이번이 처음은 아니다. 판테온에도 들어가보았다. 포로 로마노도 걸어보았다. 로마 시내를 돌아다니다보면 길모퉁이를 돌 때마다 마주치는 분수도, 늘어서 있는 기둥들도, 대리석 파편조차도 심상하게 보아넘겼다고는 생각지 않는다. 그래도 여기서 느낀 것과 같은 감상은 솟아난 적이 없었다.

'병사들의 꿈의 흔적'이라는 점은 포로 로마노나 판테온도 마찬가지지만, 거기에는 현대인들의 생활이 바로 옆에 나란히 존재하고 있었기 때문일까. 유적에 서 있어도, 그 바로 옆을 16세기의 로마 사람들이 웃거나 화를 내면서 지나가고 있었기 때문일까.

그런데 여기서는 파도소리와 바람소리밖에 들리지 않는다. 개 짖는 소리조차도 들리지 않는다. 하지만 마르코의 입에서 새어나온 혼잣말은 16세기 베네치아 귀족의 말이었다.

"베네치아도 언젠가는 이렇게 변해버릴까."

대답을 요구한 것도 아닌데, 등뒤에 있던 엔초 노인한테서는 명쾌한 대답이 돌아왔다.

"베네치아에 살고 있는 게 베네치아 사람인 한, 그렇게는 안될 겁니다."

"현재 로마에 살고 있는 건 로마 사람이 아니라는 건가?"

"로마인은 죽어버렸습니다. 제국이 멸망하기 2백 년 전부터 조금씩 죽기 시작했고, 그들이 완전히 죽어버렸기 때문에 제국도 멸망한 겁니다."

뒤를 돌아본 마르코는 노인의 눈을 처음으로 지그시 바라보았다. 엔초 노인은 교육 따위는 받은 적도 없는 서민이다. 하지만 소년 시절부터 고대 유적 발굴작업에 종사해온 경험은 모르는 사이에 이 노인에게도 깊은 식견을 심어준 게 분명했다.

마르코는 눈으로만 동의한다는 뜻을 밝혔을 뿐, 아무 말도 하지 않았다.

이튿날은 오스티아 유적을 견학하러 나갔다. 유적은 현재의 시가지보다 조금 북쪽에 자리잡고 있었다. 고대에는 테베레 강이 그 언저리까지 구부러져 흘렀고, 그 무렵의 강을 따라 만들어진 것이 옛날의 오스티아 시가지였다.

가지가 우산처럼 퍼진 소나무와 초원과 양떼밖에 보이지 않는 평원을 잠시 가다보니, 먼 빛으로도 유적이라는 것을 알 수 있는 넓은 지역이 눈앞에 펼쳐진다. 이제까지는 양치기와 농부밖에 보지 못했는데, 거기에는 양치기나 농부가 아닌 남자들이 일하고 있었다.

발굴작업에 종사하는 사람들이다. 교황청 안에 있는 고대 유적 발굴단이라고 엔초 노인은 설명했다. 일하고 있는 남자들 가운데 몇 명이 노인에게 인사를 했다. 아는 사이일 것이다. 엔초 노인은 그들에게 일일이 반갑게 말을 걸었다.

유적 발굴은 얼핏 보아서는 땅바닥 위로 머리를 내밀고 있는 기둥이나 벽을 파내려가는 것에 불과하다. 더구나 사람이 살지 않는 장소를 골라서 팔 수밖에 없다. 밭이나 가축을 방목하는 땅이면 쉽게 발굴할 수 있지만, 현재 사람이 살고 있는 곳은 그 밑에 옛 도시가 묻혀 있다는 것을 알아도 발굴하기가 어렵다. 교황의 명령이 내려도 상당히 어렵다고 노인은 말했다.

오스티아 유적 발굴작업은 극히 일부밖에 손을 대지 못한 상태라고 한다.

"어쨌든 고대에 관심을 갖기 시작한 게 고작 백 년 전부터니까요. 그때까지는 유적이 집을 지을 때 쓰는 건축자재의 공급원이나 도적의 소굴이나 비를 피하는 곳에 불과했지요.

그런데 백 년 전부터 고대를 부흥시키려는 기운이 높아진 덕에 교황청도 계획적인 발굴작업에 나서게 된 겁니다. 물론 유적의 발굴이나 보존보다는 거기서 나오는 고대의 석상이나 동상이 목적이지만."

발굴작업의 살아 있는 사전이라고 불리는 엔초 노인도 이런 상황에서는 마르코를 안내하면서도 단정적인 설명은 할 수 없다. 여기는 아마 장터였을 거라느니, 여기에는 반원형의 극장이 있었을 거라는 정도의 설명으로 만족할 수밖에 없었다.

그러나 마르코에게는 그걸로도 충분했다. 역사는 어파치 상상력의 세계다. 육안으로 보는 동시에 마음의 눈으로 보는 것도 잊어서는 안되는 것이 역사의 세계다.

1층밖에 남아 있지 않은 건물을 보고 4, 5층 높이의 고대 건물을 상상하는 것은 남아 있는 층을 어떻게 보느냐에 달려 있다. 하지만 보는 것만으로는 충분치 않다. 지금 현재 로마나 베네치아나 피렌체에 있는 건축물에 대한 기억을 총동원하여 최대한 상상력을 발휘해야 한다. 마르코는 이날 온종일 노인의 설명에 귀를 기울일 뿐, 거의 입을 열지 않았다.

다만 오스티아의 고대 항구 유적을 보았을 때와는 달리, '병사들의 꿈의 흔적'이라는 느낌은 별로 들지 않았다. 오스티아가 아무리 대제국 로마의 현관이었다 해도, 시가지 규모는 소도시 이상이 아니었기 때문일 것이다. 이 오스티아 유적에 비하면, 지금은 바다와 바람밖에 없는 과거의 '항구'는 고대 로마 그 자체를 상징했다.

이날 밤에도 결국 오스티아에 묵었다. 온종일 당나귀 위에서 흔들렸기 때문인지, 건강한 엔초 노인도 피로한 기색이 역력했다. 그것은 유적 견학이 끝난 뒤에도 그 일대를 계속 돌아다닌 마르코 탓이기도 했다.

하지만 날도 저물기 전에 오스티아 시내 여관에 도착한 것은 노인의 피로를 배려했기 때문만은 아니었다. 이튿날 아침 일찍 여관을 떠나기로 결정했기 때문이다. 원래는 '비아 오스티엔사'를 따라 로마까지 곧장 북상할 작정이었는데, 당초의 계획을 바꾼 것이다. 언제나 냉정한 마르코로서는 드문 일이지만, 아피아 가도를 따라 로마로 돌아가고 싶은 열망에 사로잡혔기 때문이다. 고대 로마에서는 가장 유명했던 아피아 가도를 일부만이라도 꼭 한 번 지나가보고 싶었다.

엔초 노인은 미소를 지으면서 마르코의 소망을 들어주었다. 그리고 그날 밤에는 여관에서 길을 너무 멀리 돌아가지 않고 아피아 가도로 빠질 수 있는 길을 알아보기로 했다.

하지만 저녁식사를 마치고 여관의 허술한 잠자리에 몸을 눕힌 마르코는 한동안 잠을 이루지 못했다. 오늘처럼 적당히 피곤한 하루를 보낸 뒤에는 금방 깊은 잠에 빠질 수 있을 터인데, 그는 눈을 뜬 채 어둠 속에 누워 있었다. 고대 로마로 가득 차 있던 그의 머릿속에 현대의 로마가 침입해 들어왔기 때문이다.

아침에는 미처 알아차리지 못했지만, 오스티아 유적 견학이 끝날 무렵 마르코는 잊었던 그 시선을 다시금 느꼈다. 누군가에게 감시당하고 있다, 누군가가 따라다니고 있다는 생각은 로마에 두고 왔을 터인데, 왜 이럴까 하는 의문이 다시 고개를 쳐들기 시작했다.

등에 시선을 느꼈을 때, 마르코는 아무렇지도 않은 체하면서 말 위에서 천천히 뒤를 돌아보았다. 바로 옆에서 발굴작업을 하고 있는 인부들말고는 겨울에 가축 사료로 쓰기 위해 풀을 베는 농부 두 명이 보일 뿐이다. 그밖에는 이 일대에서는 낯익은 풍경이 펼쳐져 있다. 초원에서 풀을 뜯는 양떼, 초라한 망토와 챙넓은 모자에 나무 지팡이를 든 양치기가 있을 뿐이다. 수상쩍은 사람은 하나도 없다. 엔초 노인에게는 말하지 않기로 했지만, 정체 모를 시선은 이따금 중단되면서도 그날 오후 내내 어디선가 마르코에게 쏠려 있었다. 그래도 기분좋은 피로가 얼마 후 마르코를 깊은 잠으로 이끌어갔다.

# 여자의 두려움

*올림피아도 알고 있었다.*
*마르코 단돌로를 사랑해버린 그녀 자신에게 원인이 있었다.*

올림피아는 오늘밤에야말로 물어보기로 결심했다. 그동안 줄곧 그 일이 마음에 걸렸지만, 대답을 아는 게 두려워서 아무래도 말을 꺼낼 수가 없었다. 하지만 이제 더 이상은 가슴에 담아둘 수 없게 되었다.

고급 창녀는 자기가 원하지 않아도 손님의 비밀을 어느새 알아버리게 된다. 더구나 올림피아처럼 최고급 손님을 상대하는 여자는 때로는 국제 정치의 극비 정보까지 알게 되는 경우도 있다.

따라서 비밀을 지키는 것은 류트를 타거나 재치있는 대화를 하거나 옷에 대한 안목을 키우는 것과 마찬가지로 고급 창녀에게는 없어서는 안될 자격 조건으로 여겨졌다. 직업 의식이라기보다는 제2의 피부처럼 되지 않으면 안된다.

이제까지 올림피아도 숱한 비밀을 가슴에 담아두었다. 알면서도 모르는 체하는 데는 이제 익숙했다.

하지만 요즘 들어 그녀의 가슴을 채우고 있는 비밀은 그런 것들과는 성격이 달랐다. 그렇기 때문에 가슴에 담아두는 것만으로는 해결되지 않아서 계속 괴로워했던 것이다.

피에르 루이지 파르네세에게 물어보면 가장 빨리 정확한 대답을 얻을 수 있다는 것은 처음부터 알고 있었다. 그런데도 오늘까지 말을 꺼내지 못한 것은 진실을 알기가 두려웠기 때문만은 아니다. 지금까지 피에르 루이지한테는 뭐든지 털어놓고 이야기할 수 있었는데, 피렌체에서 로마로 돌아온 뒤로는 그러지 못했다.

남자는 변하지 않았으니 원인은 자기에게 있다. 올림피아도 그것은 알고 있었다. 마르코 단돌로를 사랑해버린 그녀 자신에게 원인이 있었다.

피에르 루이지와의 관계는 줄곧 햇빛이 닿지 않는 음지에서 싹트고 자라왔으니까, 보통으로 생각하면 배신은 성립되지 않는다. 애인 관계일 뿐, 무슨 서약을 나눈 사이도 아니고, 피에르 루이지가 그녀를 경제적으로 책임진 것도 아니다. 선물이라면 다른 손님들한테도 받고 있다.

하지만 마음이 문제였다. 피에르 루이지가 그녀를 사랑하고, 그녀도 그 사랑에 화답한 데서 생겨난 문제다. 진지한 관계가 아니면 그런 문제도 일어나지 않지만, 피에르 루이지와 올림피아의 20년에 걸친 애정은 진지한 남녀 관계였다.

그 관계를 깨려는 것은 여자 쪽이다. 따라서 남자는 느끼지 않는 문제라도 여자는 느끼지 않을 수 없었다. 올림피아는 새로운 사랑을 얻은 기쁨보다는 다른 남자에게 마음이 옮아간 여자, 그런데도 여전히 첫 남자의 사랑을 받고 있는 여자의 고뇌를 더 많이 맛보고 있었다.

하지만 오늘밤에야말로 물어보기로 결심했다. 언제나 신경이 팽팽하게 긴장되어 있는 피에르 루이지가 마음을 느슨하게 풀어놓는 것은 올림피아와 사랑을 나눈 뒤뿐이었다. 올림피아는 그때를 기다려 말을 꺼내기로 했다.

여자는 남자의 벌거벗은 가슴에 시트를 덮어주면서 아무렇지도 않은 투로 말했다.

"줄곧 마음에 걸렸던 일인데……."

"뭔데?"

피에르 루이지는 기분좋은 피로감에 젖어, 감고 있던 눈을 뜨지도 않고 되물었다.

"마차를 타고 공사중인 성 베드로 성당 앞을 지나간 그날 말인데요. 돌기둥에서 기둥머리가 떨어져 다친 사람을 마차에 태워서 병원까지 데려다준 적이 있어요. 그 사람은 결국 병원에 도착하기 전에 죽어버렸지만, 나는 그 사람이 숨을 거두기 직전에 한 말을 들었어요."

남자는 여전히 눈을 감은 채 물었다.

"뭐라고 했는데?"

올림피아는 숨을 죽이고, 그동안 마음에 담아둔 말을 토해냈다.

"몬 시뇨레 파르네세한테 당했다고 말했어요."

피에르 루이지는 그제서야 비로소 눈을 떴다. 하지만 비단을 씌운 커다란 베개 두 개에 파묻고 있던 윗몸은 일으키지 않고, 눈동자만 움직여 올림피아를 지그시 바라보면서 물었다. 말투는 딱딱하게 변해 있었다.

"그날 당신은 단돌로라는 베네치아 사람과 함께 있었는데, 그 남자도 그 말을 들었나?"

"아뇨. 그분 귀에는 들리지 않았을 거예요. 마차 바닥에 앉아 부상자의 머리를 안고 있던 나도 간신히 알아들었을 만큼 작은 소리로 중얼거렸을 뿐이니까요."

피에르 루이지 파르네세는 원래의 말투로 돌아와서 말을 이었다.

"그런데 뭐가 걱정이지?"

"그 사람은 다 죽어가면서 몬 시뇨레 파르네세한테 당했다고 말했어요. 몬 시뇨레 파르네세라고 불릴 만한 사람은 알레산드로밖에 없잖아요."

올림피아는 저도 모르게 목청을 높였다. 그러자 남자의 눈이 우선 웃기 시작했다. 그리고 그 웃음은 이내 입까지 번졌다.

카스트로 공작이자 교회군 총사령관으로서 현재 로마에서는 교황 다음가는 권력을 갖고 있는 피에르 루이지 파르네세는 이제 한 남자로 돌아와 웃고 있었다. 베개에서 몸을 일으켜 악의라고는 조금도 없이 웃고 있는 남자를 올림피아는 그저 멍하니 지켜볼 수밖에 없었다.

그 쾌활한 웃음소리를 듣자, 로마 교외에서 말을 달리던 무렵의 생기발랄한 피에르 루이지의 모습이 그 얼굴에 겹쳐 보여, 올림피아는 달콤한 기분과 쓰라린 고통을 한꺼번에 맛보았다.

겨우 웃음을 멈춘 남자는 상냥함과 빈정거림이 뒤섞인 어조로 말했다.

"모성애란 당신 같은 여자도 맹목으로 만들어버리는 건가? 옛날에는 당신이 나한테 라틴어를 가르쳤지. 라틴어 숙제도 당신이 도와줘서 해석할 때가 많았어. 그런데 어떻게 된 거야. 몬 시뇨레라는 말을 들으면 추기경밖에는 떠오르지 않게 되었으니.

하긴 그것도 무리는 아니지. 몬 시뇨레라는 말은 주로 추기경이나 주교 같은 고위 성직자에 대한 존칭으로 쓰이니까. 하지만 또 다른 의미도 있다는 걸 잊어버렸네. 지체 높은 세속인을 모시는 하인이 제 주인을 가리키거나 부를 때도 몬 시뇨레라고 하지. 이탈리아에서는 보통 미오 시뇨레라고 하지만, 프랑스 사람들은 미오 대신 몬이라고 해.

죽은 남자는 토리노 태생의 이탈리아인이었어. 토리노에서는 이탈리아어보다 오히려 프랑스어가 더 널리 쓰이고 있지. 따라서 우리 아들 알레산드로 파르네세 추기경은 이 사건과는 아무 관계도 없어."

올림피아는 깊은 한숨을 내쉬었다. 낮게 드리워져 있던 먹구름이 순식간에 사라져가는 것을 느꼈다. 그런 여자를 가만히 바라보고 있던 피에르 루이지는 상냥함도 빈정거림도 사라진 어조로 말했다.

"그 남자를 사고로 위장해서 죽이게 한 사람이 파르네세 추기경이 아니라는 사실은 이걸로 밝혀졌지만, 파르네세라는 이름까지 무관해진 건 아니야. 그쪽에 대해서는 조금도 걱정하지 않나?"

올림피아는 남자의 얼굴을 똑바로 바라보았다.

"그럼 당신이……."

"그래. 내가 시켰어. 나는 프랑스 대사나 프랑스 출신 추기경들과 회담할 때 그 자를 통역으로 쓰고 있었어. 프랑스 놈들은 대부분 이탈리아어도 라틴어도 모르니까 말야. 그런데 얼마 전부터 그자의 태도가 이상하다는 생각이 들기 시작했지. 그래서 미행을 시켜보았더니 프랑스 대사와 만나고 있더군. 만날 필요도 없는데 말야. 그것도 한두 번이 아니야. 그래서 죽였어."

"첩자 노릇을 한 건 확실한가요?"

"아니, 그건 가능성이 높은 의심일 뿐이야. 심문도 하지 않았으니까. 그런데도 죽여버린 것은 프랑스 왕한테 경고하기 위해서야. 그쪽으로서는 파르네세 집안과 에스파냐 왕이 가까워지는데 위협을 느끼고 한 짓이겠지만, 내 신변에까지 첩자를 잠입시키는 건 용서할 수 없어."

올림피아는 가볍게 한숨을 내쉬고 나서 말했다.

"당신 참 무서운 분이군요."

"당신 입에서 그런 비난을 들을 줄은 몰랐는걸. 나도 이제는 다정다감한 젊은이가 아니야. 나는 남에게 움직임을 당하는 장기말이 아니라, 장기말을 직접 움직이는 쪽에 서고 싶어.

하지만 올림피아, 사적인 감정을 완전히 죽여버리는 건 나한테는 아무래도 무리인 모양이야. 자신의 야망을 달성하기 위해 무엇이든 가리지 않고 철저히 이용하는 냉혹함은 나하고는 인연이 없는 것 같다는 기분이 들어. 로마로 돌아오면 제일 먼저 당신 얼굴이 떠오르는 게 좋은 증거지."

여자는 짧게 자른 남자의 머리를 손가락으로 만지작거리면서 아련히 흔들리는 촛불을 바라보았다.

# 아피아 가도

*로마에 눌러앉아 철저히 항간에 묻힌 한 개인으로 살아가자.*
*그러면 올림피아를 아내로 맞이할 수 있다.*

비아 오스티엔세(오스티아 가도)는 로마로 직행하는 길이다. 하지만 비아 아피아(아피아 가도)를 지나 돌아가고 싶다는 마르코의 열망을 이루어주려면 먼 길을 돌아가야 했다.

오스티아 가도도 아피아 가도도, 모든 길은 로마로 통한다는 말이 있었던 먼 옛날 로마에서 부채꼴로 뻗어나간 길이다. 오스티아 가도는 장화처럼 생긴 이탈리아 반도의 거의 중앙에 자리 잡은 로마에서 남서쪽에 있는 오스티아까지 뻗어 있고, 아피아 가도는 로마에서 장화 뒤축에 가까운 브린디시까지 이탈리아 반도를 종단하는 형태로 남동쪽을 향해 달리고 있다.

오스티아가 지중해 서쪽을 향해 열린 로마의 현관이라면, 아피아 가도의 종점인 브린디시는 그리스와 오리엔트를 향해 열린 로마의 바깥문이었다.

따라서 이 두 가도 사이의 각도는 거의 90도를 이룬다. 아피아 가도를 따라 로마로 돌아가려면, 오스티아에서 아피아 가도와 만나는 지점까지 로마 교외의 평원을 가로질러야 했다.

엔초 노인은 우선 오스티아 가도를 따라가다가 중간 지점에 이르면 가도를 버리고 평원으로 들어가, 아피아 가도를 만날 때까지 북동쪽으로 올라가는 방법을 제안했다.

양떼와 양치기밖에 만날 수 없는 구간을 되도록 줄이고 싶다는 것이다. 도적과 마주쳤을 때를 대비하여 걸음이 느린 당나귀도 말로 바꾸겠다고 한다.

"로마에서 기껏해야 2, 30킬로미터 떨어져 있을 뿐인데, 그렇게까지 조심할 필요가 있나?"

마르코가 웃으면서 말하자, 노인은 진지한 얼굴로 대답했다.

"필요합니다. 가도를 따라가면 걱정할 게 없지만요. 좀더 남쪽으로 내려가면 콜론나 가의 땅이니까, 거기서 나폴리까지는 안전합니다. 하지만 이 부근은 공백지대지요. 콜론나 가의 세력도 미치지 않고, 로마 교황청의 눈도 구석구석까지 빛나고 있는 건 아니니까요.

그리고 이 근방에서는 도적떼가 설치지 않더라도, 이 일대에 얼마든지 있는 유적은 놈들한테는 좋은 소굴이 됩니다. 그저 조심하는 게 상책이지요."

하지만 이날은 유감스럽게도 도적떼에 쫓겨 쏜살같이 말을 달리는 모험은 경험하지 못했다. 처음부터 끝까지 가을 햇살을 온몸에 받으며 느긋한 산책을 즐겼을 뿐이다.

다만 오스티아 가도를 벗어날 때 약간 꾀를 썼기 때문에, 전날부터 따라다니던 정체모를 자를 따돌리는 데는 성공했다. 옆을 지나고 있던 짐수레의 바퀴가 빠지는 바람에, 짐수레에 실린 짐이 길바닥으로 굴러떨어져 한바탕 소동이 벌어졌다. 그 틈에 마르코가 노인을 재촉하여 재빨리 아피아 가도를 벗어난 것이다.

로마 사람들이 캄파냐(평원)라고 부르는 그 일대의 특징은 끝없이 펼쳐져 있는 초원과 군데군데 무리지어 있는 양떼들, 햇빛을 저장해놓은 듯 울창하게 우거진 우산 모양의 소나무와 한눈에 고대 유물이라는 것을 알 수 있는 고가 수로의 유적이 아닐까.

그 중에서도 특히 파괴되어 군데군데 끊겨 있기는 하지만 고대 로마의 고가 수로는 장관이었다. 수원지에서 수십 킬로미터나 떨어진 로마 시내까지 물을 보내던 수로의 흔적이었다.

돌로 만든 아치가 늘어서 있고, 그 사이사이에서 양들이 묵묵히 풀을 뜯고 있었다. 마르코도 양을 흉내내어, 말을 탄 채 아치 하나하나를 차례로 빠져나가보았다. 멀리서 바라볼 때보다 건축물의 크기를 더한층 실감할 수 있었다. 허물어진 돌조각을 주워서 살짝 품에 넣었다. 그것을 만지고 있으면 1500년 세월이 한순간에 사라져버리는 듯한 기분이 든다.

평원에서는 고대 수로의 유적 외에 허물어진 돌벽과도 마주쳤다. 돌벽에는 아직 군데군데 대리석도 남아 있었다. 엔초 노인의 설명에 따르면, 고대 로마 교외에 있던 부자들의 별장터라고 한다. 실제로 몇몇 돌벽 안에 들어가보니 모자이크로 장식된 바닥이 남아 있었다. 지금은 도적의 소굴이나 소나기를 만난 양치기의 피난처, 또는 농부가 농작물을 보관하는 창고로 쓰이고 있었다. 로마 시대의 시멘트로 굳힌 돌벽은 참으로 견고하게 되어 있어서, 비나 이슬을 피하는 데 쓰려면 손을 볼 필요도 거의 없을 터였다.

아피아 가도는 멀리서 보아도 길이라는 것을 알 수 있었다. 일정한 간격을 두고 우산 모양의 소나무가 서 있기 때문이다. 초원을 헤치고 왔기 때문에, 가도로 나가자마자 사람도 말도 우선 몸에 묻은 마른 풀이나 풀씨부터 털어냈다.

아피아 가도는 길바닥에 깔린 마름돌 사이의 접착 부분이 오랜 세월에 마멸되어 군데군데 도랑이 생겨 있어서, 평평하다고는 말할 수 없었다. 그래도 커다란 마름돌들을 모자이크처럼 접착하여 만든 고대 도로는 작은 돌멩이를 깐 북이탈리아 도시의 도로보다는 훨씬 걷기에 편했다. 도로 정비에 열심이었던 고대에는 포석(鋪石)의 이음매에 도랑이 생기는 일도 없이 완전한 평면이었을 테니까, 사람도 말도 수레도 상당히 편하게 다닐 수 있었을 게 분명하다. 그러나 도로 정비를 소홀히 한 세월이 천 년 이상 지나면, 그런 것은 상상의 세계에서나 가능한 일이 된다.

비록 고대의 기능과 미관은 잃어버렸지만, 지금 이렇게 아피아 가도를 걷는 것도 꽤 운치가 있었다.

로마 소나무라는 별명을 가진 우산 모양의 소나무는 길가는 나그네가 쉬어 가기에 좋은 그늘을 만들어준다. 허물어진 옛 무덤의 하얀 대리석은 걸터앉기에 좋은 곳을 제공해주었다.

우산 모양의 소나무는 피렌체 근교의 노송나무처럼 한 줄로 늘어서 있는 게 아니라, 상당한 간격을 두고 군데군데 서 있었다. 그래서 나그네를 햇빛과 바람으로부터 완전히 지켜주지는 못하지만, 도로를 보전하는 데는 꽤 현명한 방법이라는 것을 마르코도 알 수 있었다.

나무에는 당연히 뿌리가 있다. 길가에 서 있는 나무의 뿌리가 도로의 포석 밑으로 기어드는 것은 막을 방법이 없다. 포석 아래까지 뻗어내린 뿌리는 그 위의 포석까지도 움직일 수 있는 힘을 갖고 있다. 도로를 평평하게 유지하는 데 집착한 고대 로마인들은 가도의 가로수까지도 희생한 것이다.

그리고 보면 노송나무 가로수가 아름다운 중부 이탈리아 이북의 도로는 하나도 포장이 되지 않았다는 것을 마르코는 생각해냈다.

아피아 가도는 이 부근에서는 완전한 직선으로 뻗어 있다. 말을 타고 그 길 한복판을 따라 나아가면, 앞뒤의 길이가 끝없이 긴 무대로 나가는 듯한 기분이 든다. 양쪽에 서 있는 소나무와 무덤 유적들은 주인공의 등장을 맞이하는 조연들 같았다.

말이 걷는 대로 내맡기고 있던 마르코는 역시 말이 걷는 대로 내맡긴 채 조금 뒤에서 따라오는 엔초 노인을 돌아보며 말했다.

"무덤이 아주 많군."

노인은 마르코에게 가까이 다가오면서 대답했다.

"고대 로마인들은 성벽 안에 매장하는 것을 금지하고 있었습니다. 다만 황제의 무덤만은 예외였던 모양입니다. 지금의 산탄젤로 성은 원래 하드리아누스 황제의 무덤이었지요."

"그래서 고대인들은 성벽 밖에 무덤을 만들었다는 거로군."

"교회는 원래 순교한 성자의 무덤 위에 지어졌기 때문에, 우리 기독교도는 산 사람과 죽은 사람이 같은 공간에 공존하는 데 저항감을 느끼지 않는 겁니다."

"하지만 공존한다 해도 산 사람은 지상에서 생활하고 죽은 사람은 교회 마루 밑의 지하무덤에 잠드는 것이 보통일세. 베네치아는 바다 위에 세워진 도시라 땅바닥을 쉽게 팔 수 없기 때문에, 죽은 사람만을 위한 섬이 따로 있지.

진정한 의미의 공존은 로마인의 방식이 아닐까 하는 생각이 드는군. 공존인지 어떤지는 제쳐놓고라도, 고대에 산 자와 죽은 자가 맺고 있던 관계는 느낌이 좋아.

당시에는 아피아 가도가 주요 도로였으니까, 사람 왕래도 많았겠지. 고대인들이 남긴 글을 읽어보면, 가도를 따라 하룻길마다 여관가가 형성되어 있고, 로마의 상류층에 속하는 사람들의 별장도 많았다는 걸 알 수 있다네.

하지만 도시가 가까워지면 도로 양쪽에는 무덤이 늘어서게 되지. 가도를 지나다니는 것은 산 사람이고, 그것을 옆에서 지켜보고 있는 건 죽은 자들일세. 고대에는 죽은 사람도 지하로 쫓겨나지 않고 지상에 남아서, 햇빛을 받고 시원한 바람을 쐬면서 산 사람과 함께 살 수 있었네. 사람들로 북적거리는 시내에서 함께 사는 것보다 훨씬 편안하지 않았을까 싶은데 어떨까.

도시가 가까워질수록 길을 다니는 사람도 많아지니까, 도시 근방에 묻히면 죽은 사람도 쓸쓸하지 않네. 그리고 성벽으로 둘러싸인 시내에는 죽은 사람의 가족이 살고 있으니까, 무덤이 성벽 가까이에 있으면 성묘하기에도 편리하지. 도시의 혼잡을 피해 조용하고 공기 맑은 곳에서 살고 싶어하고, 그럴 만한 재력을 가진 사람은 도시에서도 멀리 떨어지고 길가에서도 떨어진 곳에 별장을 짓네. 산 사람을 가까이에서 바라볼 수 있는 곳은 죽은 사람에게 양보하고 말이지.

고대 로마인에게는 죽은 자들의 세계는 있었지만, 천국도 지옥도 없었네. 그래서 이런 유쾌한 공존 방식이 받아들여졌는지도 모르지."

마르코는 여느 때와는 달리 말이 많았다. 엔초 노인은 말없이 듣고만 있었다. 마르코의 말이 끝난 뒤에도 거기에 대해서는 한마디도 하지 않았다. 하지만 나쁜 감정은 품지 않은 모양이다. 침묵에는 찬성과 반대와 무관심의 세 종류가 있지만, 그의 침묵이 반대와 무관심은 아닌 게 확실했기 때문이다.

그러나 마르코는 지나치게 말이 많았던 자신이 부끄러워졌다. 그래서 생각을 말로 표현하는 것은 그만두었지만, 마음 속으로 생각하는 것은 그만두지 않았다. 그는 지금 난생 처음으로 다른 방향에서 자신의 인생에 빛을 비추어보는 듯한 기분이 들었다.

어제까지만 해도 마르코는 고국 정부가 그를 다시 불러주기를 은근히 기다리고 있었다.

베네치아 공화국에서는 기한이 명시된 공직 추방은 경력의 종말을 의미하지 않는다. 마르코가 받은 3년 동안의 공직 추방 처분은 그의 부주의에 대한 징계였다. 그가 국가에 죄를 지었다면, 3년 동안의 공직 추방으로 끝나지는 않았을 것이다. 게다가 베네치아 공화국 정부에서 마르코가 맡은 직책은 첩보기관인 10인 위원회의 위원이었다. 그런 고위 공직자의 몸으로 국익에 어긋나는 행위를 했다고 단정되면, 베네치아에서는 사형을 면할 수 없었다.

마르코 단돌로는 신성로마제국 황제이자 에스파냐 왕인 카를로스를 위해 첩자 노릇을 하고 있던 올림피아에게 부주의하게도 마음을 허락했고, 그 부주의에 대해 처벌을 받았다. 그로 말미암아 국가에 불이익을 초래하지는 않았지만, 그것은 행운이 낳은 결과일 뿐이다. 당시에는 베네치아와 카를로스가 명백한 적대관계에 있지는 않았기 때문이다.

다만 공직 추방 기간인 3년이 지났다고 해서 반드시 베네치아 정부가 다시 불러주는 것은 아니다.

국가에 필요없는 인간으로 판단되면 그대로 방치된다. 이렇게 되면 정치적 경력은 끝났다고 생각할 수밖에 없다. 베네치아 공화국의 공직은 모두 무보수니까, 원래 경제적 필요성 때문에 공직을 맡는 사람은 없었다. 따라서 공직에서 추방되었다 해도, 생활을 꾸려나가기 위해 당장 일자리를 찾아야 하는 사람은 없었다. 그렇긴 하지만 아무 일도 하지 않고 무위도식하는 인생을 보내는 것도 여간 힘들지 않다. 그래서 사회에서 자신의 설 자리를 찾거나 경제적 환경을 개선하기 위해 일자리를 갖는 사람이 많았지만, 국정에 종사할 길이 막혔다면 무역업계나 금융업계에서 나머지 반평생의 길을 개척할 수밖에 없었다.

그러나 마르코는 뚜렷한 이유도 없이 정부의 부름을 다시 받게 될 거라는 느낌이 들었다. 베네치아에서 으뜸가는 명문인 단돌로 가문의 우두머리라는 이유 때문은 아니다. 그가 생각하고 행동하는 방식은 베네치아 공화국이 앞으로 지향해야 할 방식과 합치하는 것처럼 여겨졌기 때문이다.

확실한 사실을 토대로 내린 결론은 아니다. 아직은 막연한 예감에 불과하다. 하지만 마르코는 정치 세계에서는 이런 종류의 예감이 들어맞을 확률이 높다는 것도 알고 있었다.

베네치아 공화국이 동시대의 다른 나라들과는 달리 오랫동안 동맥경화에 빠지는 것을 막을 수 있었던 것은 사회의 많은 부문에서 패자부활제도를 활용했기 때문이다. 이것은 베네치아 사회의 장기적 안정에 큰 효과를 나타낸 제도였다. 공직 추방 처분을 받은 사람에게 복귀할 기회를 주는 것도 그 한 예에 불과하다.

그렇긴 하지만, 국정에 종사하는 사람에게 다시 복귀할 기회를 주는 것을 무역업계나 금융업계의 패자부활과 똑같이 생각할 수 없는 것은 당연하다. 그래서 이 분야에서는 참으로 베네치아적인 패자부활 절차를 밟을 필요가 있었다.

우선 공직 추방 기간이 다 끝나가고 인물에 대해 철저한 조사가 이루어진다. 추방 기간에 국익에 어긋나는 행동을 한 혐의가 있는지 여부를 은밀히 조사하는 것이다.

혐의가 있다는 조사 결과가 나오면 당장 사법을 담당하는 '40인 위원회'에 회부된다. 공직에서 추방되었다 해도 베네치아 공화국 시민임에는 변함이 없기 때문이다.

혐의가 없다는 결과가 나오면, 그 인물이 과연 베네치아 공화국에 필요한 인재인지 아닌지를 검토한다. 필요없다는 결론이

나오면 다시 부르지 않고 그대로 내버려두는 것이다. 필요하다고 판단된 경우에도 당장 복귀할 수 있는 것은 아니다. 공화제를 택하고 있는 베네치아에서는 사무직 이상의 공직은 모두 선거를 통해 선출되기 때문이다.

공직 추방 기간의 행동에도 문제가 없고 공화국에 필요한 인재로 판단되면, 베네치아 공화국의 최고의결기관은 그 사람에게 적당하다고 여겨지는 위원회의 후보자 명단에 올려서 국회나 원로원에 제출한다. 베네치아 공화국 '정부'라고 불러도 좋은 최고의결기관은 통령과 여섯 명의 보좌관, '6인 위원회' 위원 여섯 명, 10인 위원회 위원장 세 명을 합하여 모두 열여섯 명으로 구성된다.

그러나 후보자 선출의 열쇠를 쥐고 있는 것은 의원들이다. 위원회의 성격에 따라 2천 명으로 구성된 공화국 국회나 2백 명으로 구성된 원로원에서 위원을 선출하는데, 통령도 선거에서는 평의원과 마찬가지로 한 표밖에 행사할 수 없다.

하지만 공화국의 최고의결기관이 제출한 후보자 명단에 이름이 오르는 것은 정부가 그 인물의 활약을 기대하고 있다는 암시로 여겨지고 있었다. 공직 추방의 원인이 된 죄가 말소되었다는 의사표시이기도 하다. 그래서 어지간한 일이 없는 한, 정부가 제출한 명단에 오른 후보자가 우선 선출되는 것이 통례였다. 베네치아 공화국은 이 같은 방식으로 공직에 종사하는 사람한테도 복귀할 기회를 주었다.

마르코는 자기도 언젠가는 그런 형태로 복귀하리라는 것을 의

심치 않았다. 피렌체에 머물고 있을 때도, 지금 이렇게 로마에 살고 있으면서도 그의 마음 속에는 항상 이 확신이 단단히 자리잡았다. 마르코도 국정에 헌신하는 것을 의무로 여기는 베네치아 귀족이었다.

그런데 지금 처음으로 그 확신이 흔들리기 시작했다. 자기한테도 다른 인생이 있지 않을까 하는 생각이 들기 시작한 것이다.
이대로 로마에 눌러앉아버리면 어떨까. 로마 근교에는 호수가 많다. 마르코의 재력이라면 그 호숫가에 쾌적한 별장식 저택을 짓고 살 수도 있다. 그리고 엔초 노인을 전속 안내인으로 삼아, 고대 문명을 배우며 즐기는 나날을 보내는 것이다. 로마에서 외국으로 여행을 떠난다면, 그리스나 아프리카나 에스파냐 여행도 단순한 관광여행과는 다른, 좀더 깊은 의미를 맛볼 수 있을 것 같았다. 물론 교통편은 해외와 교류가 많은 베네치아가 편리할 것이다. 로마는 역사상 한 번도 해운국이었던 적이 없다. 그러나 여행의 출발점은 마음의 출발점이기도 하다. 이 점에서 로마는 마르코에게 다른 도시보다 훨씬 유리했다.
마르코의 생각은 점점 넓게 퍼져갔다.
로마에 눌러앉아 철저히 항간에 묻힌 일개인으로 살아가자. 그러면 올림피아를 아내로 맞이할 수 있다. 단돌로 가문의 우두머리 자리는 친척한테 양보해도 좋다. 그 친척이 베네치아의 명문 귀족 단돌로 가문의 이름과 국정에 종사해야 할 의무를 둘 다 떠맡아주겠지.

로마의 일개 서민으로 살아가자. 일을 그만둔 올림피아는 언제나 내 곁에 있어줄 테고, 엔초 노인은 이상적인 안내자가 되어줄 것이다. 이따금 지적인 대화를 즐기고 싶으면, 파르네세 추기경과 그 주변의 예술가들이 있다. 이것도 나쁘지 않은 생활이라고 마르코는 생각했다. 베네치아 귀족으로서는 파격적이지만, 고대 로마에 관심을 가져버린 것도 베네치아 사람으로서는 파격적이었고, 올림피아라는 파격적인 여자를 사랑해버린 것도 역시 파격적이었다.

올림피아에게 이 모든 것을 털어놓으면 뭐라고 할까. 이런 생각을 하자 그의 얼굴에는 저절로 미소가 떠오른다. 당장이라도 말을 달려 로마로 돌아가고 싶은 심정이었지만, 지금까지 워낙 느긋하게 여행을 해왔기 때문에 만종을 신호로 성문이 닫히기 전에 로마에 도착할 수 있을 것 같지 않았다. 이 밤은 아피아 가도 연변에 있는 여관에 묵기로 이미 결정되어 있었다. 또한 하루 일을 끝낸 뒤에 찾아오는 안도감과 저녁을 먹을 때 반주로 마신 포도주의 취기 덕분에, 낮에는 조심스러웠던 엔초 노인도 입이 가벼워지는 것이 마르코에게는 즐거움이었다.

이날 밤에도 두 사람은 여관 안뜰의 포도나무 아래서 상쾌한 가을밤의 한때를 보내게 되었다. 엔초 노인이 놋쇠잔을 손으로 만지작거리면서 말했다.

"고대 유적 발굴작업은 세상과는 동떨어진 일로 여겨지겠지만, 세상의 움직임과 무관할 수는 없습니다.

고대를 부흥시키려는 기운이 고개를 쳐들기 시작한 백 년쯤 전부터 이런 일에도 돈을 쓰게 되었지만, 발굴작업이 본격적으로 시작된 것은 불과 50년 전부텁니다. 교황 성하나 추기경 각하들이 로마에 불러들인 학자나 예술가들이 고대 유물에 관심을 가지고, 발굴 비용을 대도록 교황청을 설득한 결과지요. 산업이 없는 로마에서 재력을 갖고 있는 것은 결국 교황청 관계자들이니까요.

그리고 발굴된 고대 조각품을 실제로 보여주면, 예술에 문외한인 사람도 그 훌륭함을 알 수 있습니다. 그래서 로마에서 돈을 갖고 있는 교황이나 추기경들, 그리고 교황청과 관계하여 재산을 모은 은행가들까지도 고대에 열중하게 된 겁니다.

누구나 고대 유물 한두 개 정도는 자기 집에 놓아두고 싶다고 생각하게 되었지요. 대단한 부자가 아닌 사람까지도 유적에서 발굴된 고대의 대리석 부스러기를 자기 집 벽에 박아놓고 즐기게 되었습니다.

예술가는 예술가대로 고대 유적이나 유물을 보면서 상상력을 자극받을 겁니다. 저는 미켈란젤로가 몇 시간이나 유적지와 유적지 사이를 걸어다니며 생각에 잠겨 있는 모습을 자주 보았습니다. 그때마다 인부들은 마에스트로가 다음에는 뭘 만들까 하고 속삭였을 정도랍니다."

"그야 그렇겠지. 나 같은 문외한이 보아도 자극을 받는데, 그 세계에서는 전문가인 미켈란젤로 같은 사람한테는 보물 창고일 게 분명해. 옛것에 대한 인식은 새것의 창조로 이어진다는 거겠지."

"옳으신 말씀입니다. 저 같은 일개 작업인부도 늘 그렇게 생각하고 있었습니다.

하지만 이렇게 개화된 시대에 살면서도 저는 이제 종말이 다가오고 있는 게 아닐까 하는 생각이 들어서 견딜 수가 없습니다.

지금 교황님은 걱정없습니다. 그분은 로마 토박이시고, 손자인 파르네세 추기경도 할아버지의 의지를 물려받아 트인 사고를 갖고 계시니까요. 기독교도라고 해서 이교를 믿은 고대를 적대시할 분들은 아닙니다. 적대시하기는커녕, 고대를 생각하면서 현대를 창조해가는 방식을 진두지휘까지 하실 작정인 모양인데 나이도 젊은데 대단한 분이지요.

하지만 시대는 개인의 의지 따위는 단번에 무너뜨릴 기세로 계속 변하고 있는 게 아닌가 싶습니다. 이런 생각은 저 같이 무식한 인간의 머리에서 나온 게 아니라, 유적 발굴작업을 지휘하는 학자나 예술가들의 이야기를 옆에서 주워듣고 그대로 옮기는 것에 불과하지만요.

알프스 너머에 있는 북쪽 나라들에는 지금 로마가 취하고 있는 방식에 분개하는 사람이 많다고 들었습니다. 고대에 열중하거나 바티칸을 예술품으로 장식하고 있으니까 로마 교황청은 타락했다면서…….

그게 정말일까요. 만약 정말이라면, 이교와 관련된 거라면 모조리 부숴버린 중세로 되돌아가게 됩니다."

마르코도 생각하면서 신중하게 말했다.

"그 시대의 기독교도는 무지한 인간이 많았으니까, 석상의 머리를 잘라내거나 코를 베어내거나 테베레 강에 던지는 짓도 했겠지. 하지만 그런 식의 만행은 더 이상 되풀이하지 않을 걸세.

그렇긴 하지만, 언젠가는 교황청도 기독교 신앙과는 무관한 일을 위해 지금처럼 많은 돈을 쓸 수는 없게 될지도 몰라. 건축이든 조각이든 회화든, 종교와 관계가 있는 거라면 허용되겠지만."

"그렇게 되면 지금 오스티아 같은 데서 진행되고 있는 발굴작업은 중단되어버립니다."

"어쩌면 지금과는 다른 의미에서 계속될지도 모르지."

"다른 의미라면 어떤 겁니까?"

엔초 노인은 평소와는 달리 조급한 어조로 마르코에게 대답을 재촉했다.

"나 혼자만의 생각에 불과하지만, 앞으로는 로마 제국이 멸망한 뒤에 일어난 사태가 다시 시작되지 않을까 걱정일세."

노인에게 여느 때처럼 부드러운 투로 말하고 있던 마르코는 문득 기묘한 느낌에 사로잡혔다. 여기는 아피아 가도 연변에 있는 여관 안뜰이다. 제 입에서 나오는 생각은 사실은 자기 생각이 아니라, 낮에 길가에서 본 무덤에 잠들어 있는 옛 로마인들이 무덤에서 나와 그의 입을 빌려서 말하고 있는 듯한 기분이 들었다.

그러나 마르코는 다른 나라 사람보다 훨씬 합리적이라는 평을 듣고 있는 베네치아 사람이다. 바보 같은 생각은 그만두라고 스스로 나무라면서 말을 이었다.

"로마 시내의 유적을 둘러보거나 지난 며칠 동안 고대를 순례한 끝에 도달한 생각인데, 그토록 견고하게 지어진 고대 건축물을 단순한 유적으로 만들어버린 게 천 년의 세월인 건 틀림없네.

하지만 이렇게까지 붕괴시킨 주범이 과연 비나 바람 같은 자연일까. 자연은 어디까지나 종범이고, 주범은 인간이 아닐까 하는 생각이 드는군.

그나마 비교적 붕괴를 면한 것은 벽돌을 시멘트로 이어붙인 부분일세. 그 위에 덮은 대리석판도 아직은 상당히 남아 있는 모양이지만, 이것도 위험해. 네모난 석재를 쌓아올린 부분의 참상을 보면 상상이 가지.

오랜 세월 동안 인간들은 고대 건축물에 쓰인 마름돌을 떼어다가 집이나 교회를 짓는 데 이용했네. 원래부터 건축 자재용으로 다듬어져 있으니까 그렇게 유용한 게 없었겠지. 마찬가지로 대리석판도 떼어내기만 하면 되니까 간단해. 떼어다가 흙벽이나 돌벽을 덮어 가리는 데 사용했겠지. 하지만 시멘트로 굳혀진 돌벽은 간단히 무너뜨릴 수 없으니까 지금까지 남은 게 아닐까.

고대 건축물을 해체해서 집이나 교회를 짓는 데 이용하는 건, 이교를 배척하는 마음으로 빈틈없이 무장되어 있던 중세 사람들한테는 조금도 꺼림칙한 짓이 아니었을 걸세. 꺼림칙하기는커녕, 기독교도를 박해한 이교도의 창조물이니까, 그걸 파괴하는 행위는 칭찬을 받을지언정 비난받을 일은 아니었겠지."

엔초 노인은 안내인에 불과하고 계급도 자기보다 낮은데도, 어느새 마르코는 자기와 대등한 처지에 있는 사람을 대하는 듯한 태도로 말했다.

"남을 배척하면서까지 자기 신앙을 지키려 드는 광신의 시대가 다시 돌아오면, 고대 유적의 해체도 다시금 시작될 걸세. 꺼림칙한 기분 따위는 조금도 없이, 대낮에 당당히 하겠지. 지금은 고대 유물의 보호자 같은 교황과 추기경들도 고대 유적을 해체해서 전용하는 작업에 열중하게 되지 않을까.

로마 가톨릭 교회의 건전성을 유지하기 위해서니까, 그래도 명분은 있네. 이렇게 닫힌 사회가 다시 한 번 열린 사회로 변할 때까지, 고대 유적은 인간과 비와 바람을 끈질기게 견뎌내겠지.

하지만 슬픈 이야기야. 빈 집의 운명은 언제 어디서나 마찬가질세. 저 아피아 가도도 구석구석까지 정비가 이루어지던 시대에는 움푹 패인 데도 없고 배수도 좋아서 편안히 다닐 수 있었을 텐데……."

엔초 노인은 마르코의 말을 전부 다 이해하지는 못한 듯싶었다. 하지만 친밀감은 전해진 모양이다. 비밀을 털어놓는 사람들이 으레 그러듯 친밀한 태도로 목소리를 죽여 말하기 시작했기 때문이다.

"이 이야기는 교황청의 고대 유적 발굴작업에 종사하는 사람들 중에서도 몇 명밖에 모르는 일이니까, 비밀을 지켜주십시오.

이 일대는 지상만이 아니라 지하까지도 온통 무덤뿐이라고, 발굴을 지휘하는 사람들은 생각하기 시작했습니다.

저는 무식한 인간이라서 라틴어는 읽지 못합니다만, 배운 사람들 이야기로는 고대 로마 시대에 기독교도들은 성벽 밖 지하에 자기네 무덤을 만들었답니다. 지상은 이교도들한테 점령되어 있었기 때문일까요.

 하지만 그 묘지가 어딘지는 아무도 몰랐습니다. 그런데 얼마 전에 양치기들이 우연히 지하묘지의 입구를 발견한 모양입니다.

 하지만 그들은 신고하지 않았습니다. 부장품을 독차지할 생각이었지요. 그래서 그들은 동료들과 함께 아마 묘지에 들어갔을 겁니다. '아마'라고 말한 건 그들 가운데 돌아온 사람이 아무도 없기 때문입니다. 양치기 여섯 명이 모두 사라져버렸습니다.

 우리가 그 일을 알게 된 것은 양치기들이 행방불명되었다는 신고가 들어왔기 때문입니다. 살아 돌아온 사람은 결국 하나도 없었습니다. 도굴꾼들의 슬픈 말로는 자업자득이지만, 그들이 신고했다면 지하묘지 입구가 알려졌을 텐데, 그렇게 되는 바람에 또다시 알 수 없게 되어버렸습니다."

 마르코는 가볍게 웃었다. 아피아 가도에는 아직도 죽은 자들이 원기왕성하게 돌아다니고 있는 듯한 기분이 들었기 때문이다. 베네치아 귀족 마르코도 로마의 마력에 포로가 되어가고 있는 듯했다.

# 베네치아 귀족

*모든 일이 순조롭게 진행되는 듯했다. 한때 마르코의 신경을
곤두서게 했던 정체모를 사내들의 미행도 요즘에는 전혀 없었다.*

여섯 달이 지났다. 가을도 가고, 겨울도 가고, 로마는 이제 봄을 맞이하고 있었다. 해도 1538년으로 바뀌었다.

하지만 마르코는 가을이 가고 겨울이 온 것도, 그 겨울도 가고 봄이 찾아온 것도 별로 느끼지 못하고 있다는 기분이 들었다. 특별히 의식하지 못하고 있는 동안 계절이 혼자 조용히 그의 옆을 스치고 지나가버린 듯한 느낌이었다.

로마에 계절이 없는 것은 아니다. 여름 햇살은 강렬하고, 가을이 되면 으스스하게 춥고, 겨울에는 가끔이나마 눈이 내린다. 봄이 나무에서 시작하여 동물과 인간에까지 활기를 주는 것은 로마에서도 다를 바 없다. 다만 로마에서는 계절의 변화가 온화한 게 아니라 계절 하나하나가 온화했다.

로마는 바다 위에 세워진 베네치아도 아니고, 분지에 있는 피렌체도 아니다. 해안에서 그리 멀지 않은 테베레 강기슭의 평원에서 태어난 도시. 북쪽과 동쪽은 아펜니노 산맥이 지켜주고 있기 때문에 폭독한 삭풍이 몰아치는 일도 없다. 장애물이 없이

들어오는 것은 서쪽과 남쪽에서 불어오는 바람이지만, 분지가 아니라서 바람이 잘 통하고 바람이 습기도 몰아내주기 때문에, 아프리카에서 불어오는 바람도 무더위를 실어오지는 않는다.

덕분에 여름에도 햇살은 강하지만 견디기 어려운 더위에 시달리는 일은 없고, 가을도 쾌적한 초가을 날씨 그대로 지나가고, 겨울이 되어도 엄동설한이라는 말은 잊어버릴 만큼 짙푸른 하늘과 푸른 나무에 둘러싸여 지내게 된다. 이곳 로마에서 계절은 애타게 기다리는 대상이 아니다. 계절이 먼저 찾아온 뒤에야 사람들은 비로소 계절이 바뀐 것을 깨닫곤 했다.

베네치아는 그렇지 않다. 베네치아도 남유럽인 까닭에 더위도 추위도 혹독하다고 할 정도는 아니지만 베네치아의 계절은 자연보다 인간이 만드는 것이다.

가을이 되면 항구로 들어오는 배가 유난히 많아지는 게 눈에 띈다. 대형 선박이 접안할 수 있는 산 마르코 선착장과 그 왼쪽에 길게 뻗어 있는 스키아보니 하안(河岸)은 닻을 내린 배들로 가득 차서, 배들의 옆구리가 서로 맞닿을 정도다. 여름에는 선착장에 배를 댈 수 있지만, 오리엔트나 영국이나 네덜란드에서 돌아오는 배로 붐비는 초겨울이 되면 그런 사치는 허용되지 않는다. 뱃머리를 이쪽으로 돌리고 **빽빽**이 접안해 있는 배들의 돛대가 마치 숲처럼 보인다. 그래도 선착장에 접안할 수 있는 배는 운이 좋은 편이고, 성탄절이 가까워지면 석호 안에 닻을 내릴 수밖에 없는 배도 많아진다. 사람과 짐을 실어나르는 전마선들이 물매암이처럼 바쁘게 오가는 것도 이 계절이었다.

외국에서 상품이 들어오면, 베네치아의 경제 중심지인 리알토 부근은 더욱 활기를 띤다. 전용 상관을 둘 만큼 베네치아와 경제적 관계가 깊은 독일 상인들은 특산물인 금속제품을 말에 싣고 알프스를 넘어온다. 그것을 판 돈으로 베네치아 상인이 실어온 오리엔트 특산물이나 베네치아에서 만든 공산품을 사들이는 것이다. 피렌체에서도 견직물이나 모직물이 실려온다. 해운국 베네치아는 자국 제품만이 아니라 외국 제품까지도 멀리 해외에 나가 팔아서 번영을 누리고 있었다.

가을부터 겨울까지 베네치아에서 활기를 띠는 곳은 상인들이 떼지어 모여드는 리알토 다리 주변만이 아니다. 배는 늘상 수리할 필요가 있다. 이 기간을 이용하여 맡긴 배를 정비하느라, 베네치아 전역의 조선소에서는 온종일 쇠망치 소리가 끊이지 않았다.

나침반을 비롯한 항해술의 발달로 겨울철에도 항해할 수 있는 시대가 되었다. 그런데도 봄철에 항구를 떠나 가을에 돌아오는 습관은 별로 달라지지 않았다. 겨울 바다는 지중해조차 거칠어지는 경향이 있기 때문이기도 하지만, 그보다 정해진 시기에는 집에 돌아가고 싶다는 선원들의 욕구를 무시할 수 없었기 때문이다.

베네치아의 봄은 선착장에 닻을 내린 배 앞에 늘어서는 선원들의 긴 행렬로 시작된다. 베네치아에서는 선장이 선원을 고르는 게 아니라, 선원들이 올해 제 몸을 맡길 선장을 고르는 것이 통례였다. 선장은 서기를 대동하고, 자기가 지휘하여 항해에 나설 배 앞에 선다. 그 선장 밑에서 일하고 싶은 선원은 거기로 가서 이름을 등록한다. 인기가 높은 선장과 인기있는 항로가 겹치면, 그 배 앞에는 장사진이 생긴다. 베네치아 주민들은 이것을 보고 봄이 온 것을 느낀다.

그리고 얼마 후에는 배가 한 척씩, 때로는 몇 척씩 선단을 이루어 해외에서 팔 상품을 가득 싣고 출항한다. 빽빽이 들어찼던 선착장도 봄이 한창일 무렵에는 이빠진 빗처럼 되어버린다. 독일에서 온 상인들도 알프스를 넘어 북쪽으로 돌아가고, 온갖 언어가 난무하던 리알토 부근에서도 느릿느릿한 베네치아 사투리가 귀에 들리게 되면, 여름이 바로 코앞에 다가왔다는 징후였다.

베네치아에서는 여름이 비교적 조용한 계절이라고 말할 수 있다. 외국인도 줄어들고 베네치아 사람들 중에는 본토로 피서를 떠나는 사람도 적지 않기 때문이다. 석호라고는 하지만 바닷물에 둘러싸여 있는 베네치아는 습기가 많다. 높은 습도에 기온까지 올라가는 여름은 피할 수만 있다면 피하고 싶다. 여름에는 할 일도 별로 없었다. 귀족들 사이에서는 시원하고 땅이 넓은 본토에 화려한 별장을 짓는 것이 유행이다. 더위에도 지지 않는 건강을 자랑하는 마르코도 이따금 베로나 교외의 별장에서 하루를 보낼 정도였다.

로마에는 비록 베네치아 같은 계절의 변화는 없지만, 교회 축제가 그런 역할을 맡고 있는 느낌이다. 별로 신앙심이 깊지 않은 마르코는 축일마다 교회에 가서 기도하지도 않았기 때문에 그것을 알아차리지 못하고 있었던 게 분명하다. 신앙심이 깊은 사람은 축일을 통해 계절 변화를 느낄 수 있을 만큼, 가톨릭은 축일이 많다.

부활절을 기리면 봄이다. 성모승천일은 여름이고, 만성절은 가을이 찾아왔음을 의미하고, 성탄절은 겨울의 중요한 행사다. 시내에 사는 로마 사람들은 교황이나 주교들이 집전하는 미사에서 계절의 변화를 실감할 것이다. 마르코는 16세기 전반이라는 같은 시대에 공존하는 베네치아와 로마의 차이를 어쩐지 알 것 같은 기분이 들었다.

로마에 체류한 지 여섯 달이나 지났으니까, 마르코의 로마 생활에 변화가 나타난 것도 당연하다.

엔초 노인과는 매일처럼 만났다. 고대 유적이나 거기서 발굴된 예술품을 보러 나가지 않는 날에도 집에서 할일이 많았다. 노인은 도면 제작의 명수이기도 했다. 오랫동안 유적을 발굴한 경험 덕에 한 곳만 정확히 알면 전체 모습까지 도면으로 나타낼 수 있는 능력을 얻었을 것이다. 엔초 노인이 작성한 도면을 보고 있노라면, 마르코는 고대 도시 위를 자유롭게 날아다니는 새라도 된 듯한 기분이 들었다.

마르코가 세들어 사는 테베레 강기슭의 집은 침실만 빼고는 거실도 식당도 모두 고고학자의 작업실로 변해 있었다.

탁자 위는 아직 완성되지 않은 도면이 차지하고 있고, 방구석에는 완성된 도면이 원통 모양으로 돌돌 감겨서 몇 개나 세워져 있었다. 벽을 도려내어 만든 선반은 원래 장식 선반이지만, 이 선반도 여섯 달 동안 고생하여 모은 고대 관계 서적으로 가득 차 있었다. 그 가운데 절반은 출판업이 유럽에서 가장 번성하고 있는 베네치아에서 일부러 가져온 것이었다. 유적을 탐사할 때 주워모은 대리석 부스러기도 벽 앞에 즐비하게 놓여 있었다. 고대 유물로 신고할 정도의 물건은 아니니까, 말없이 가지고 돌아가도 상관없다고 엔초 노인이 말했기 때문이다. 하지만 그런 돌조각들을 만지고 있으면 역사의 온기가 전해져오는 듯했다.

파르네세 추기경과도 자주 만났다. 이제는 파르네세 궁전 문지기와도 낯이 익어, 마르코가 문 앞에 나타나면 아무것도 묻지 않고 문을 열어주었다.

마르코가 파르네세 궁전에 찾아가면, 젊은 추기경의 배려인지, 세 번에 두 번은 미켈란젤로도 와 있었다. 그러나 테베레 강에 전용 다리를 놓아서 강의 양쪽 연안을 완전히 파르네세 동네로 만든다는 웅대한 계획은 당분간 보류하게 된 모양이었다. 테베레 강 서쪽 연안에 있는 키지 저택을 사들이는 일이 뜻대로 진행되지 않고 있기 때문일 것이다. 그러나 스무 살도 채 안된 젊은 추기경과 예순 살이 넘은 거장 사이에는 또 다른 야심찬 계획이 진행되고 있었다. 이것은 현대와 고대의 동거를 지향하는 계획이었기 때문에 마르코의 흥미를 자아내기에 충분했다. 두 사람 사이에 오가는 이야기를 옆에서 듣고만 있어도 마르코는 흥분하지 않을 수 없었다. 마르코는 어느새 그 계획이 실현될 한 달 뒤를 손꼽아 기다리고 있었다.

올림피아와의 관계도 겉보기에는 아무런 변화가 없었다. 이따금 중단될 때도 있었지만, 해질녘에 여자가 남자의 집 앞에 나타나 문을 두드리고 늦은 아침에 돌아가는 일상이 계속되었다.

그러나 두 사람의 마음 속에서는 변화가 일어나고 있었다. 오스티아에서 돌아온 지 이틀 뒤, 마르코는 속마음을 여자에게 털어놓았다. 로마 교외나, 아니면 로마 성벽 안이라도 도심에서 떨어진 남쪽에 집을 사서 고대를 연구하며 여생을 보내고 싶다고. 또한 베네치아로 돌아가 공화국 국정에 관여하는 일도 접어두고, 로마에서 평범한 시민으로 살고 싶다고 말했다. 그리고 그렇게 되면 당신과의 결혼을 가로막는 걸림돌은 모두 사라지니까, 당신을 아내로 맞고 싶다고도 말했다.

여자는 피렌체에서 값비싼 패물을 선물하고 싶다는 말을 들었을 때와는 전혀 다른 반응을 보였다. 그때는 당장 기쁨의 눈물로 뺨을 적셨지만, 이번에는 금방 눈물을 보이지는 않았다. 로마의 창녀는 남자의 얼굴을 지그시 바라보면서 조금 갈라진 목소리로 말했다.

"방금 하신 말씀을 다시 한 번 해보세요."

마르코는 저도 모르게 미소를 지을 뻔했지만, 방금 한 말을 한 마디씩 끊어서 천천히 되풀이했다. 여자의 커다란 두 눈에 눈물이 고이기 시작했다. 그리고 그 눈물이 눈에 가득 차는가 했더니, 한 줄기 선이 되어 뺨을 타고 흘러내리기 시작했다.

"고마워요. 설령 그렇게 되지 않는다 해도, 저는 너무나 기뻐요."

"올림피아, 나는 문득 떠오른 생각을 함부로 입 밖에 내는 사람이 아니야. 진지하게 생각해서 내린 결론이라구. 공직 추방 처분을 받았을 때는 지금과 같은 생활방식도 있다는 것을 미처 생각지 못했을 뿐이야."

"알비제 그리티와 리비아 사이에 태어난 아이, 지금 수녀원에 맡겨져 있는 그애는 어떻게 하실 작정이세요?"

"그애도 이제는 시집가도 좋은 나이가 되었을 거야. 친구가 남기고 간 딸이고, 그대로 수녀원 담장 속에 틀어박혀 인생을 마치게 하는 건 나로서는 참을 수가 없어.

정말로 생기발랄하고 사랑스러운 처녀로 자라고 있더군. 내가 결혼하지 않더라도, 남자라면 누구나 기꺼이 아내로 맞이할 거야. 내가 죽은 부모 대신 귀족 딸에게 어울리는 지참금을 준비해주면 돼.

처음에는 내가 그애와 결혼해서 수녀원 밖으로 데리고 나오는 동시에 단돌로라는 성을 주는 것이 그애 부모의 우정에 보답하는 가장 좋은 해결책이라고 생각했지만, 베네치아에 명문 귀족이 단돌로 집안만 있는 건 아니야. 그리고 그 사랑스러운 아이와 나는 나이 차이가 너무 많아. 아버지와 딸만큼 나이차가 나는 부부는 베네치아 귀족 중에도 적지 않지만, 당신이라는 여자를 아는 나한테는 아무래도 어색한 기분이 들어. 그 아이한테는 그 아이에게 어울리는 나이의 명문 귀족을 찾아주는 게 좋겠어. 알비제와 리비아도 그걸 더 기뻐해줄 것 같아."

어느새 곁으로 다가와 있던 올림피아가 마르코의 손을 살짝 잡더니 다시 두 손으로 감싸 쥐고 말했다.

"나도 일을 그만두겠어요. 하지만 갑자기 그만두면 남의 눈에 띄어서 당신 평판이 떨어지기라도 하면 곤란해요. 그래서 손님과의 약속을 조금씩 줄여나갈 생각인데, 그래도 괜찮겠어요?"

마르코는 여자의 손에 살며시 입을 맞추고 고개만 끄덕였다. 올림피아는 영리한 여자다. 일을 그만두는 방법도, 두 사람이 살 집을 찾는 일도 그녀에게 맡기기로 했다. 마르코는 파르네세 추기경과 미켈란젤로, 엔초 노인과 시간을 보내면서 올림피아의 준비가 갖추어지기만 기다리고 있으면 된다.

모든 일이 순조롭게 진행되는 듯했다. 한때 마르코의 신경을 곤두서게 했던 정체모를 사내들의 미행도 요즘에는 전혀 없었다. 미행당한다고 느낀 건 기분 탓이었나 하고 생각했지만, 마르코의 하인도 이제는 미행을 당하지 않는 것 같다고 말했으니까 한때는 누군가가 그를 따라다니고 있었던 게 분명하다. 하지만 그것도 과거의 일이 된 모양이다. 그리고 한두 달 전에 파르네세 추기경과 미켈란젤로 이외에 마르코의 마음을 자극하는 인물이 또 하나 나타났다. 그의 이름은 가스파로 콘타리니였다.

이 사람과 친해진 계기는 미켈란젤로나 파르네세 추기경의 경우처럼 올림피아가 소개해주었기 때문은 아니다. 올림피아만이 아니라 누구의 소개도 받지 않았다. 마르코 자신이 원한 일이었다. 마르코가 자발적으로 만나러 갔다.

가스파로 콘타리니가 로마에 있다는 것은 마르코가 베네치아에 있을 때부터 알고 있었다. 교황 파울루스 3세가 3년 전에 그를 추기경으로 임명했기 때문이다. 그것도 단순한 추기경이 아니라 가톨릭 교회의 개혁안을 마련하기 위해 창설된 특별위원회의 핵심인물로 임명된 것이다. 다른 추기경이라면 고국에 머물 수 있지만, 콘타리니 추기경은 로마에, 즉 교황청 가까이에 머물러 있을 필요가 있었다.

  그러나 마르코가 자기보다 열다섯 살이나 위인 이 추기경을 만나고 싶어한 것은 콘타리니가 현재 교황의 신임이 두터운 고위 성직자이기 때문은 아니었다. 마르코가 베네치아 귀족의 의무인 국정에 종사하게 되었을 때부터 가장 존경하고 동경하는 마음까지 품고 있던 사람이 바로 가스파로 콘타리니였기 때문이다.

  베네치아 귀족은 형사문제라도 일으키지 않는 한 스무 살이 되면 자동적으로 공화국 국회 의석이 주어진다. 실제로 중요한 관직을 맡게 되는 것은 서른 살부터지만, 스무 살만 되면 투표권은 가질 수 있다. 베네치아 귀족의 20대는 매주 일요일에 열리는 국회에 나가서 국정의 이모저모를 자기 눈으로 보고 자기 머리로 생각하는 기간이었다.

  그러는 동안 한 가문의 남자들 중에서 정치에 적합한 사람과 장사에 알맞은 사람이 자연히 구별된다. 약 2천 명의 국회의원 중에서 2백 명의 원로원 의원을 추려내는 것도 자연스러운 추세에 맡겨두면 될 정도였다. 국회에는 한 가문에서 몇 사람이 들어가도 상관없지만, 원로원에는 한 가문에서 한 명씩만 들어갈 수 있었다. 피렌체의 메디치 가문처럼 한 집안이 권력을 독점하는 것을 싫어한 베네치아는, 실제로 권력을 쥐고 있는 원로원에는 각 집안을 대표하는 한 사람만 속할 수 있도록 규정하고 있었다. 마르코도 단돌로 가문을 대표해서 원로원에 들어간 것이다.

그러면 다른 남자들은 무엇을 하는가. 국회 의석을 보유한 상태로 경제에만 전념하게 된다. 정치가 두뇌라면, 경제는 혈액을 내보내는 심장이다. 베네치아에서는 장사에 전념하는 사람들이 국정에 종사하는 사람보다 지위가 낮은 이류 계층으로 여겨지지는 않았다.

게다가 이들의 활동은 국가 재정을 튼튼히 하여 국가의 '체력'을 유지해줄 뿐 아니라, 정치에 전념하는 '한 사람'의 경제적 기반까지도 튼튼히 해주는 역할을 맡고 있었다. 사무직 관료 이외의 공직자는 무보수로 봉사하는 것이 베네치아 공화국의 관례였기 때문이다. 통령은 물론 대사와 군사령관까지도 필요 경비밖에는 지급받지 못했다. 지금 마르코가 마음내키는 대로 살 수 있는 것은 단돌로 가문의 다른 남자들이 마르코의 재산을 운용해주는 덕분이기도 했다.

그렇긴 하지만, 정치에 전념하는 사람들과 경제를 도급맡는 형태가 된 사람들 사이에 뚜렷한 선이 그어진 것은 아니었다. 정치에 전념한다 해도 베네치아에만 머물러 있는 것은 아니다. 때로는 대사로 외국에 파견되기도 하고 육군이나 해군 총사령관에 임명되어 필요하면 일선에서 싸우는 것이 정치에 종사하는 이들의 의무였지만, 장사를 한다고 해서 반드시 이런 일과 무관할 수는 없었다. 해전이 벌어지면 부근을 항해하던 상선도 함대에 편입되는 것이 당연하게 여겨졌다. 또한 강화조약을 체결하기 위해 교섭을 벌일 때는 상대국의 국내 사정을 잘 알고 그 나라 언어에 능통한 사람이 필요한데, 그런 경우에는 그 나라에 오래 살았던 베네치아 상인이 특명 전권대사로 임명되어 활약하는 일도 드물지 않았다.

농경지를 비롯하여 모든 자원이 부족한 베네치아에서는 인간이 자원이었다. 자원이니까 무엇보다도 활용이 중시되는 것은 당연하다.

이런 방식으로 베네치아는 동맥경화에 걸리는 것을 막는 데 성공하고 있었다. 정신적으로나 물질적으로 혈액 순환이 잘되면, 경쟁이 없을 경우에 일어나기 쉬운 타락과 오만도, 계층에 따른 불만도 일어나기 어려워진다. 마르코도 단돌로 가문의 다른 사람들에 비해 자기가 특별한 인간이라고는 한 번도 생각해 본 적이 없었다.

그러나 직접 이윤을 추구하는 사람과 이윤을 추구하지 않는 일을 택한 사람들 사이에는 아무래도 차이가 생기게 마련이다. 베네치아의 귀족(노빌)은 다른 나라의 귀족(아리스토크라트)과는 출발이 달랐다. 그들은 영지를 갖고 있어서 귀족이 될 수 있었던 것도 아니고, 황제나 왕에게 칭호를 받고 귀족이 된 것도 아니다. 공동체 안에서 뽑힌 사람들이 모여서 나라의 향방을 결정해왔고, 그들의 자손이 지금도 그 일을 계속하고 있을 뿐이다. 경제는 누구에게나 열린 세계였지만, 정치를 담당하는 것은 이런 귀족들에게만 허용되어 있었다. 이것이 귀족들의 유일한 특권이었다. 마르코도 단돌로 가문의 전통을 계승하는 것은 자신이라고 생각하고 있었다.

아버지를 일찍 여읜 탓도 있어서, 스무 살에 공화국 국회의원이 되었을 때부터 마르코에게 정해진 길은 단돌로 가문을 대표하여 국정에 종사하는 것이라고 누구나 그렇게 생각하고 있었다. 젊은 시절부터 그가 보여준 침착하고 냉정한 언행은 장사보다 정치에 어울린다고 집안 사람들도 인정했을 것이다. 지극히 자연스러운 이 진로 선택은 스무 살의 마르코를 다른 동년배들보다 열성적인 의원으로 만들어주었다.

그 당시, 베네치아 국내만이 아니라 프랑스와 에스파냐에서도, 그리고 독일과 로마 교황청과 투르크에서도 '베네치아의 대표적인 대들보'라는 평을 들은 인물이 두 명 있었다.

하나는 마르코의 죽마고우인 알비제의 아버지이자 지금은 공화국 통령이 된 안드레아 그리티이고, 또 하나는 가스파로 콘타리니였다.

베네치아 공화국 국회나 원로원 회의장에는 연단이 없다. 법안을 설명하거나 거기에 대해 질문하거나 국정 방향을 결정하는 문제에서 자신의 의견을 말하는 사람은 회의장 한복판에 서서 이야기하게 된다. 그리티와 콘타리니가 발언할 때마다 젊은 마르코는 회의장 한구석에서 집어삼킬 듯이 그들을 바라보곤 했다. 하지만 이 두 사람이 주는 인상은 정반대라고 해도 좋을 만큼 판이했다.

마르코가 국회의원이 된 지 3년 뒤에 통령으로 선출된 안드레아 그리티가 회의장 한복판에 서면, 그 위엄있고 당당한 모습은 주위를 압도하는 듯했다. 당당한 체격 탓만은 아니다. 눈빛은 남을 찌를 듯이 날카롭고, 목소리는 낮지만 회의장 구석구석까지 쩌렁쩌렁 울리고, 논리는 명쾌한 동시에 엄격하고, 반대파를 논박하는 데도 용서가 없었다. 정적도 많았지만, 누구나 귀를 기울이지 않을 수 없는 논객이었다.

가스파로 콘타리니도 베네치아 귀족들이 대개 그렇듯이 키가 큰 남자였다. 마르코가 처음 국회에 등원했을 당시 콘타리니는 30대 후반이었으니까, 그리티와는 나이가 서른 살 가까이 차이가 난다. 둘 다 베네치아 남자의 관습에 따라 턱수염을 기르고 있었지만, 그리티의 턱수염은 하얗고 콘타리니의 턱수염은 검었던 것을 마르코는 바로 어제 일처럼 기억해냈다.

콘타리니는 키는 크지만 눈빛이 부드럽고, 목소리는 쩌렁쩌렁했지만 위압적인 데는 전혀 없었다. 논박보다는 설득을 좋아했지만, 논리가 명쾌하다는 점에서는 그리티와 비슷했다. 다만 그리티가 위엄으로 주위를 압도하는 느낌이었다면, 콘타리니는 위엄이 아니라 조용함으로 주위를 압도했다. 가스파로 콘타리니가 서 있는 곳에서 사방 몇 미터 이내에는 먼지 하나 일어나지 않을 거라고 생각되기까지 했다.

그런데 이 두 사람은 생각이 똑같았다. 베네치아 한 나라의 국익만 생각하면 베네치아 공화국은 존속할 수 없는 시대가 되었다는 데 두 사람의 의견은 완전히 일치해 있었다. 마르코도 그렇게 생각하게 된 것은 어쩌면 이 두 사람의 영향을 받았기 때문인지도 모른다.

안드레아 그리티의 출세도 눈부시게 빨랐지만, 가스파로 콘타리니의 출세 역시 '베네치아의 대표적인 대들보'라는 말을 듣기에 어울리는 것이었다.

가스파로 콘타리니는 1483년에 단돌로 가문과 더불어 베네치아에서 가장 유서깊은 집안인 콘타리니 가문에서 태어났다. 30대 중반까지는 다른 귀족 자제들과 마찬가지로 별로 중요하지 않은 관직을 거치면서 경험을 쌓았다. 하지만 서른일곱 살 되던 해, 갓 즉위한 신성로마제국 황제 카를로스에게 특사로 파견되었으니까, 그의 능력에 대한 평가는 그때 이미 끝나 있었다고 말할 수 있다. 그리고 아직 젊은 콘타리니는 유럽에서 가장 강력한 군주와의 외교 교섭에 멋지게 성공하고 귀국했다.

베네치아 공화국 정부는 이 인재를 철저히 활용하기로 했다. 그후 10여 년 동안 콘타리니가 쌓은 경력은 한마디로 화려하다고 말할 수밖에 없다.

6인 위원회 위원, 10인 위원회 위원장, 통령 보좌관, 로마 주재 대사, 프랑스 특사. 베네치아 공화국 정부의 실정에 밝은 사람이라면, 이 직책만 듣고도 콘타리니가 줄곧 베네치아 공화국의 최고의결기관에 속해 있었다는 사실을 알았을 것이다.

베네치아는 공화국이다. 공화제에서는 많은 의원이 토의한 뒤 투표로 결정을 내리므로, 결의에 이르기까지는 상당한 시간이 걸린다. 이는 긴급히 방침을 결정해야 할 경우에는 비능률적이라는 것을 의미했다. 통치력의 결여는 대외관계를 존립 기반으로 삼고 있는 베네치아 같은 무역입국에는 국가의 존망이 걸린 문제다. 이 방면에서 국가라는 배의 키를 잡는 데 실패한 제노바 공화국은 일찌감치 프랑스에 이어 에스파냐의 지배를 받게 되었고, 피렌체 공화국도 18년 전에 무너졌다.

베네치아 공화국만은 베네치아 방식으로 이 문제를 해결하고 있었다. 2천 명으로 구성된 공화국 국회와 2백 명으로 구성된 원로원이 국정을 담당한다는 공화제의 근본이념은 그대로 남겨놓고, 긴급히 결정을 내려야 할 경우에는 소수의 엘리트가 논의하여 결정을 내리는 방식이다. 그 소수의 엘리트는 공화국 통령, 여섯 명의 통령 보좌관, 6인 위원회 위원 여섯 명, 10인 위원회 위원장 세 명을 포함한 열여섯 명이었다. 조속한 결정을 내려야 할 때가 많은 외교에서는 10인 위원회 위원 전원이 여기에 가세한다. 그밖에 대사를 지낸 사람 등, 식견을 가진 열 명 안팎의 사람을 포함하여 마흔 명도 채 안되는 인사들이 베네치아 공화국의 위기관리체제를 이루고 있었다.

마키아벨리는 『정략론』에서 베네치아 공화국의 위기관리체제를 이렇게 찬양했다.

"베네치아 공화국은 근래의 공화국으로서는 강력한 국가다. 베네치아는 비상시에는 공화국 국회나 원로원에서의 일반 토의를 거치지 않고, 권한을 위임받은 소수 위원들의 토의만으로 정책을 결정하는 방법을 택했다. 이런 제도의 필요성에 눈을 뜨지 못한 공화국은, 종래와 같은 정치체제를 지키려면 국가가 멸망해버릴 테고, 국가의 멸망을 피하려면 정치체제 자체를 무너뜨리지 않을 수 없는 벽에 반드시 부딪히는 법이다……."

법률을 유연하게 해석하여, 정치체제를 지키면서 통치력도 유지하는 이 방침을 추진한 사람은 안드레아 그리티 통령과 가스파로 콘타리니였다. 그리티와 콘타리니는 줄곧 이 체제의 중심이었고, 10인 위원회 위원으로서 투르크의 수도 콘스탄티노플에 몰래 잠입한 마르코는 이 노선을 실행하는 하나의 수족이었다고 말할 수 있다.

하지만 이대로 가면 콘타리니가 그리티의 뒤를 이어 통령에 선출될 것이 거의 확실하다고 여겨졌을 무렵, 콘타리니의 출세는 갑자기 중단되었다. 교황청에서 그를 빼내갔기 때문이다.

교황 파울루스 3세는 예술가들을 총동원하여 로마를 개조하는 데만 열심이었던 것은 아니다. 루터가 불을 붙인 로마 가톨릭 교회 반대운동은 독일에만 머물지 않고 유럽 전역으로 번져갔다. 영국에서는 헨리 8세의 이혼문제를 계기로 로마 가톨릭 교회 반대운동이 불을 뿜었고, 스위스에는 칼뱅이 등장했다. 이런 시기에 교황이 된 파울루스 3세는 누구보다도 가톨릭 교회의 위기를 염려했다. 현재의 추기경단을 구성하고 있는 추기경들은 황제나 왕이나 각국 군주들의 비서관이거나 자제들이었다. 이런 연줄로 추기경이 된 이들은 가톨릭의 위기에 대한 대책을 강구하기에는 역부족이라고 교황은 판단했다.

교황이 가스파로 콘타리니를 적임자로 점찍은 것은 황제나 왕들과의 교섭 능력을 높이 샀기 때문이다. 그가 독신이었던 것이

이 스카우트를 쉽게 해주었다. 콘타리니가 신학을 공부한 경험이 전혀 없다는 것은 문제가 되지 않았다. 1535년에 쉰두 살이 된 가스파로 콘타리니는 교황청 안의 지위체계를 단번에 건너뛰어 대뜸 추기경으로 임명되었다.

베네치아 정부는 깜짝 놀랐지만, 어쩔 수 없는 일이었다. 콘타리니 자신도 이 뜻밖의 인생 유전에 놀랐겠지만, 정부도 콘타리니도 교황의 임명을 거부할 수는 없었다.

만약 베네치아 정부가 프랑스 궁정이고 가스파로 콘타리니가 루이 12세의 재상이었던 당부아즈 추기경이나 루이 15세 시절의 재상인 리슐리외였다면, 로마 교황청 내각이라고 말할 수 있는 추기경단에 속해 있으면서도 자국 정부에 대해서도 영향력을 행사하는 일인이역을 어려움없이 해낼 수 있었을 것이다. 그러나 베네치아는 정치와 종교를 엄격하게 구별하는 것이 건국 이래의 전통이었다. 어떤 가문에서 교황이 나오기라도 하면, 그 집안의 남자들은 원로원에 의석을 가질 수는 있지만, 그 교황이 살아 있는 동안은 대개 원로원 의원들 중에서 선출되는 정부 요직은 맡을 수 없도록 규정되어 있었다.

가스파로 콘타리니는 추기경이 되는 바람에 베네치아 정부에서의 경력에 막을 내려야 했다. 베네치아에서는 사람들이 '국가적인 손실'이라고 한탄했을 정도였다.

마르코는 처음 로마에 왔을 때 가스파로 콘타리니를 만나 이야기를 듣고 싶었다. 하지만 좀처럼 실행에 옮기지 못하고 있었다. 방문해도 좋으냐고 묻는 편지를 하인편에 보내려고 생각할 때마다, 마르코의 가슴 밑바닥에 숨어 있는 망설임이 편지를 쓰는 손을 멈추게 했다. 복직 운동으로 오해받을까 두려웠기 때문이다. 하지만 지금은 그런 걱정도 없다. 로마에 남아 고대를 연구하면서 여생을 보내기로 작정한 지 이틀 뒤, 마르코는 마침내 결심하고 콘타리니 추기경에게 편지를 보냈다.

# 가스파로 콘타리니 추기경

*밤하늘에는 초여름 달이 나른하게 걸려 있었다.*
*어느새 몸에 걸친 망토가 무겁게 느껴지는 계절로 접어들어 있었다.*


가스파로 콘타리니 추기경은 마르코를 조용하면서도 따뜻한 미소로 맞아주었다. 이렇게 다시 만나는 것이 3년 만인데도, 오랜만에 만난 서먹서먹함은 조금도 느껴지지 않았다. 이날 밤 콘타리니가 진홍빛 추기경복이 아니라 베네치아 귀족의 평상복과 비슷한 검은 수도복을 걸치고 있었던 탓인지도 모른다. 낮에는 공무로 바쁘니까 느긋하게 이야기를 나누려면 밤에 만나는 게 좋다고 추기경은 말했다.

3년 전에 콘타리니는 베네치아 공화국의 10인 위원회 위원장을 맡고 있었으니까, 위원이었던 마르코에게는 상관이기도 했다. 가스파로 콘타리니가 추기경에 임명되어 로마에 가기로 결정했을 때 유감스럽게 생각한 사람은 헤아릴 수 없이 많지만, 마르코도 그 중 한 사람이었다. 그 직후에 마르코는 공직 추방으로 이어진 사건에 말려들었다. 그 사건은 콘타리니도 알고 있을 텐데, 이날 밤 추기경은 거기에 대해서는 한마디도 하지 않았다.

그러나 두 사람은 40명으로 구성된 베네치아 정부의 최고의결기관에서 5년 동안이나 함께 일해온 사이다. 3년의 공백도 얼굴을 맞대자마자 사라져버린 것 같았다. 마르코는 콘타리니를 오래 전부터 존경하고 있었다. 콘타리니도 아버지와 아들만큼은 아니지만 젊은 삼촌과 조카만큼은 나이차가 나는 마르코를 전부터 아끼고 있었다.

"로마에 와 있었다면, 좀더 일찍 찾아와주어도 좋았을 텐데."

50대 중반이 된 콘타리니는 추기경다운 행동은 옆으로 밀쳐놓고 옛 부하를 상냥하게 나무랐다. 마르코는 고위 성직자에 대한 예의를 지켜, 한쪽 무릎을 꿇고 추기경의 오른쪽 손가락에서 반짝이는 반지에 가볍게 입술을 대는 판에 박힌 인사를 하면서 추기경의 나무람에 미소로 답했다. 아무리 그렇다 해도, 복직운동으로 오해받을까 두려워서 찾아오지 못했다고 말할 수는 없는 노릇이다. 금방 거짓말이라는 것을 알 수 있는 변명도 콘타리니한테는 할 마음이 나지 않았다. 마르코는 이렇게만 말했다.

"이대로 로마에 눌러살기로 결정했습니다."

콘타리니 추기경은 "오호, 그래?" 하고 말했을 뿐이다. 두 사람의 대화는 자연히 추기경의 '낮시간'을 차지하고 있는 일로 옮아갔다. 콘타리니가 추기경에 임명된 것은 베네치아에 큰 손실이라는 의견에 자기도 공감했다고 마르코가 말한 것이 계기가 되었다.

"그렇진 않네."

추기경은 조용하지만 단호한 목소리로 말했다.

"내가 지금 하고 있는 일이 잘되면, 베네치아 공화국에도 이익

이 된다고 확신하네."

콘타리니는 가톨릭 교회를 개혁하기 위한 공의회 개최 준비위원회 위원장을 맡고 있었다. 그래서 마르코는 그 일을 말하는 거냐고 물어보았다. 콘타리니는 고개를 끄덕이면서 말을 이었다.

"나는 프로테스탄트 쪽 사람들 생각에도 일리가 있다고 생각하네. 알프스 북쪽 나라들의 항의가 없더라도 로마 교회는 고쳐야 할 점이 많으니까. 다만 이런 사태에 이르기까지 문제가 너무 복잡해졌어. 루터가 파문당한 게 1520년. 그후 지금까지 20년 가까운 세월이 지났네. 그동안 1527년에는 독일군의 '로마 약탈' 사건이 일어나는 등, 이런저런 일로 가톨릭도 태도가 강경해졌지. 나는 지금 가톨릭과 프로테스탄트가 화해할 수 있는 길을 모색하고 있지만, 이것마저 실패로 끝나면 교회 분열은 불가피해지지 않을까 우려하고 있다네."

추기경보다 나이가 아래인 마르코는 자기 생각을 솔직하게 말했다.

"예하(에미넨차)."

에미넨차는 추기경에 대한 존칭이다. 과거에는 상관이었지만 지금은 고위 성직자인 가스파로 콘타리니한테는 이 호칭이 자연스럽게 입에서 흘러나왔다.

"예하, 교회에 별로 발을 들여놓지 않는 저는 논평할 자격도 없지만, 그래도 가톨릭과 프로테스탄트의 주장을 종교적인 면에서만 검토해보면 양쪽이 분열해야 할 필연성은 별로 없는 것 같던데요."

콘타리니는 무심결에 미소를 지었다. 신앙심이 별로 깊지 않다는 점에서는 그도 마르코와 대동소이하다. 그런 콘타리니가 추기경에 임명된 것은 교황 파울루스 3세가 프로테스탄트 문제에 대처하기 위해 우수한 인재를 필요로 했기 때문이다. 콘타리니가 베네치아 공화국 대사였을 때, 신성로마제국 황제이자 에스파냐 왕인 카를로스와 개인적으로 우호적인 관계를 맺은 것도 교황이 그를 발탁한 이유라고 했다. 그때까지 성직과 전혀 인연이 없었던 것은 그리 대수로운 일이 아니다. 교황에게는 가스파로 콘타리니가 독신이라는 것만으로 충분했다.

"준비위원회를 구성하고 있는 추기경들이 모두 자네처럼 생각한다면 문제는 간단할 텐데."

콘타리니는 여전히 미소를 지으면서 말했다.

"그런데 그렇게 생각하는 이는 가장 젊은 파르네세 추기경뿐이니 곤란할 수밖에. 프로테스탄트로 총칭되는 종교개혁파는 의식하지 못하고 있는 듯싶지만, 종교 문제를 논한다는 것이 실제로는 민족 문제가 되어버리는 게 골치아픈 점일세. 루터는 독일인을 이끌고 항의하고 있지."

"영국에서 일어나고 있는 일도 같은 부류에 속하나요?"

"헨리 8세가 다스리고 있는 영국은 좀더 명백하네. 국가냐 종교냐, 둘 중 하나를 선택할 수밖에 없었으니까. 나와 함께 추기경에 임명된 피셔와 왕의 신임이 두터웠던 토머스 모어는 성직자로서 왕의 이혼에 반대했다는 이유로 3년 전에 참수당했네. 그런데 왕이 이혼한 원인이었던 앤 볼렌도 그로부터 1년 뒤에 참수

당했지. 헨리 8세가 다른 여자와 결혼하고 싶었기 때문인데, 교황도 결국 작년 말에 헨리 8세를 파문했네. 그런데도 왕은 전혀 아무렇지도 않은 모양이야. 영국을 배경으로 삼고 있는 한, 왕은 앞으로도 계속 강경하게 나올 걸세.

종교적으로는 어디가 다른지 알 수 없는 로마와 영국은 그렇게 결별했다네. 옛날에는 왕이 로마와 결별하지 않고도 얼마든지 이혼과 재혼을 할 수 있었으니까, 현재의 문제는 종교보다는 민족 자결 때문에 일어난 문제라고 생각해야 하지 않을까."

마르코는 할말이 없다. 공직 추방으로 말미암은 3년 간의 공백 때문에 현역에 있을 당시의 통찰력이 둔해져버린 것을 깨달았기 때문이다. 콘타리니 추기경은 옛 부하의 침묵에 동정을 느꼈는지, 연장자의 너그러움을 드러내며 말을 이었다.

"유럽 역사는 통합과 분열의 역사이기도 하다네. 고대 로마 시대에는 하나였던 유럽도 로마가 멸망한 뒤에는 마치 유리구슬이 박살나듯 산산조각으로 분열했지만, 곧이어 로마에 본거지를 둔 기독교를 통해 정신적으로는 다시 통일이 이루어졌네. 그런데 지금 또다시 분열되기 시작했어. 이번에는 산산조각으로 부서지는 게 아니기 때문에 오히려 분열 상태가 오래 지속될 것 같은 느낌이 드네.

종교개혁이란 결국 북유럽 민족이 로마의 지배에서 벗어나려는 운동이고, 현재 고개를 쳐들기 시작한 반동종교개혁도, 그것이 에스파냐에서 일어난 사실만 보아도 역시 로마의 지배에서 벗어나려는 분리운동에 불과하네. 종교개혁이 과격한 만큼, 거기에 대항하려는 반동종교개혁도 자연히 과격해지겠지. 과격이란 남의 존재 이유를 인정하지 않는 거니까, 외부에 대해서만이 아니라 내부에 대해서도 엄격해지는 건 피할 수 없는 운명이라네. 이교도와 이단에 대해 더욱 배타적으로 변하지. 피비린내나는 세상이 될 것 같네. 우리는 세상이 변하고 있는 과도기에 살고 있는 걸세."

마르코는 침울한 목소리로 물었다.

"우리 조국 베네치아는 어떻게 될까요?"

"지금까지 잘해왔다고 해서 안심하고 있다가는 큰일나는 것만은 확실하겠지. 그래도 지금까지는 상당히 잘 헤쳐나온 편일세. 그 증거로, 지금 이탈리아에서 카를로스의 지배력이 미치지 않는 나라는 베네치아와 교황청뿐이라고 말해도 좋아. 하지만 앞으로는 그렇게 간단히 되진 않을 걸세.

역설로 들릴지 모르나, 어떤 하나의 권위가 그럭저럭 전체를 덮고 있는 상태에서는 그 내부는 뜻밖에 통풍이 잘되는 법일세. 개개의 문제는 개별적으로 해결할 수 있지. 예를 들어 베네치아에서 종교와 경제는 분리해서 대처하면 되는 문제였네. 우리 베네치아 사람들이 활약할 수 있었던 것은 바로 그런 정황에서였지.

그런데 이런 권위가 사라져버리면 모든 문제가 서로 뒤얽히기 때문에 개별적으로는 해결할 수 없게 되네.

교황청이 지금 직면해 있는 커다란 문제만 들어보아도, 우선 종교개혁이든 반동종교개혁이든, 로마에서 벗어나려는 운동이 있네. 둘째는 에스파냐 세력이 침투해 들어오는데도 수세에만 몰려 있는 이탈리아의 현재 상황. 셋째는 유럽의 패권을 둘러싼 프랑스 왕과 에스파냐 왕의 다툼이 어떻게 전개되느냐. 넷째는 투르크 문제.

이 문제들은 모두 밀접하게 서로 얽혀 있어서, 어느 것 하나만 떼어내어 해결하는 것은 도저히 불가능한 일일세. 베네치아도 중요성의 순서는 다르지만 똑같은 문제를 안고 있네. 그리고 어떤 문제도 그것 하나만 따로 떼어 해결할 수는 없다는 점도 비슷하지. 경쟁의 차원이 달라졌다고 말할 수밖에 없을 듯싶네."

"언제부터 달라졌을까요?"

"85년 전인 1453년에 일어난 콘스탄티노플 함락에서 비롯된 일이 아닐까. 인간은 언제나 뒤늦게야 깨닫는 법이지."

"베네치아 공화국도 제노바나 피렌체와 똑같은 운명을 걷게 될까요?"

"우선 교황이 금지하고 있는데도 경제와 종교는 별개라면서 이교도와 태연히 교역하는 일은 앞으로 허용되지 않을 걸세. 유럽 국가들과의 우호관계도 중시하지 않을 수 없네. 그리고 종교도 경제도 정치도 외교도 군사도 모두 중요한 장기말로 생각하고, 어떤 말도 잘못 움직이지 않도록 조심해야 하네. 이 말들 가운데 어느 하나라도 없으면 안되고, 잘못 움직이는 것은 절대로 허용되지 않네. 베네치아는 자급자족 따위는 꿈에도 생각할 수 없는 나라니까.

제노바에는 정치가 없었고, 피렌체에는 군사가 없었네. 그래서 제노바는 에스파냐 왕의 지배를 받게 되었고, 피렌체 역시 카를로스의 안색을 살피는 것으로 겨우 명맥을 유지하고 있지."

마르코는 한숨을 내쉬며 말했다.

"종교가 앞으로 그렇게 중요한 문제가 되리라고는 생각지 않았습니다."

원래 정치가였던 추기경은 미소를 지으면서 대답했다.

"지금 내가 추기경이라서 종교를 중시해야 한다고 말하는 건 아닐세. 베네치아는 앞으로 점점 더 유럽을 필요로 하게 될 걸세. 그때의 우호관계를 말하는 거지. 군사와 종교가 우호관계에 필요한 것은 다른 유럽 국가에 베네치아를 비난할 구실을 주지 않기 위해서이기도 하다네. 종교와 군사는 얼핏 보기에는 완전히 상반되는 요소지만, 둘 다 없어서는 안된다는 것도 분리 시대에 들어간 유럽의 특징일 걸세."

"예하께서 그런 생각을 갖고 계시면 교황청 안에서 고립될 염려는 없습니까?"

마르코는 입 밖에 낸 뒤에야 말이 지나쳤다고 후회했다. 그러나 콘타리니 추기경은 기분이 상한 것처럼 보이지 않았다. 다만 마르코의 질문에 직접 대답하지는 않았다.

"프로테스탄트에 대항하는 데만 골몰한 나머지 가톨릭의 좋은 면이 사라지기 시작하고 있는 게 기독교도로서는 슬프다네. 하다못해 베네치아 국내만이라도 변하지 말았으면 하는 바람일세."

가스파로 콘타리니를 만난 것은 그날 밤만이 아니다. 옛 상관과 부하는 한 달에 한 번쯤 만나서 조용한 몇 시간을 함께 보내게 되었다. 첫 방문은 만나뵙고 싶다는 마르코의 청으로 이루어졌지만, 그 다음부터는 추기경이 마르코를 불렀다. 그때마다 마르코는 만사 제쳐놓고 베네치아 궁전으로 달려가곤 했다.

로마 사람들이 베네치아 궁전이라고 부르는 그 건물은 로마에 있는 웅장한 건축물 중에서도 유난히 이채를 띠고 있었다. 10년 전에 카를로스 휘하의 독일군이 저지른 '로마 약탈'로 말미암아 로마에 있는 궁전의 80퍼센트가 도저히 수리할 수도 없을 만큼 훼손되었다고 한다. 이 건물들은 나중에 바로크 양식이라고 불리는 건축양식으로 개축되었지만, 베네치아 궁전은 살아남은 몇몇 궁전 가운데 하나였다. 따라서 처음 세워졌을 당시의 르네상스 양식이 짙게 남아 있는 건물이었다.

건물의 토대가 세워진 것은 백여 년 전인 15세기 중엽으로 거슬러 올라간다. 베네치아 귀족 출신으로 교황의 지위에까지 오른 파울루스 2세가 당시의 최신 건축양식으로 지은 것이다. 이 교황이 죽은 뒤에는 베네치아 출신 추기경이나 로마 주재 베네치아 대사의 관저로 쓰이게 되었다. 베네치아 궁전으로 불리는 것도 로마에 있는 베네치아 공화국의 재외 공관 같은 느낌이 있었기 때문이다. 이 건물 앞에 펼쳐져 있는 광장도 베네치아 광장이라고 불렸다.

베네치아 궁전은 추기경들의 저택이나 파르네세 궁전이 있는 구역에서는 조금 떨어져 있다. 고대 로마의 성역이었던 캄피돌리오나 정치의 중심이었던 포로 로마노, 그리고 그 저편에 콜로세움도 바라다보이는 곳으로, 16세기 당시의 도심에서는 조금 떨어진 곳에 자리잡고 있었다.

겉모습은 화려한 파르네세 궁전에 비하면 금욕적인 느낌마저 준다. 장식은 거의 보이지 않는다. 그러나 각 층에 늘어선 창문 하나에도 미적으로 세심하게 신경을 쓴 흔적을 느끼지 않을 수 없었다.

 건물은 커다란 직사각형과 작은 직사각형을 합쳐놓은 형태인데, 커다란 직사각형 부분은 추기경이 사용하고 작은 직사각형 부분은 대사가 사용하고 있었다. 큰 쪽을 성직자가 차지한 게 아니라, 이 궁전이 원래 고위 성직자의 거처로 지어져서 커다란 직사각형 내부에 모국의 산 마르코 성당과 같은 이름을 가진 교회가 있었기 때문이다. 그래서 마르코는 콘타리니 추기경을 찾아가도 대사관 사람들과는 얼굴을 마주치지 않고 베네치아 궁전에 드나들 수 있었다. 콘타리니도 일부러 마르코를 대사에게 소개하려고 하지는 않았다.

 베네치아 공화국은 모든 나라에 외교관을 상주시킨 유럽 최초의 나라라고 한다. 베네치아 대사는 격이 높고 그 경험도 중시되며, 통령으로 선출되는 사람은 반드시 거쳐야 할 경력으로 여겨지기까지 했다. 그런 만큼, 주요국에 대사로 파견되는 것은 베네치아 귀족이면 누구나 바라는 일이었다. 투르크, 에스파냐, 프랑스, 독일에 있는 신성로마제국 황제의 궁정, 그리고 로마 교황청이 당시에는 주요국으로 여겨졌다. 로마가 중요했던 것은 기독교 세계에서는 로마 교황이 신의 대리인이라는 자격으로 유럽 각국의 정치에 깊이 관여하고 있었기 때문이다. 게다가 각지에서 봉사하는 성직자들이 로마에 보고서를 보내기 때문에, 로마는 정보의 집결지가 되어 있었다. 콘타리니도 추기경에 임명되기 전에 로마 주재 대사를 지낸 적이 있었다.

 베네치아 궁전을 방문하는 일이 거듭되자, 마르코도 10인 위원회 시절의 직감력을 되찾은 것 같았다.
 가스파로 콘타리니는 옛날부터 흉금을 터놓고 이야기하는 사람은 아니다. 서민적인 데라곤 전혀 없는 귀족적인 남자다. 그렇다고 해서 남이 가까이 가지도 못할 만큼 거만하지도 않았다. 교황청 내부에서는 온건하고 유화적인 인물이라는 평을 받고 있었다. 성직계에 들어간 뒤에도 속세간에 있을 때와 조금도 달라지지 않았다.
 콘타리니 추기경과는 한 달에 한 번 정도밖에 만나지 않는데도 마르코는 매일처럼 만나는 듯한 기분이 들었다. 추기경의 조용한 이야기가 많은 것을 생각하게 했기 때문에, 그의 목소리를 듣지 않는 날에도 목소리가 들리는 듯한 느낌이다.
 추기경은 말을 골라서 천천히 이야기한다. 말이 많은 사람은 아니다. 그런데도 그의 말을 들으면, 저도 모르는 사이에 그 행간을 읽으려고 애쓰게 된다.
 그러나 마르코는 딱 한 가지 마음에 걸리는 일이 있었다. 콘타리니 추기경의 식욕이 너무 없다는 점이다. 그래서 함께 식사할 때면 마르코는 자신의 왕성한 식욕이 괜히 민망하게 느껴지곤 했다. 병이 든 것처럼 보이지도 않으니까, 맡은 임무가 너무 과중한 탓이 아닐까 하고 마르코는 생각했다. 이것도 추기경의 부름이 있을 때마다 마르코가 만사 제쳐놓고 달려가는 이유였다.

하지만 마르코가 베네치아 궁전을 찾아가는 가장 큰 이유는 솔직하게 대화를 나눌 수 있는 동포를 만나기 위해서였을 것이다. 마르코의 가슴 속에는 버린 줄 알았던 베네치아 귀족의 혼이 조금씩 되살아났다.

마르코가 밤늦게 집으로 돌아가려 하면, 콘타리니는 수도사를 시켜 등롱을 들고 마르코를 집까지 바래다주게 했다. 로마는 베네치아와는 다르다는 것이다. 그러고 보니 로마에는 밤길을 비추는 상야등이 베네치아에 비해 훨씬 적었다.

파르네세 궁전이나 베네치아 궁전처럼 큰 궁전의 경우에는 건물 네 귀퉁이에 켜진 횃불이 불똥을 날리고 있다. 철제 등잔이 건물에 부착되어 있어서, 그 안에 불을 피우도록 되어 있다. 문 앞에는 야근 문지기도 있다. 하지만 그런 곳을 제외한 로마의 밤거리는 성상에 바쳐진 촛불이 군데군데 희미한 불빛을 던지며 상야등 구실을 하고 있을 뿐, 다른 곳은 완전한 암흑이었다.

베네치아는 그렇지 않다. 길이 끝나는 곳이나 다리 양쪽에는 반드시 상야등이 켜져 있다. 베네치아 사람들이 신앙심이 깊어서가 아니라, 이렇게라도 하지 않으면 잘못해서 운하에 떨어지는 사람이 속출하기 때문이다. 그럴 염려가 없는 로마에서는, 길을 잃고 싶지 않은 사람은 등롱을 들고 다니는 것이 보통이었다.

그날 밤에도 마르코는 네댓 걸음 앞에서 등롱을 비추며 길을 안내하는 수도사와 함께 집으로 돌아가고 있었다. 밤하늘에는 초여름 달이 나른하게 걸려 있었다. 어느새 몸에 걸친 망토가 무겁게 느껴지는 계절로 접어들었다.

큰길에서 왼쪽으로 구부러지면 파르네세 궁전 앞으로 나오게 되고, 파르네세 궁전 옆을 조금만 걸어가면 집에 도착할 수 있다. 그런데 길이 구부러지는 곳까지 왔을 때, 마르코는 문득 올림피아를 간절히 만나고 싶어졌다. 여자 집으로 가려면 여기서 오른쪽으로 구부러지면 된다. 남의 집을 찾아가기에는 시간이 너무 늦었지만, 그래도 올림피아는 반가이 맞아줄 게 분명했다.

하지만 말없이 앞장서 걸어가는 수도사의 등을 향해 그런 말을 꺼내기는 어려웠다. 이 하급 수도사는 추기경한테 마르코를 집까지 바래다주라는 분부를 받았을 것이다. 여기서 혼자 돌아가겠다면서 수도사를 돌려보낼 수도 없다. 게다가 늘상 그를 집까지 바래다주는 이 수도사에게 오늘밤만은 다른 집으로 바래다 달라고 말하는 것도 상대가 성직자인 만큼 체통이 서지 않는다. 올림피아는 내일 만나면 된다고 생각하고, 마르코는 길을 왼쪽으로 돌아든 수도사에게 말을 거는 것을 그만두었다.

올림피아는 지난 몇 달 동안 줄곧 어떻게 말을 꺼낼까 고민하고 있었다. 다행히 피에르 루이지가 로마에 있는 날이 적어서 올림피아를 만나러 오는 것도 좀처럼 뜻대로 되지 않았기 때문에 자연히 문제는 뒤로 미루어졌지만, 그래도 언젠가는 딱 부러지게 말하지 않으면 안된다. 말없이 모습을 감출까 생각도 했지만, 피에르 루이지라면 휘하 병사들을 총동원해서라도 반드시 그녀를 찾아낼 것이다.

외국에 간다거나 시골에 틀어박히기로 했다는 따위의 핑계를 대면서 헤어지자는 말을 꺼낼까 생각도 했지만, 피에르 루이지의 강한 자존심은 누구보다도 올림피아가 잘 알고 있었다. 거짓말에 속은 걸 알면, 보통 사람은 생각할 수도 없을 만큼 냉혹하게 복수할 게 뻔하다. 그리고 20년 세월을 함께 나누어 가졌을 뿐 아니라 제 아들의 아버지이기도 한 남자에게 거짓말을 하고 싶지는 않았다.

역시 사실대로 이야기하자. 사실을 이야기하면 그이는 어떤 반응을 보일까. 그것은 올림피아로서는 어떻게 할 수도 없는 일이었다.

"말씀드리고 싶은 게 있는데요."

올림피아는 새빨간 벨벳 바탕에 은실로 가장자리를 장식한 옷깃을 매만지면서 조용히 말했다. 부드러운 금발은 유행에 따라 몇 가닥으로 땋은 다음, 여러 개의 진주를 줄에 꿴 머리띠로 휘감아 틀어올렸다. 오른쪽 손목에는 팔찌를 차고 있었는데, 바빠서 마음대로 만날 수 없는 것을 사과하는 뜻으로 피에르 루이지가 선물한 것으로, 사파이어를 한 줄로 길게 박은 은팔찌였다.

남자는 잠시의 여유를 즐기고 있는지, 식후의 술을 가득 채운 베네치아제 유리잔을 불빛에 비추며 그 섬세한 무늬를 바라보고 있었다. 그 자세를 허물어뜨리지 않은 채, 남자는 "뭔데?" 하고 물었다. 그 순간, 올림피아는 가슴이 칼 같은 것으로 찔리기라도 한 듯 날카로운 통증을 느꼈다. 하지만 이 기회를 놓치면 영원히 말을 꺼내지 못할 것이다. 그게 두려웠다. 여자는 마음을 가다듬고 입을 열었다.

"우린 헤어지지 않으면 안돼요. 저는 어떤 분의 아내가 될 거예요."

"누군데?"

베네치아제 유리잔은 어느새 탁자 위에 놓여 있었다. 남자는 올림피아의 눈을 똑바로 바라보며 낮은 목소리로 다시 한 번 되풀이했다.

"누군데?"

"마르코 단돌로 씨."

남자의 목소리가 쾌활하고 상냥하게 변했다.

"여전히 그 남잔가? 그 사람이라면 당신은 속고 있는 거야. 단돌로 가문의 우두머리가 창녀와 결혼할 수 있다고 생각해?"

"그분은 집안의 상속자 자리를 친척한테 양보하기로 했어요. 이대로 로마에 눌러앉아 고대를 연구하고 싶대요. 그러니까 저하고 결혼하는 것을 가로막는 장애물도 없어진 셈이죠."

피에르 루이지는 눈을 감고 입을 다물어버렸다. 의자에서 일어난 올림피아는 앉아 있는 남자 옆에 무릎을 꿇고 그 손에 자기 손을 겹쳤다. 그러고는 밑에서 남자를 올려다보는 자세로, 낮지만 분명한 목소리로 말했다.

"죽을 때까지 당신을 못 잊을 거예요. 하지만 제발 부탁이니까 저를 보내주세요."

피에르 루이지 파르네세는 오랫동안 아무말도 하지 않았다. 남자의 침묵이 무엇 때문인지, 여자는 아플 만큼 잘 알고 있었다. 올림피아는 남자의 손에 얹은 손을 그대로 둔 채, 남자의 무릎에 머리를 기대고 가만히 남자의 말을 기다렸다.

"그렇게까지 결혼이 하고 싶었던가?"

목구멍에서 억지로 밀어낸 듯한 남자의 목소리는 질문이라기보다는 혼잣말에 가까웠다.

올림피아는 결혼할 수만 있다면 상대가 누구든 상관없다고 생각한 것은 아니다. 지금까지도 여러 남자가 그녀를 아내로 맞이하고 싶다면서 청혼을 했다. 이탈리아 은행가, 프랑스 상인, 에스파냐 군인……. 그녀가 마음만 먹었다면, 벌써 옛날에 화류계에서 발을 씻었을 것이다. 하지만 그런 일은 피에르 루이지한테 굳이 말하지 않았다. 그의 애인으로 있는 동안은 어떤 의심도 사고 싶지 않았기 때문이다.

하지만 여자는 순간적으로 계산을 했다. 결혼하고 싶어서가 아니라 마르코와 함께 살고 싶어서 당신과 헤어지고 싶다고 본심을 털어놓으면, 피에르 루이지와는 정면으로 부딪히게 될 것이다. 왜 자기가 아니고 그 남자냐고 집요하게 따져 물을 게 뻔하다. 그것은 시간을 가지고 이야기를 나눈다고 해서 해결될 문제도 아니고, 20년 동안이나 일편단심으로 그녀를 사랑한 남자에게는 지나치게 가혹한 처사이기도 했다. 올림피아는 남자가 마음대로 생각하도록 내버려두기로 했다. 마르코 단돌로에 비해 피에르 루이지 파르네세에게 부족한 카드는 단 하나, 바로 결혼이었기 때문이다.

그러나 여자는 가슴이 아팠다. 용서를 구하듯, 제 손으로 덮고 있던 남자의 손에 살며시 입을 맞추었다.

"단돌로라는 놈을 한 번 만나보고 싶군."

올림피아는 고개를 들었다.

"왜요?"

남자는 여자의 머리를 쓰다듬으면서 혼잣말처럼 말을 이었다.

"만나서 당신을 정말로 행복하게 해줄 자신이 있는지 물어보고 싶어."

"당신 체면이 손상돼요."

"체면 따위는 아무래도 좋아. 나한테서 당신을 빼앗아가는 거니까, 그에 걸맞는 각오는 되어 있겠지. 그걸 물어보고 싶어."

올림피아는 가벼운 한숨을 내쉬면서 말했다.

"그분은 당신과 내 관계를 모르세요."

남자는 낮은 웃음소리를 낸다.

"아아, 그랬군. 당신은 청혼한 남자한테도 우리 비밀을 털어놓지 않았군. 그렇다면 베네치아의 명문 귀족인 단돌로 씨는 교황의 아들이라는 존재가 배후에 있는 줄도 모르고 당신을 사랑했다는 얘기가 되나?"

여자는 말없이 고개를 끄덕였다.

"만약 그 모든 걸 알게 되면 당신에게서 손을 뗄까? 투르크 제국의 공세에 노출되어 있는 지금의 베네치아 공화국은 교황청을 적으로 돌릴 수 없어. 그걸 아는 베네치아의 단돌로쯤 되는 자가 교황의 기분을 상하게 하는 짓을 할 수는 없지."

여자는 남자가 무슨 생각을 하고 있는지를 알려고 필사적인 눈빛으로 남자의 표정을 살폈다. 그 눈빛에 미소로 응하면서 피에르 루이지는 여자의 얼굴을 두 손바닥 사이에 끼우고 말했다.

"걱정하지 않아도 돼. 내가 필요해지면 언제라도 돌아와. 무슨 일이 일어나든 나는 영원히 당신 거야."

"그럼 저를 보내주실 건가요?"

"보내고 싶진 않지만 어쩔 수 없잖아. 내가 당신한테 줄 수 없는 유일한 것이 바로 결혼이야. 그걸 주겠다는 남자가 흔해빠진 사기꾼이라면 나도 당신을 잠자코 보내진 않겠지만, 베네치아의 단돌로라면 비열한 사기꾼은 아니겠지. 나는 당신의 행복을 누구보다도 간절히 바라고 있어."

올림피아는 저도 모르게 남자의 품에 몸을 던졌다. 그토록 고민했던 일이 생각보다 간단히 해결되었기 때문에 안도의 한숨을 내쉬었지만, 안도감보다는 고마운 마음이 더 강했다. 남자는 목에 감긴 여자의 팔을 그대로 둔 채, 침울한 목소리로 여자의 귀에 속삭였다.

"오늘밤은 여기서 자고 가겠어."

스스로 생각해도 이상했지만, 올림피아도 그것을 바라고 있었다. 두 사람은 지난 20년 동안 줄곧 그랬듯이, 한몸처럼 얼싸안고 여자의 침실로 갔다. 얼마 후 거실로 들어온 그 과묵하고 덩치 큰 하인이 방을 돌아다니며 촛불을 하나씩 껐다.

마르코가 자기를 배웅해주는 수도사에게 차마 말을 꺼내지 못한 채, 길을 오른쪽으로 구부러지지 않고 왼쪽으로 구부러진 것은 바로 그 무렵이었다.

# 마르쿠스 아우렐리우스 황제

*올바른 지침에 따라 판단과 행동을 조율할 수 있다면,*
*그대는 행복의 잔잔한 물결을 타고 생애를 보낼 수 있다.*

 마르코는 두 달 전부터 오늘을 애타게 기다리고 있었다. 파르네세 궁전에서 젊은 추기경 알레산드로 파르네세가 미켈란젤로가 그린 도면을 보여준 뒤부터다. 그것은 로마의 일곱 언덕 가운데 하나인 카피톨리노 언덕의 야심찬 재개발 계획안이었다.

 카피톨리노 언덕은 로마를 이루고 있는 일곱 언덕 중에서도 특별한 지위를 부여받은 곳이다. 차지하는 면적은 일곱 언덕 중에서 가장 좁지만 높이는 가장 높다. 적어도 해발 50미터는 된다. 그리고 로마가 세계의 수도가 된 이후 줄곧 로마의 얼굴이었다. 종교의 중심이었기 때문이다. 개선장군들은 시내를 누비며 개선행진을 벌인 뒤, 마지막으로 카피톨리노 언덕에 올라가 거기에 있는 유피테르 신전에서 로마의 수호신에게 승전을 보고하는 것이 통례였다. 그래서 이 언덕 위를 캄피돌리오라고 불렀다.

 이 언덕은 기원전 4세기 말에 로마가 켈트족의 습격을 받았을 때도 유일하게 적의 수중에 들어가지 않은 곳이기도 하다. 삼면이 높은 절벽으로 둘러싸여 요새처럼 되어 있는 덕분이다.

고대 로마가 붕괴한 뒤에도 카피톨리노 언덕만은 기독교와 무관한 곳으로 남았다. 유피테르 신전은 로마 시청으로 바뀌었다. 다만 주변은 완전히 폐허였고, 성모 마리아에게 바쳐진 작은 교회도 초라하기 이를 데 없었다.

미켈란젤로의 생각은 이 캄피돌리오에 새로운 얼굴을 주자는 것이었다. 고대 로마의 역사만이 아니라 그후의 역사에서도 가장 유명한 이 구역을, 단순히 옛것을 발굴하거나 새로운 양식을 억지로 떠맡기지 않는 방식으로 개조하자는 생각이었다.

추기경은 미켈란젤로가 완성한 도면을 마르코에게 보여주면서, 젊은이답게 들뜬 어조로 말했다.

"캄피돌리오의 부흥입니다. 다만 16세기를 살고 있는 이탈리아인의 감각으로 부흥시키는 것이지요."

도면을 들여다보고 있는 동안, 성숙한 어른인 마르코에게도 흥분이 전염된 듯했다.

테베레 강 서쪽 기슭에서는 성 베드로 대성당이 건설되고 있었다. 완공될 때까지는 아직도 오랜 세월이 필요하겠지만, 일단 완공되면 16세기 이탈리아 정신의 결정체가 될 터였다.

거기서 테베레 강을 따라 조금 내려간 동쪽 기슭에서는 파르네세 궁전을 중심으로 한 도시계획도 진행되고 있었다. 이것도 1527년에 독일군의 '로마 약탈'로 혼쭐이 난 로마 사람들의 긍지가 다시금 의연하게 고개를 쳐드는 상징이 될 게 분명했다.

그리고 거기서 더 남쪽으로 내려간 곳에 있는 이교의 성지 캄피돌리오가 부흥하는 것이다. 파르네세 추기경은 자랑스러운 기분을 감추지도 않고 마르코에게 말했다.

"캄피돌리오를 기독교 성지로 바꾸겠다는 말은 아닙니다. 그곳은 여전히 이교의 성지로 남을 겁니다. 다만 그 일을 하는 사람은 기독교 세계에서 신을 대리하는 로마 교황 파울루스 3세입니다. 우리가 했다는 걸 나타내는 증표는 황제 기마상 받침대에 새겨질 파르네세 집안의 문장뿐입니다."

"황제의 기마상요?"

마르코는 상상도 못했던 말이 추기경의 입에서 나온 데 깜짝 놀라, 저도 모르게 되물었다. 파르네세 추기경은 젊은이답게 생기발랄하게 웃은 뒤, 이제까지 책상 위에 엎어놓았던 또 한 장의 도면을 무슨 보물이라도 보여주듯 거드름을 피우면서 펼쳤다.

"우선 캄피돌리오로 올라가는 입구를 지금처럼 남쪽이 아니라 북쪽으로 바꿀 겁니다. 남쪽에는 고대 로마 시대에 정치의 중심이었던 포로 로마노의 유적이 있어서 도저히 손을 댈 수가 없습니다. 그래서 과거에는 절벽으로 둘러싸여 있었지만 지금은 그 절벽이 완전히 허물어져 단순한 돌무덤이 되어버린 북쪽에 입구를 두자는 것이죠. 도면에도 나와 있듯이, 미켈란젤로는 캄피돌리오와 그 아래를 경사가 완만하고 폭이 넓은 돌계단으로 연결할 생각입니다. 돌계단은 베네치아 궁전 앞 광장으로 내려가게 됩니다.

로마는 시대에 따라 도시의 중심이 조금씩 북쪽으로 이동하고 있습니다. 따라서 캄피돌리오로 올라가는 입구를 남쪽에서 북쪽으로 180도 바꾸는 것은 지금은 그보다 더 북쪽으로 도심이 올라가고 있는 로마에 더 잘 어울리는 변경이죠. 등을 돌리고 있던 것을 이쪽으로 돌려세우는 것이니까요.

현재의 캄피돌리오에는 고대 유적을 이용하여 중세에 지은 시청과 관청 건물이 있지만, 별로 재미가 없는 건물이지요. 이것을 캄피돌리오에 어울리게 개조하는 것입니다. 미켈란젤로는, 시청 건물에는 양쪽에서 올라가는 계단을 만들고 그 아래쪽에는 유적에서 발굴된 대리석상을 놓아서 장식할 작정인 모양입니다. 관청은 너무 초라하니까, 완전히 고쳐 짓게 될 겁니다.

그리고 지금은 빈 공간이 되어 있는 왼쪽에 궁전을 새로 짓습니다. 그 건물은 언덕 이름을 따서 카피톨리노 박물관이라고 부르게 될 겁니다. 1417년에 교황 식스투스 4세가 세운 세계에서 가장 오래된 미술관의 소장품이 여기에 전시될 예정이니까요. 그릇만 제대로 만들어놓으면, 그 그릇에 담길 내용물은 누군가가 자연히 기증하게 됩니다. 고대 로마를 쓰러뜨린 기독교의 본산이기도 한 로마 교황청이 고대 유물을 소장한 박물관을 만드는 것이니까, 이것도 역사의 아이러니인지도 모르지요."

젊은 추기경은 여기서 잠시 말을 끊고, 옆에 놓인 탁자 위의 술잔을 집어들어 호박색 액체를 한 모금 마셨다. 그러고는 다시 말을 계속했다.

"삼면이 건물로 둘러싸이고 정면은 넓은 계단으로 개방되어 있는 광장은 면적으로는 별로 큰 게 아닙니다. 하지만 미켈란젤로는 실제보다 넓게 느껴지는 공간으로 바꾸겠다고 장담하고 있습니다. 이 공간 한복판에 황제의 기마상을 놓아 공간을 단단히 다잡는 역할을 맡기면, 공간은 단순한 공간이 아니라 창조된 공간이 될 거라고 하더군요."

마르코는 설마 현재의 신성로마제국 황제인 카를로스의 기마상을 놓는 건 아니겠지 하고 생각했지만, 그래도 누구의 기마상이냐고 물어보았다. 그러자 파르네세 추기경은, 마르코가 로마 사람이 아니라는 것을 새삼 깨달았다는 표정을 지었다.

"이곳 로마에서 황제라면 고대 로마의 황제를 말하는 겁니다."

"로마 제국이 붕괴한 지 천 년이 지났는데, 로마 황제의 기마상이 지금까지도 남아 있었단 말입니까?"

"예, 그렇습니다. 단 하나뿐이긴 하지만 살아남았지요. 기록에 따르면, 제국이 붕괴했을 당시만 해도 황제들의 청동 기마상은 스물두 개가 남아 있었다고 합니다. 그런데 기독교도들이 부수거나 녹여서 다른 목적으로 사용하는 바람에 모두 사라져버리고, 하나만 남은 거지요."

"왜 하나만……."

"살아남은 기마상은 마르쿠스 아우렐리우스 황제의 것인데, 로마 제국이 무너진 뒤 기독교도들이 이 기마상을 부수지 않은 것은 마르쿠스 아우렐리우스가 철학자이기도 했기 때문이 아닙니다. 실은 콘스탄티누스 대제로 잘못 알았기 때문이죠."

마르코는 소리내어 웃었다. 기독교를 국교로 공인한 콘스탄티누스 대제로 오인된 덕에 살아남은 것이 마르쿠스 아우렐리우스의 기마상이라면, 콘스탄티누스의 기마상은 광신적인 기독교도들에게 분노의 철퇴를 맞고 부서졌다는 이야기가 된다. 젊은 추기경도 마르코에게 이끌려 웃으면서 말했다.

"하지만 불행 중 다행이라고 말할 수 있는 점도 있습니다. 마르쿠스 아우렐리우스 황제의 기마상은 그의 치세 말년인 서기 180년께에 제작되었을 겁니다. 그래서 고전기 양식의 대미를 장식하는 걸작이 되었지요. 미켈란젤로가 고대 로마의 성지인 캄피돌리오를 부활시키려는 이 계획안에서 황제의 기마상을 기둥으로 삼기로 작정한 것도 납득이 갑니다."

"그런데 지난 천 년 동안 황제의 기마상은 어디에 살아남아 있었습니까?"

"로마의 남쪽 성벽 근처에 있는 라테라노 성당 앞 광장에 방치된 상태로 남아 있었어요. 어쨌든 11세기의 풍경 데생에는 아직도 콘스탄티누스 대제의 기마상이라는 설명이 붙어 있을 정도입니다. 13세기에는 기마상의 주인이 콘스탄티누스가 아니라 마르쿠스 아우렐리우스라는 것을 알게 된 모양이지만, 그 무렵 로마의 기독교도들은 5세기의 기독교도들과는 달랐습니다. 기마상을 파괴하려고 생각하는 자는 하나도 없었지요. 기마상은 여전히 라테라노 성당 앞에 방치되어 있었지만요.

그래도 15세기가 되면 예술가들이 자주 견학하러 갔답니다. 파도바에 있는 가타멜라타 기마상을 제작한 도나텔로, 베네치아에 있는 콜레오니의 상을 제작한 베로키오, 그리고 밀라노 공작 스포르차의 기마상을 만들려고 했던 레오나르도 다 빈치 등, 청동 기마상을 만들려고 생각한 예술가는 모두 마르쿠스 아우렐리우스 기마상을 보고 공부했다고 들었습니다."

그런데 그림도 그리고 조각품도 만들고 건축에도 손을 대고 있지만 청동 기마상만은 제작하지 않은 미켈란젤로가 그것을 활용하는 것이다. 미켈란젤로가 그린 캄피돌리오 광장 도면에는 기마상을 올려놓을 받침대밖에 그려져 있지 않지만, 그 도면을 바라보고 있으면 마르코도 완성되었을 때의 전체 모습이 눈앞에 떠오르는 듯한 기분이 들었다. 로마에서만 착상할 수 있고 로마에서만 실현할 수 있는 아이디어라고 마르코는 생각했다.

이제까지 마르코는 다른 많은 사람들과 마찬가지로 미켈란젤로가 로마에서 일하기를 선택한 것은 조국 피렌체가 경제적으로 쇠퇴했기 때문이라고 여겼다. 물론 그것도 이유에 포함될 것이다. 하지만 이제 와서 생각해보니, 그것만이 이유는 아니었다. 젊은 미켈란젤로를 떠맡아 인간적으로나 예술적으로 키워준 메디치 가의 로렌초 일 마니피코가 아직 살아 있다 해도, 미켈란젤로는 역시 로마를 일터로 선택하지 않았을까. 그의 착상을 자극하고 실현하기에는, 고대를 갖지 않은 피렌체는 너무 작고 지나치게 일방적이다. 로마 교황들은 자신의 명성을 영원히 남기기 위해 미켈란젤로를 이용했지만, 미켈란젤로도 그들을 이용한 것이다. 불멸의 작품을 창조하기 위해서.

"마치 로마를 미켈란젤로 혼자서 창조해버리는 느낌이 드는군요."

마르코는 찬탄인지 뭔지 알 수 없는 감상을 말하는 게 고작이었지만, 미켈란젤로를 비롯한 예술가들을 그토록 자극했다는 마르쿠스 아우렐리우스 황제의 기마상을 보고 싶어졌다. 그것만이 아니라, 라테라노 성당 앞 광장에서 카피톨리노 언덕까지 기마상을 운반하는 광경도 꼭 보고 싶었다. 파르네세 추기경에게 묻자, 운반작업은 두 달 뒤에 있을 예정이라고 했다.

"운반은 굉장히 신경이 쓰이는 작업이라서, 맑은 날씨가 적어도 일주일은 확실히 계속되는 계절을 기다리는 겁니다."

그게 바로 오늘이었다. 마르코는 일찌감치 잠자리에서 일어나 하인도 거느리지 않고 집을 나섰다. 로마 황제의 기마 행렬에는 자기 혼자 따라갈 작정이었다.

산 피에트로, 산타 마리아 마조레, 산 파올로와 더불어 로마의 4대 교회로 꼽히는 산 조반니 인 라테라노 성당은 오래되었을 뿐 아니라 건물도 크다. 건물과 균형을 이루기 위해 그 앞의 광장도 컸다. 그 넓은 광장 한쪽에는 벌써 사람들이 모여들어 있었다. 사방을 나무 울타리로 둘러싼 가운데, 청동 기마상을 받침대에서 내리는 작업이 시작되었다. 마르코는 조금 떨어진 곳에 말을 세우고 작업을 구경했다. 광장을 오가는 사람들 중에는 멈춰서서 바라보는 사람도 있었지만, 대다수 서민들은 무관심한 모양이다. 행색이 초라한 아이들만이 떠들썩하게 소리를 지르며 구경하고 있었다.

기계의 도움으로 기마상이 받침대 위에서 땅바닥으로 내려오자, 다시 기계를 이용하여 황제와 말을 분리하는 작업에 들어갔다. 우선 황제만 말 위에서 50센티미터쯤 들어올린다. 그리고 사람과 말 사이에 빨간 모직천을 깔았다. 원래 사람과 말을 따로따로 주조하여 합치는 것이 청동 기마상 제작법이지만, 운반하는 도중에 생길 수 있는 마찰을 막기 위해서일 것이다. 하지만 빨간 모직천은 마르코에게는 고대 로마 기사들이 사용한 안장을 연상시켰다. 기마상이 짐수레 위로 끌어올려진 뒤에도, 지금 당장 앞으로 달려나갈 듯한 느낌마저 들었다.

수레를 끄는 것은 말도 소도 아닌 열 명의 남자들이었다. 사람이 끌어야 안심할 수 있을 것이다. 옆을 지나갈 때 들려온 말에 따르면, 기마상의 무게는 1톤이 넘는다고 한다. 다섯 명씩 두 패로 나뉜 남자들이 끌어당기자, 기마상을 실은 수레가 천천히 움직이기 시작했다. 한동안 수레 뒤를 따라가던 아이들도 수레가 광장을 벗어날 즈음에는 싫증이 났는지 모두 사라져버렸다.

그제서야 마르코는 말을 몰아, 수레에 실려가는 기마상으로 바싹 다가갔다. 마르쿠스 아우렐리우스 황제와 나란히 나아가는 형태로 천천히 말을 몰기 시작했다. 수레 위에 실려 있는데다 기마상은 등신대를 훨씬 넘는 크기여서, 마르코는 황제를 올려다 볼 수밖에 없었다. 가까이에서 본 마르쿠스 아우렐리우스는 마르코가 예상했던 대로 조용하고 품위있는 얼굴이었다.

청동 기마상 여기저기에 남아 있는 황금빛이 아침 햇살을 받아 반짝인다. 황제는 전투용 갑옷을 입고 있지 않았다. 고대 로마 남자들이 입었던 주름이 많은 짧은 옷을 걸쳤을 뿐이다. 오른손을 앞쪽으로 들어올린 모습은 백성을 향해 말을 걸고 있는 것처럼 보인다. 조용하고 그윽한 눈빛으로 보아, 선동적인 연설을 하고 있는 모습으로는 보이지 않는다. 하기야 『명상록』의 저자이기도 한 마르쿠스 아우렐리우스는 조용히 말을 거는 편이 어울린다. 그를 운반하는 수레는 천천히 콜로세움을 향해 굴러가고 있었다.

콜로세움에서 카피톨리노 언덕으로 직행할 수는 없다. 그 사이에는 무너진 신전이나 개선문이 남아 있는 포로 로마노와 그 밖의 유적이 펼쳐져 있다. 유적 사이에도 길은 있지만, 중요한 물건을 운반하는 수레가 지나갈 수 있을 만큼 길이 넓지도 않고 평탄하지도 않았다. 그래서 콜로세움에서 유적 가장자리를 돌아 남쪽으로 나아가다가, 고대 대경기장 옆을 지나 테베레 강기슭으로 나온 다음, 다시 북상하여 캄피돌리오로 가는 길을 택할 수밖에 없다. 이처럼 긴 우회로는 수레를 끄는 남자들에게는 고역이겠지만, 황제와 나란히 말을 타고 가는 기분에 잠긴 마르코에게는 조금도 괴롭지 않았다.

수레는 이따금 멈춰섰다. 윗통을 벗은 사내들이 땀을 닦고 잠깐 휴식을 취하기 위해서다. 열 명의 사내들에게 1톤은 그리 대단한 무게는 아니지만, 세심한 주의를 기울여 천천히 수레를 끄는 것은 신경쓰이는 작업일 게 분명하다. 운반작업을 지휘하고 있는 감독도 수레를 끄는 사내들 못지않게 비지땀을 흘렸다.

다시 움직이기 시작한 황제를 따라가면서 마르코는 생각했다. 마르쿠스 아우렐리우스 황제는 지금 무려 1300년 만에 자신의 도시를 지나가고 있다고.

마르쿠스 아우렐리우스는 로마 제국에 번영과 안정을 가져온 오현제 가운데 마지막 황제였다. 평화를 누구보다 염원하면서도 실제로는 전쟁터에서 보낼 때가 많았던 불행한 사람이기도 하다. 로마 제국 주변의 분위기가 불온해졌기 때문이다. 그가 죽은 곳도 빈의 전선기지였다. 내성적인 성격이었으니까, 자기 뜻에 어긋나는 치세는 황제를 적잖이 슬프게 했을 것이다. 하지만 로마 제국의 전환기에 태어난데다 그 로마를 이끌고 가야 할 책무를 짊어진 것이 그에게 주어진 운명이었다.

마르쿠스 아우렐리우스는 최후의 지식인 황제가 아닐까 하고 마르코는 생각했다. 이 황제가 깊이 탐닉했다는 스토아 철학에 대해 마르코는 전부터 흥미를 갖고 있었다.

스토아 철학은 이론적인 진리를 탐구하는 철학은 아니다. 한마디로 말하면 좋은 '삶의 방식'을 탐구하는 철학이다. 다른 사람보다 좋은 환경에서 다른 사람보다 뛰어난 재능을 타고난 사람은 그런 혜택을 받지 못한 대다수 사람을 위해 자신의 능력을 최대한 발휘하는 것, 즉 공익을 위해 헌신하는 것이 스토아 학파가 제시한 가장 좋은 삶의 방식이었다.

이 철학은 원래 그리스에서 태어났음에도, 그리스보다 공동체 의식이 강했던 고대 로마의 귀족들 사이에서 더 많은, 그리고 더 열성적인 동조자가 생겨난 것도 어찌 보면 당연한 일이다. 공동체 의식이 강하고 법을 중시한다는 이유로 '중세의 로마'라고 불리는 베네치아 공화국의 귀족들 중에도 정통 기독교가 배척하고 있는 스토아 학파에 탐닉하는 사람이 적지 않았다.

그래서 마르코는 유일하게 살아남은 기마상이 마르쿠스 아우렐리우스의 동상이고, 그것을 미켈란젤로가 캄피돌리오 부흥의 기둥으로 삼기로 결정한 것이 못내 기뻤다. 오늘 마르쿠스 아우렐리우스의 로마 행진에 동행할 수 있는 것도 남에게는 말할 수 없는 그만의 기쁨이었다.

가까이에서 바라보니, 마르쿠스 아우렐리우스 황제의 기마상은 마흔 살 안팎의 모습을 묘사한 것으로 여겨진다. 그 나이라면 그가 황제에 등극한 시기다. 그후 20년 가까이 계속된 책무의 무게는 아직 보이지 않지만, 중책을 예상한 통찰력은 이미 엿보인다. 마르코는 새삼스럽게, 그때 마르쿠스 아우렐리우스는 지금의 자기와 같은 나이 또래였다고 생각했다.

새삼 깨달은 것이 또 하나 있었다. 그것은 너무 평범한 사실이었기 때문에, 깨달았을 때는 무심코 쓴웃음을 지었을 정도였다.

마르코를 라틴어식으로 읽으면 마르쿠스가 된다. 따라서 마르쿠스 아우렐리우스는 이탈리아어로 읽으면 마르코 아우렐리오가 된다.

베네치아의 오랜 명문 출신인 그의 이름은 마르쿠스 아우렐리우스 황제의 이름에서 딴 것이 아니라, 네 명의 복음서 저자 가운데 하나인 성 마르코(산 마르코)에서 따왔다는 것은 마르코도 물론 알고 있었다. 이 성자는 베네치아 공화국의 수호성인이기도 하므로, 베네치아 태생의 남자들 중에는 마르코라는 이름이 무척 많다. 그러나 고대의 황제와 자기가 이름에서도 공통점을 갖고 있다는 점이 마르코에게 또 하나의 기쁨을 안겨주었다. 마르쿠스 아우렐리우스 황제를 가까이에서 쳐다보니, 그의 부관이라도 된 듯한 기분까지 들었다.

카피톨리노 언덕까지 기마상을 끌어올리는 것은, 예상한 일이기는 하지만 상당히 어려운 작업이었다.

외적과의 싸움에서 승리하고 로마로 돌아온 개선장군이 말 네 필이 끄는 마차를 몰고 유피테르 신전까지 올라갔던 시대에는 포로 로마노 쪽에서 캄피돌리오로 올라가는 번개 모양의 비탈길이 있었다. 하지만 천 년이 넘게 지난 16세기에는 반듯한 마름돌을 깔아놓았던 그 비탈길은 이미 흔적도 없이 사라져버렸다. 카피톨리노 언덕 위로 무거운 물체를 끌어올리려면, 비교적 경사가 완만한 북쪽에서 올라갈 수밖에 없었다.

그러나 현재의 카피톨리노 언덕에는 거기에 있는 로마 시 원로원으로 가는 사람과 말이 겨우 올라갈 수 있을 정도의 길밖에 나 있지 않다. 그 길을 통해 1톤이 넘는 기마상을 조심스럽게 운반하는 것이다. 비탈길을 올라가는 데는 라테라노 광장에서 여기까지 오는 데 걸린 시간과 거의 같은 시간이 걸렸다.

천천히, 아주 천천히 올라가는 '황제'를 따라가기가 답답해진 '부관'은 그동안 카피톨리노 언덕 주변을 산책하며 시간을 보내기로 했다.

북쪽을 향해 언덕을 내려가면 베네치아 광장이 있다. 광장 서쪽에는 베네치아 공화국 출신 추기경과 공화국에서 파견된 대사가 동거하는 베네치아 궁전이 있다. 이 언저리에는 민가가 별로 없다. 그래서 유적을 보존하기도 그만큼 쉬웠을지 모른다. 그리고 대담한 도시계획도 실행에 옮길 수 있을 것이다. 민가라면 그래도 낫지만, 유력자의 저택이 빽빽이 들어서 있는 지역에서는 유적을 복원하거나 신시가지를 건설하는 것도 간단치 않다. 이것은 비단 로마에만 국한된 일은 아니다. 역사란 때에 따라서는 성가신 법이다. 지금 로마의 도심에 해당하는 나보나 광장이나 캄포 데 피오리, 그리고 파르네세 궁전 주변은 고대 유적 위에 서 있는 거나 마찬가지였다. 아니, 로마 전체가 고대 유적과 한데 어우러져 있다고도 말할 수 있었다.

이제는 '황제'도 언덕 위로 올라간 것 같아서 '부관'도 급히 뒤를 따랐다. 말을 달리면 순식간에 캄피돌리오에 설 수 있을 만큼 로마의 언덕은 완만하다. 여기에 직선으로 넓은 돌계단을 놓겠다고 생각한 미켈란젤로의 기분을 충분히 이해할 수 있을 것 같았다.

언덕 위에는 미켈란젤로가 와 있었다. 일을 하다가 빠져나왔는지, 그림물감이 얼룩진 작업복 차림 그대로였다. 머리에 챙 없는 모자를 쓰고 있는 것이 몸차림에 무관심한 미켈란젤로다웠다. 말을 타고 올라온 마르코에게는 인사도 하지 않는다. 수레에서 내려지는 청동 기마상에 눈길을 쏟고 있을 뿐이다.

받침대는 이미 만들어져 있었다. 받침대 한쪽 면에 백합꽃을 본뜬 파르네세 집안의 문장이 새겨져 있다. 기마상을 받침대 위에 앉히는 것은 기마상을 수레에서 내리는 것보다 더 힘든 작업인 모양이다.

받침대를 둘러싼 비계에는 큼지막한 도르래가 네 곳에 하나씩 설치되어 있었다. 우선 기마상을 사람과 말로 해체한 다음, 말부터 네 개의 도르래에 매달아 높이 들어올렸다. 그러고는 천천히 받침대 위까지 이동한 뒤, 한 번에 1센티미터씩밖에 내려가지 않는다고 여겨질 만큼 느린 속도로 신중하게 움직여 받침대 위에 조용히 내려놓는다.

그때까지는 감독에게 작업 지휘를 맡기고 있던 미켈란젤로가 말이 받침대에 내려지자 비계 중간까지 올라가, 말을 고정시키는 작업을 지휘하기 시작했다.

그 작업이 끝나자, 드디어 황제를 말에 태우는 작업이 시작되었다. 높이 끌어올려진 황제는 말 위에까지 신중하게 옮겨진다. 그리고는 조금씩 아래로 조용히 내려졌다.

사람과 말이 빈틈없이 합쳐진 순간, 인부들 사이에서 탄성이 터져나왔다. 거의 온종일이 걸린 기념할 만한 작업도 이것으로 겨우 막을 내린 것이다. 이제 황제는 운반할 때의 마찰을 막기 위해 깔려 있던 붉은 모직천 안장 위에 앉아 있지 않았다. 눈앞의 받침대 위에는 천 년이 훨씬 넘은 옛날의 로마 제국 황제가 그에 어울리는 위엄을 띠고 부활했다. 젊은 파르네세 추기경이 말한 '새로운 로마'를 향해 일장 연설이라도 하는 것처럼.

기마상 배후에 있는 로마 시 원로원을 복구하는 작업, 오른쪽에 있는 관청 건물을 개축하는 작업, 왼쪽에 카피톨리노 박물관을 신축하는 작업, 그리고 기마상 정면에 넓은 돌계단을 만드는 작업…… 이 모든 작업이 끝날 때까지는 오랜 세월이 걸릴 게 분명하다. 그러나 캄피돌리오 부흥의 '기둥'은 제자리를 잡았다. 마르코도 로마에서 지낸 덕분에 실제로는 눈에 보이지 않는 것까지도 볼 수 있게 되었다. 살아 생전에는 캄피돌리오 광장 전체가 완성된 모습을 보기가 어려울지 모르나, 마르쿠스 아우렐리우스 황제의 기마상이 받침대에 놓인 순간부터 마르코는 그 모습도 뚜렷이 볼 수 있었다. 건축은 하나의 세계를 창조하는 거라고 마르코는 진심으로 생각했다.

이런 생각을 하고 있는 동안, 수레도 인부들도 미켈란젤로도 모두 사라졌다. 캄피돌리오에는 실로 오랜만에 자기한테 어울리는 자리에 앉게 된 마르쿠스 아우렐리우스 황제와 말을 탄 마르코, 두 사람만 남았다.

16세기의 마르쿠스는 자기가 탄 말을 2세기의 마르쿠스 옆에 세웠다. 아니, 황제에게 경의를 표하기 위해 한 걸음 물러선 곳에 세웠다.

눈 아래 저 멀리 기독교의 본거지인 로마가 펼쳐져 있었다. 서녘 하늘로 기울어진 석양이 토막토막 떠도는 구름을 장밋빛으로 물들이고 있었다. 이것을 보고 『명상록』의 저자는 뭐라고 말할까.

로마는 누가 살고 있어도 아름답다고 말할까. 로마와 달리 눈발이 흩날리는 혹독한 추위에 얼어붙은 라인 강기슭의 전선기지에서는 자신의 마음 속을 들여다볼 수밖에 없었다고 말할까.

16세기의 마르쿠스는 학교에서 그리스어를 배울 때 2세기의 마르쿠스가 쓴 『명상록』을 번역한 적이 있었다. 이제 그는 그 『명상록』의 한 구절을 생각해냈다.

"그대가 올바른 길을 찾아낼 수 있고, 올바른 지침에 따라 판단과 행동을 조율할 수 있다면, 그대는 행복의 잔잔한 물결을 타고 생애를 보낼 수 있다. 모든 인간에게는 공통된 두 개의 사실이 있다. 그 하나는 남에게 방해받지 않는 것이요, 그 둘째는 정의를 실행하는 데 전력을 기울이는 것이다. 이를 위해서는 욕망도 물리치지 않으면 안된다……."

마르쿠스 아우렐리우스 황제를 캄피돌리오에 남겨놓고, 마르코는 일단 집으로 돌아갔다.

정말로 '일단' 돌아간다는 느낌이었다. 그날 이후 로마 시내로 산책을 나가면 반드시 캄피돌리오에 서 있는 황제를 찾아가게 되었기 때문이다. 로마 산책의 길잡이인 엔초 노인도 얼마 후에는 여기에 익숙해져서, 캄피돌리오를 참배하는 것으로 산책을 마무리할 수 있도록 코스를 잡아주었다. 그리고 언덕 위까지 올라오면 마르코를 혼자 있게 해주었다.

황제 기마상 옆에서 마르코는 생각하곤 했다. 내가 마르쿠스 아우렐리우스에게 친밀감을 느끼는 것은 그가 고대 로마의 황제였기 때문만은 아니다. 역대 황제들 가운데 몇 명 안되는 지식인이었기 때문도 아니다. 마르코를 라틴어 식으로 읽으면 마르쿠스가 되기 때문은 더욱 아니다. 그것은 마르쿠스 아우렐리우스 황제가 '종말의 시작'인 사람이었기 때문이다…….

오래 존속하는 국가에는 반드시 파도와 같은 기복이 있다. 국력이 높았던 시기와 낮아진 시기가 마치 물결처럼 되풀이되는 것이다. 반대로 단명한 국가는 파도가 하나만으로 끝나고, 더 이상 되풀이되지 않는다. 국력이 낮아지면 곧바로 멸망한다. 국력의 파도가 되풀이된다는 점에서 고대 로마와 베네치아는 비슷했다.

그러나 국가나 민족이 아직 충분한 힘을 갖고 있는 시대에는 같은 높이의 파도가 되풀이되지만, 언제부터인가 파도는 이전과 같은 높이까지 돌아오지 않게 된다. 그것이 종말의 시작이다. 그 후로는 조금씩 되돌아오는 파도의 높이가 낮아지기 시작한다. 그래도 멈추지는 않고 되풀이된다. 다만 조금씩 높이가 낮아지면서 되풀이되다가 이윽고 종말을 맞이하게 된다. 그것이 국가나 민족의 생애가 아닐까.

마르쿠스 아우렐리우스 황제는 자신의 치세가 고대 로마의 종말의 시작임을 깨닫고 있었을 것이다. 로마 제국 변경에서 전쟁에 몰두하면서 그 치세의 태반을 보내면서도, 아니 그렇기 때문에 오히려 자기가 로마 제국의 종말의 시작임을 깨달은 게 아닐까.

그래도 마르쿠스 아우렐리우스가 살던 2세기 말부터 로마 제국이 붕괴하기까지는 3백 년이라는 세월이 걸렸다. 로마는, 하루아침에 이루어지지 않았듯이, 하루아침에 멸망하지도 않았다.

하지만 자기가 아무리 진지하게 책무를 완수하려 해도 더 이상 '파도'는 이전의 높이로 돌아오지 않는다는 걸 깨달으면 어떤 기분이 들까. 더구나 그 사람이 국가의 최고통치자인 황제라면…….

마르코도 10년 동안 국정에 종사한 경험을 갖고 있다. 특히 그는 베네치아 공화국의 최고 기밀을 다루고 국가의 장래를 실질적으로 결정하는 10인 위원회에 소속되어 있었기 때문에, 유럽 제일의 번영을 자랑하던 베네치아 공화국도 이제 드디어 전환점에 이르렀다는 사실을 절실히 느꼈다. 베네치아도 역시 '파도'가 원래의 높이까지 돌아오지 않는 시기에 접어들었을까.

　미켈란젤로가 부활시킨 마르쿠스 아우렐리우스 황제는 마르코 단돌로에게는 단순한 청동 기마상이 아니었다. 그리고 문득 마르코는 생각했다.

　일찍이 고대 로마의 성지였던 캄피돌리오에서 안식처를 얻은 황제의 기마상은 나 한 사람의 것이 아니라, 앞으로는 수많은 '마르코'에게 시대를 초월하고 민족을 초월하여 무언가를 생각하게 만들지 않을까.

# 프레베자 해전

*가스파로 콘타리니는 창문을 등지고 있는 마르코한테 곧장 다가와서
낮은 소리로 말했다. "베네치아가 해전에서 패했다네."*

이날 밤도 여느 때처럼 시작되어 여느 때처럼 끝날 터였다.

다른 점이라면, 가을밤을 베네치아 궁전의 추기경 거실에서 보내는 건 처음이라는 것뿐이다. 기후가 온난한 로마에서는 아직 난롯불을 피울 때가 아니다. 얄팍한 모직옷을 입고 기분좋게 움직일 수 있는 계절이다.

손님인 마르코는 베네치아 귀족의 평상복인 기다란 검은 옷을 입고 있었지만, 이날 밤에는 주인인 가스파로 콘타리니까지도 성직자의 옷이 아니라 마르코와 같은 옷을 몸에 걸치고 있었다. 그래서 마르코는 세월이 20년 가까이 옛날로 되돌아간 듯한 기분이 들었다. 그 무렵 마르코는 이제 막 공직에 나선 풋내기 관료였지만, 콘타리니는 베네치아의 대표적인 대들보라는 말을 들을 만큼 수완좋은 정치가였다.

여자와 인연이 없는 콘타리니는 아침에 일찍 일어난다. 이것만은 로마에 온 뒤에도 베네치아에 있을 때와 다름이 없었다. 자연히 저녁식사도 유복한 로마 사람들의 습관을 기준으로 보면

초저녁부터 시작된다. 등잔 기름을 절약하기 위해 아침에는 해가 뜨자마자 일어나고 해가 지면 잠자리에 드는 서민 생활과 마찬가지였다. 이날 밤에도 하인 역할을 하는 수도사가 촛대를 가지고 들어왔을 때쯤에는 저녁식사가 이미 끝난 뒤였다. 콘타리니 추기경과 마르코는 베네치아 북쪽에서 만든 독한 술을 그 술 전용으로 만들어진 두꺼운 유리잔에 따르기 시작한 참이었다. 베네치아에서는 그 술을 아주 차게 해서 마시는 것이 습관이었다. 두꺼운 유리잔으로 마시는 것은 술을 차게 유지하기 위해서였다.

비서관 역할을 맡고 있는 수도사가 문도 두드리지 않고 황급히 들어온 것은 바로 그때였다. 비서관은 손님에게는 눈길도 주지 않고 추기경의 귀에다 두세 마디 속삭였다. 앉아 있던 콘타리니는 그 말을 듣자마자 벌떡 일어났다. 그러고는 급한 일이 생겨서 잠시 나갔다 와야겠다고 말한 다음, 마르코의 대답도 듣지 않고 방에서 나갔다.

마르코는 처음에는 마음에도 두지 않았지만, 기다린 시간은 상당히 길었던 것 같다. 교황청에 무슨 급한 용무가 생긴 모양이라고 생각했기 때문에, 마르코는 별로 깊이 생각지도 않고 창 밖에 펼쳐진 베네치아 광장을 바라보면서 기다리고 있었다.

뒤에서 문이 닫히는 소리가 났기 때문에 마르코는 돌아섰다. 가스파로 콘타리니는 창문을 등진 마르코한테 곧장 다가와서 낮은 소리로 말했다.

"베네치아가 해전에서 패했다네."

마르코는 평상시의 창백한 얼굴이 새하얗게 변해버린 추기경에게 '언제, 어디서, 왜'를 합친 소리없는 질문을 던졌다.

콘타리니 추기경은 창가에 선 채 마르코의 시선을 정면으로 받으며 대답했다.

"베네치아 대사가 전해주었네. 대사도 방금 본국에서 도착한 파발꾼의 보고를 받고 알았다더군. 대사는 지금 교황청으로 가고 있네. 내일은 로마 전체가 알게 될 걸세. 해전은 9월 27일에 벌어졌네. 전쟁터는 프레베자 근처 해역이고, 패전 원인은……"

추기경은 여기까지 말하고 입을 다물어버렸다. 하지만 패전의 원인을 모르거나, 알면서도 마르코에게 털어놓고 싶지 않아서 입을 다문 게 아니라는 것은 추기경의 표정에서 엿볼 수 있었다. 원인을 한마디로 말할 수가 없었던 것이다. 하지만 마르코는 그런 것을 배려할 만한 여유를 잃고 있었다.

베네치아 공화국도 지금까지 천 년에 이르는 역사에서 몇 번이나 전쟁에 패한 적이 있었다. 특히 지난 백 년 동안은 오리엔트에서 세력 확장에 전념하고 있는 투르크 제국과 몇 번이나 싸웠고, 대개는 베네치아가 패배했다.

그러나 1470년에 베네치아의 기지였던 그리스의 네그로폰테를 잃었을 때도, 1500년에 모드네를 잃었을 때도 해전에서 패한 것은 아니다. 육로로 대군을 보내 배후에서 쳐들어온 투르크와 처절한 공방전을 벌인 끝에 패배한 것이다. 투르크의 육군에 패한 것이지, 해군에 패한 것은 아니다.

프레베자 해전

해군은 해운국가인 베네치아의 자랑이었다. 그리고 투르크는 베네치아 국내의 총인구와 맞먹을 정도의 병력을 전쟁에 투입할 수 있을 만큼 대국이지만, 해운국이었던 적은 없는 나라다. 해운의 전통이 없는 투르크가 일류 해군국이 될 수 있을 리가 없다. 실제로 베네치아 공화국은 지금까지도 바다에서만 싸우면 투르크에게 승리를 거두었다. 베네치아 해군은 지중해 최강의 해군이었다. 그런데 이제 육지에서 공격을 받고 패한 게 아니라, 바다 위에서 군함끼리 충돌한 전투에서 패했다는 것이다.

마르코는 낯빛에도 드러내지 않고 말로 표현하지도 않았지만, 속으로는 넋을 잃을 만큼 놀랐다.

그런 마르코의 속마음을 눈치챘는지, 어느새 의자에 앉아 있던 추기경이 나직한 음성으로 마르코에게 물었다.

"공직을 떠난 지 3년이 지나고 있는데, 그동안 조국에서 정보는 계속 들어오고 있었나?"

정신을 차린 마르코는 황급히 대답했다.

"아뇨. 여행하는 동안에 귀동냥한 것말고는 구태여 알려고 하지도 않았습니다. 제가 그동안 이야기를 나눈 베네치아 사람은 추기경님이 처음입니다."

콘타리니는 가볍게 고개를 끄덕이고 말을 이었다.

"그렇다면 내가 지금까지의 사정을 간추려서 설명하겠네. 몇 가지 사례만 들어도 자네라면 사정을 이해할 테니까, 구태여 해석을 덧붙일 필요도 없겠지."

창가에 선 채 마르코는 콘타리니의 다음 말을 기다렸다.

"1453년에 콘스탄티노플을 함락한 이후 더 한층 공세로 나온 투르크와 우리는 무척 오랫동안 호각지세로 싸워왔네. 해상에서는 베네치아가 단연 우위를 지켰으니까.

투르크도 육군만으로는 충분치 않다는 걸 알고 있었네. 그래서 정복한 나라들의 백성, 그 중에서도 특히 그리스인들을 활용하여 해상 전력을 증강하는 게 힘썼지. 하지만 오리엔트에서는 바다에 강한 민족으로 알려져 있는 그리스인도 해양민족이라는 점에서는 우리의 적수가 아닐세. 베네치아의 우위를 위협할 정도까지는 이르지 않았네. 지중해 안에서도 이오니아 해역과 에게 해역에서는 여전히 우리가 제해권을 장악하고 있었지.

여기까지는 자네도 충분히 알고 있는 사실일 걸세. 그런데 투르크가 방식을 바꾸었다네. 그것도 지난 2, 3년 사이의 일일세."

마르코는 잠자코 귀를 기울이고 있었다.

"투르크 제국은 영토가 넓어. 북쪽으로는 빈에 바싹 다가와 있고, 동쪽으로는 티그리스 강과 유프라테스 강을 넘어 페르시아와 접해 있고, 남쪽으로는 홍해 출구까지 뻗어 있으며, 서쪽으로는 튀니지를 거쳐 알제리까지 이르러 있네.

하지만 이집트에서 알제리에 이르는 북아프리카 일대는 투르크의 술탄이 직접 통치하는 건 아니고, 그 지방을 개별적으로 영유하고 있는 인물들을 술탄의 신하로 삼는 형태로 지배하고 있다는 건 자네도 이미 알고 있는 사실일세."

"그자들은 해적입니다."

"그래. 알렉산드리아의 파샤도 알제리의 파샤도 술탄한테 '파샤(장관)라는 칭호를 받긴 했지만, 실제로는 해적 두목일세.

하지만 해적 두목이라는 건 배와 부하를 갖고 있다는 뜻일세. 해적을 생업으로 삼고 있는 만큼, 베네치아나 제노바처럼 아무도 따라갈 수 없는 해양민족과도 대등하게 교전할 수 있네. 속력이 빠른 배와 항해술이 뛰어난 선원들을 갖고 있다는 뜻이지. 전투력도 뒤지지 않을 게 분명하네. 그들은 자신을 위해 싸우고, 우리는 나라를 위해 싸운다는 차이는 있지만."

마르코는 알았다는 듯이 고개를 끄덕였다. 그런 마르코에게 추기경은 미소를 보내면서 말을 이었다.

"투르크인이 아니더라도 생각할 만한 일이지. 바다에서는 아무리 발버둥쳐도 베네치아를 따라갈 수 없는 투르크는 해적을 이용하는 방법을 생각해낸 것이라네. 해적한테도 근거지는 필요하니까.

해적 두목들한테도 나쁘지 않은 제안이지. 아무리 선남선녀를 두려움에 떨게 한다 해도, 해적은 어디까지나 그늘에서 살아가는 범죄자일 뿐일세. 게다가 투르크의 술탄이 마음만 먹으면 대군을 상륙시켜, 튀니스에서도 알제리에서도 해적을 몰아내버릴 수 있네.

그런데 파샤로 임명되어 술탄의 신하가 되면 그들의 지위도 공적인 것으로 바뀌네. 근거지에서 쫓겨날 염려도 없어지고, 기독교 국가의 배를 습격할 명분도 얻을 수 있지.

술탄이 얻는 이익도 적지 않아. 베네치아 해군을 능가하는 전력을 가진 해군을 상비하려면 막대한 경비가 드네. 베네치아에는 자국의 교역로를 확보한다는 이유가 있지만, 통상국가가 아닌 투르크에는 그게 없네. 해적을 활용하면 그 경비도 절약할 수 있지. 필요한 경우에 해적을 소집하면 끝나는 일이니까."

마르코는 한숨과도 비슷한 소리를 냈다.

"베네치아 정부는 그런 움직임을 알아차리고 있었을 겁니다. 그런데도 왜 손을 쓰지 않았을까요?"

"10인 위원회는 물론 완전히 파악하고 있었네. 하지만 알아차렸다 해도 뭘 할 수 있었겠나.

이슬람교도인 아랍인이나 그리스인, 개중에는 이탈리아인도 있는 모양이지만, 이 해적들을 기독교에다 해적행위 따위는 해본 적이 없는 베네치아인이 매수할 수 있다는 건가?

돈이라면 우리도 지불할 수 있다고 하세. 하지만 이 경우 해적 두목들이 바라는 건 돈이 아니라 공적인 신분일세. 이것은 베네치아가 줄 수 없는 거라네.

카를로스 황제는 해적 중에서도 가장 유력한 바르바로사(붉은 수염)를 매수해서 투르크를 배반하게 하려고 애쓴 적이 있는 모양일세. 하지만 결과는 베네치아의 10인 위원회가 예상했던 대로 잘되지 않았네. 바르바로사는 그리스 태생이지만, 일찍부터 이슬람교로 개종했네. 바르바로사는 해적 두목 중의 두목이지만, 북아프리카 일대를 근거지로 삼고 있는 해적의 태반은 이슬람교도인 아랍인일세. 돈으로 해결할 수 있는 문제가 아니었지.

이것이 지난 2, 3년 동안 베네치아와 투르크의 해상 전력이 역전된 원인일세. 우리도 그동안 잠자코 보고만 있었던 건 아닐세.

전력을 두 배로 늘리기까지 했지만, 투르크와 아랍 해적의 연합군한테는 당할 수 없네. 조선 능력은 있지만, 사람이 없으니 어쩌겠나. 갤리선과 갤리선이 충돌하는 해전에서는 백병전으로 승부가 결정되니까, 역시 전투원 수가 위력을 발휘하네. 배는 있지만 거기에 태울 사람이 부족해. 베네치아 공화국 인구는 속령을 포함해도 투르크 제국의 10분의 1도 채 안되니까."

마르코가 공직을 떠나 있던 3년의 공백이 그의 머릿속에서 순식간에 메워졌다. 이제 그는 더 이상 추기경이라는 성직자에게 이야기하는 게 아니라, 한때 베네치아 정부의 중추였던 가스파로 콘타리니에게 말하고 있었다.

"베네치아가 혼자서는 투르크와 대항할 수 없게 되었다면, 다른 나라를 끌어들일 수밖에 없습니다."

콘타리니도 성직자답지 않은 어조로 말했다.

"그래. 그리고 이런 경우에 이용할 수 있는 건 교황청밖에 없어."

마르코는 이때 처음으로 콘타리니 추기경이 로마에서 하고 있는 일은 항간에서 말하는 공의회 준비위원회 일에만 국한되어 있는 게 아닌지도 모른다는 생각이 들었다. 투르크와의 싸움에 교황청을 끌어들이는 것도 콘타리니의 임무가 아닐까. 교황청은 실제로 해군력을 갖고 있지는 않지만, 신의 지상 대리인인 로마 교황이 가세한다면, 기독교 세계에서 세속인으로는 가장 높은 지위에 있는 신성로마제국 황제와 지중해에 이해관계를 가진 강대국 에스파냐의 왕이 모른 체할 수 없다. 그리고 지금은 신성로마 제국 황제와 에스파냐 왕이 동일인이다. 로마 교황이 가세하는 것은 유럽 제일의 권력자인 카를로스도 끌어들이는 것을 의미했다. 게다가 가스파로 콘타리니 추기경은 교황 파울루스 3세에게 누구보다도 두터운 신임을 받고 있는 인물이었다.

마르코의 침묵을 어떻게 해석했는지, 콘타리니는 화제의 방향을 조금 바꾸었다.

"자네 같은 사람은 무엇보다도 사실을 알고 싶겠지?"

이렇게 서두를 뗀 콘차리니의 설명은 다음과 같았다.

올해 초에 교황과 카를로스와 베네치아 사이에 대(對)투르크 동맹이 성립되었다. 각국의 전력 부담은 갤리선만 살펴보면 다음과 같았다.

에스파냐-82척

베네치아-82척

교황청-36척

교황청에는 해군이 없으니까, 선박과 선원은 베네치아가 제공하기로 했다. 교황청은 전투원을 모을 의무만 가졌다.

합쳐서 200척에 이르는 함대가 실제로 편성되었다면, 지중해 세계에서는 전대미문의 대함대가 될 터였다. 하지만 연합함대가 성립되어도 해전에 적합한 봄철에 당장 행동을 개시할 수는 없었다. 전략목표를 세우고 총사령관을 인선하는 문제에서 난항을 겪었기 때문이다.

북아프리카 영유를 노리는 카를로스는 기독교 연합함대의 전략목표를 북아프리카에 두자고 주장한 반면, 베네치아는 동지중해에 두어야 한다고 주장했다. 교황의 설득으로 겨우 타협이 이루어져, 어디서든 먼저 투르크 해군을 격파한 다음 가장 효과적인 목표를 결정하기로 타결을 보았다.

총사령관을 선임하는 문제도 결정을 보기까지 상당한 시일을 허비했다. 에스파냐는 제노바 출신으로 에스파냐 해군 총사령관을 맡고 있는 안드레아 도리아를 내세웠다. 베네치아는 여기에 단연코 반대했다. 도리아는 전쟁을 직업으로 삼는 용병대장으로, 전에는 프랑스 왕에게 고용되었고, 그후 카를로스에게 발탁되어 에스파냐 해군을 총지휘하고 있는 경력의 소유자였기 때문이다.

그리고 용병대장의 계약은 휘하 선박과 선원들까지 포함해서 이루어진다. 그러나 자신의 전력을 희생하면서까지 자기를 고용한 나라를 위해 끝까지 싸운 용병대장은 이제껏 한 사람도 없었다는 것을 베네치아는 너무도 잘 알고 있었다. 해군만큼은 자국 국민으로 편성하는 베네치아도 육군에서는 용병을 고용해보았기 때문이다. 신뢰할 수 없는 용병대장에게 자국 해군의 운명을 맡기는 건 베네치아 정부로서는 도저히 용납할 수 없는 일이었다. 그래서 베네치아는 자국 해군 총사령관을 연합함대 총사령관 자리에 앉히고 싶어했다. 그래서 교착상태가 계속되었다.

하지만 투르크는 베네치아 식민지인 키프로스와 크레타 섬에 대한 침략 의도를 더욱 노골적으로 드러내기 시작했다. 또한 투르크 해군에 편입되어 신분을 공인받은 해적들의 횡행도 나날이 심해져갔다. 그렇다고 해서 베네치아 혼자 투르크 해군에 싸움을 걷기도 어려운 처지였다. 약한 입장에 놓인 것은 베네치아였다. 교황이 타협안으로 우르비노 공작을 총사령관에 앉히자는 제안을 내놓았지만, 바다를 전혀 모르는 육군 장수를 해군 총사령관에 앉히는 것은 해롭기는 할망정 이로울 건 없었다. 베네치아는 마침내 굴복할 수밖에 없었다. 안드레아 도리아는 적어도 해군 장수로서는 일급 전문가였으니까.

예정된 날짜인 6월 중순, 역시 예정된 집결지인 그리스의 코르푸 섬 항구에 베네치아 함대가 도착했다. 약속대로 갤리선만 해도 82척이나 되는 전력이다. 교황청이 부담하는 함대도 이탈리아의 각 항구에서 무장을 끝내고 도착하기 시작했다. 하지만 전투원을 모으는 일이 뜻대로 되지 않아, 코르푸에 도착한 배는 약속한 36척보다 적은 27척에 불과했다.

그런데 안드레아 도리아가 지휘하는 에스파냐 함대가 도착하지 않는 것이다. 한때는 도리아의 행방조차 알 수 없는 형편이었다. 이런 상태로 6월이 지나고, 7월도 다 지나가려 하고 있었다.

물론 기독교 세계가 연합함대를 편성했다는 소식은 투르크 쪽에 곧바로 알려졌다. 해적 바르바로사가 이끄는 투르크 함대도 투르크의 수도 콘스탄티노플 항구를 떠났다. 이를 알면서도 코르푸에 머물 수밖에 없는 베네치아 함대는 에스파냐에 대한 분노가 폭발 직전에 이르렀다. 카를로스가 연합함대의 출동을 이듬해로 연기할 작정인 것 같다는 소문도 나돌았다.

그런데 바로 그때 안드레아 도리아가 코르푸에 도착했다. 하지만 82척을 거느리고 와야 하는데, 도리아가 이끌고 온 배는 49

척에 불과했다. 게다가 일주일 뒤에는 모든 배가 출항할 수 있는 상태였는데도, 도리아는 출동명령을 내리지 않았다. 소중한 시간이 또다시 허비되었다.

나중에 알려진 사실이지만, 도리아는 카를로스의 훈령을 기다리고 있었던 것이다. 훈령이 내려진 9월 25일, 도리아는 드디어 출동명령을 내렸다. 카를로스가 도리아에게 내린 밀명은 베네치아만 이익을 얻는 싸움은 하지 말라는 것, 대승이 확실치 않으면 아예 싸움에 나서지 말라는 거였다.

코르푸 항구를 떠난 연합함대는 전투대형을 갖추고 항해했다.

맨 앞은 71척으로 이루어진 수송선단. 이는 모두 범선이었다. 2마일 거리를 두고 뒤따르는 전위는 27척으로 이루어진 교황청 함대. 지휘는 교황청 해군에 고용되어 있는 그리마니라는 제노바 사람이 맡았다.

거기에 이어지는 본대는 제노바·시칠리아·나폴리·몰타에서 온 25척과 도리아가 가져온 22척을 합한 에스파냐 함대. 지휘는 물론 도리아가 맡았다.

후위 함대는 순수한 베네치아 군선 65척. 이 함대는 베네치아 해군 총사령관 카펠로가 이끌었고, 각 선박의 함장도 베네치아 사람이 맡았다.

그 뒤를 따르는 베네치아 선박 17척과 에스파냐 선박 2척은 아드리아 해 입구를 감시하는 역할을 맡았기 때문에, 얼마 후에는 본대와 헤어졌다. 그렇다 해도 139척의 갤리선과 71척의 범선으로 이루어진 함대는 기독교 세계가 일찍이 한 번도 바다에 내보낸 적이 없는 대규모 전력이다. 카를로스가 도리아에게 내린 밀명의 내용을 모르는 베네치아 함대에서는 요리사에 이르기까지 모든 선원들의 사기가 하늘을 찔렀다고 한다.

코르푸를 떠난 연합함대는 항로를 남쪽으로 잡았다. 풀어놓은 정찰선이 투르크 함대가 프레베자 근해를 항해하고 있다는 소식을 보내왔기 때문이다.

모든 선박에 속력을 높이라는 명령이 떨어졌다. 적이 프레베자 만으로 도망쳐 들어가면 싸우기에 좋은 시기를 놓치게 된다. 만의 출입구가 좁아서, 안으로 들어가 싸우려 해도 한 번에 두세 척씩밖에는 못 들어가기 때문이다.

하지만 투르크 함대를 찾아 남하하던 연합함대는 적이 이미 프레베자 만 안으로 들어갔다는 보고를 받았다. 연합함대가 프레베자 만 앞 해상에 도착했지만, 투르크 함대는 만 안으로 들어간 채 나올 기미조차 없었다. 몇 척이 입구로 다가가 싸움을 걸었지만 성공하지 못했다. 그러자 총사령관 도리아는 계속 남하하여 산타 마우라 섬(그리스어로는 레우카스 섬)으로 가라고 명령했다. 투르크 함대를 유인해내기 위해서였는지, 아니면 싸우지 않고 그냥 넘어가려고 했는지, 도리아의 속셈은 알 수 없다. 어쨌든 연합함대는 투르크 함대를 프레베자 만에 남겨둔 채 떠나려 하고 있었다.

그런데 프레베자 만에 있는 투르크 함대에서도 이변이 일어나고 있었다. 총사령관 바르바로사는 꼼짝도 안할 작정이었지만, 투르크의 장관도 포함되어 있는 참모들은 나가서 싸우자고 주장했다. 적을 눈앞에 보면서도 도망치게 내버려두었다고 술탄에게 고자질하겠다는 협박까지 나오자, 바르바로사도 결국은 싸우기로 결심했다.

남하하는 연합함대를 투르크 함대가 전투대형을 갖춘 채 뒤쫓았다. 전위는 바르바로사의 오른팔로 알려진 드라고가 이끌었고, 본대는 바르바로사가 지휘하고, 후위는 알제리에서 온 배들이 맡고 있었다. 지휘관은 모두 해적이다. 전력은 연합함대에 비해 조금 열세였다. 산타 마우라 섬 근처에서 마침내 연합함대를 따라잡았다.

총사령관 도리아는 전위와 후위 사령관을 기함으로 불러서, 부근에 피난할 수 있는 항구가 없는 해상 전투는 위험하니까 지금은 도망치는 게 상책이라고 설득했다. 하지만 그리마니와 카펠로는 적을 맞아 싸우자고 주장했다. 특히 베네치아 함대 사령관인 카펠로는 자기들끼리라도 싸움의 실마리를 열겠다면서 강경하게 나왔다. 도리아도 더 이상 설득해봤자 소용없다고 생각했는지, 전투 개시를 알리는 깃발을 올리게 했다.

하지만 전투의 실마리가 금방 열린 건 아니다. 수평선 위에 적선들이 나란히 늘어서 있는 것을 보면서, 전투대형을 바꾸라고 명령했다. 강력한 베네치아 함대로 이루어진 후위를 적과 마주치는 좌익으로 돌리고, 약체인 교황청 함대를 우익으로 돌린 것이다. 그런데 전투대형을 바꾸는 도중에 풍향이 바뀌어 범선들이 고립되고 말았다.

이를 본 투르크 함대는 범선을 습격했다. 베네치아 범선은 대형이 많아서, 개미떼처럼 몰려오는 투르크 갤리선의 공격을 잘 견뎌냈지만, 고립된 채 적을 방어하고 있는 아군의 고군분투는 그걸 지켜보는 갤리선 승무원들의 가슴에 불을 질렀다.

카펠로와 그리마니는 도리아가 공격명령을 내리기만을 기다렸지만, 아무리 기다려도 명령은 떨어지지 않았다. 총사령관이 지휘하는 본대가 범선들의 후방을 돌아서 적에게 다가가다가, 공격도 한 번 해보지 않고 한 바퀴 빙 돌아서 원위치로 돌아오는, 이해할 수 없는 행동을 취했을 뿐이다.

카펠로는 전령선으로 옮겨타고 도리아의 배 옆으로 바싹 다가가서, 공격명령은 언제 내릴 거냐고 큰 소리로 따져물었다. 도리아는 대꾸도 하지 않고, 다시 한 번 아까와 같은 행동을 되풀이했다.

더 이상 참을 수 없게 된 베네치아 갤리선 두 척이, 사령관의 명령도 내리지 않았는데, 범선들을 공격하는 적의 갤리선단을 향해 돌격했다. 그러나 당장 사방에서 공격을 받고 혈투를 벌인 끝에 모두 전사하고 말았다.

그제서야 총사령관 도리아는 명령을 내렸다. 철수명령이었다. 그리고 본대는 곧장 북쪽을 향해 달아나기 시작했다. 범선들을 공격하기 위해 오른쪽으로 돌아가 있던 투르크 함대의 왼쪽을 빠져나가 도망치는 것이다. 교황청 함대도 그 뒤를 따랐다. 베네치아 함대도 달아날 수밖에 없었다. 거기에 남아 있다가는 열세인 전력으로 승전 기분에 들떠 있는 적과 맞서야 하기 때문이다. 그래도 에스파냐 배 다섯 척과 베네치아 범선들이 적에게 따라

잡혀 전투를 벌여야 했지만, 베네치아 범선과 에스파냐 배 한 척은 코르푸 섬 항구로 도망친 연합함대와 합류할 수 있었다.

"참으로 묘하긴 하지만, 이상이 패배한 해전의 전모일세."

프레베자 해전의 자초지종을 끝내자, 콘타리니 추기경은 그답지 않게 의자에 푹 파묻힌 채 말문을 닫았다. 마르코도 할말이 없었다. 넓은 거실이 좁게 느껴질 만큼, 무거운 공기가 방안을 가득 채웠다.

"콘타리니 씨."

마르코는 추기경이라고 부르는 것도 예하라는 존칭도 잊어버리고, 콘타리니 밑에서 일하던 당시의 말투로 돌아와 있었지만, 그 자신은 그것도 깨닫지 못한 채 독백인지 질문인지 알 수 없는 어조로 입을 열었다.

"우리가 입은 손실은 갤리선 두 척에 불과합니다. 연합함대 전체로 보아도 대단한 손실을 입은 것은 아닙니다."

"하지만 도망친 건 우리 쪽이었어."

"옳으신 말씀입니다. 해상에서 적을 만났을 때 한 번도 등을 보인 적이 없는 베네치아 함대가 도망쳤습니다. 투르크로서는 이보다 더 기쁜 일이 없겠지요. 놈들은 선전할 겁니다. 베네치아 해군은 결코 무적이 아니라고."

"그보다 더 나쁜 건 베네치아 한 나라가 싸워서 진 게 아니라는 거야. 실상이야 어쨌든, 기독교 세계의 연합함대로 출동했다가 패배로 끝났다는 사실일세. 이건 이교도를 상대로 십자군을 일으켰다가 패했다는 얘기지.

투르크 쪽에서도 똑같이 생각할 걸세. 투르크는 20년 전부터 아라비아 반도의 메카도 영유하고 있네. 이슬람 성지를 지배하게 된 뒤, 술탄은 이슬람 세계의 속인으로는 가장 지위가 높은 통치자의 권력과 종교계 우두머리의 권위를 둘 다 얻은 셈인데, 이번 해전을 통해 우리 기독교도는 그걸 실증해준 꼴이야. 술탄은 자기야말로 기독교도와 맞서 이슬람 세계를 지켜낼 수 있는 권력과 권위를 가진 사람이라는 걸 이슬람 세계에 힘들이지 않고 보여줄 수 있었지.

투르크의 공세는 더욱 기세가 오를 테고, 술탄의 권위라는 우산 밑에서 해적들의 횡포도 제동장치를 잃고 더욱 심해지겠지."

"패전으로 입은 손실이 물질적인 면에만 국한된다면, 우리 베네치아는 그걸 돌이킬 힘이 있습니다. 하지만 심리적 손실을 회복하려면 상당한 시간과 노력이 필요합니다."

콘타리니는 성직자답지 않게 현실적인 말을 했다.

"상당한 시간과 노력을 기울여도 그 결과를 인정할 사람은 소수에 불과하네. 투르크 제국의 반달 깃발은, 앞으로는 투르크 군선만이 아니라 북아프리카 일대를 근거지로 삼고 있는 해적선 돛대에도 높이 내걸리게 되겠지. 수평선 위에 그 깃발이 보이면 도망칠 생각밖에 하지 않는 상선이나 어선들을 어떻게 막을 수 있겠나? 이슬람의 대의를 얻고, 무적이던 베네치아 해군을 패주시켜 우쭐해진 해적들이 이탈리아와 프랑스, 에스파냐의 해안지대를 휩쓸고 다닐 때, 어느 누가 주민들에게 도망치지 말고 저항하라고 말할 수 있겠나. 이 주민들을 보호할 의무가 있고 그래서 그들에게 존경받는 특권을 누리던 귀족이나 기사들이 먼저 도망쳤는데."

"콘타리니 씨, 가장 간단하고 서민들한테도 쉽게 통할 수 있는 회복 방법은 다시 한 번 해전을 벌여서 승리하는 겁니다."

추기경은 쓴웃음을 지으면서도 고개를 끄덕였다. 마르코는 논리의 실마리를 더듬듯 느릿느릿한 어조로 말을 이었다.

"과거에는 베네치아 군선 한 척이 투르크 배 다섯 척과 맞먹는 전투력을 갖고 있다는 말을 들었습니다. 투르크가 그리스 선원들을 쓰게 되었다 해도, 그 비율은 1대 5에서 기껏해야 1대 3으로 바뀐 정도가 아닐까요. 베네치아 배는 키잡이까지도 자유민이니까 전력이 되지만, 투르크 배의 노잡이는 쇠사슬에 묶인 노예들입니다.

프레베자 해전에 참가한 베네치아의 전력은 갤리선만 헤아려도 82척입니다. 두 척을 잃었으니까 80척이죠. 투르크는 120척이 넘지 않을 겁니다. 만약 그때 도리아를 따라 도망치지 않았다면, 베네치아 함대만으로도 이길 수 있었지 않을까요."

콘타리니는 찬물을 끼얹듯 엄격하게 말했다.

"자네는 해적들이 가담한 걸 잊고 있군."

"아뇨. 잊지 않았습니다. 해적들이 가져온 배는 기껏해야 40척일 겁니다. 그 배와 그들의 전투력을 고려한다 해도, 베네치아와 투르크의 해군력 비율은 최대한으로 잡아도 1대 2가 한계일 겁니다."

"자네가 공직을 떠나 유유자적한 생활을 보내는 동안, 북아프리카 해적들의 수와 힘은 비약적으로 늘어났다네.

물론 투르크 배도 해적선도 노잡이를 전투원에 포함시킬 수 없는 건 사실일세. 모든 배가 노예로 삼은 기독교도들을 노잡이로 부리고 있지. 하지만 노예를 노잡이로 부리면 전투원을 노잡이로 쓸 필요가 없으니까, 그 인원만큼 전투원을 늘릴 수도 있는 걸세. 해적선의 전투원 수는 베네치아 배의 두 배인 게 보통인데, 이제 투르크도 이 방식을 흉내내기 시작했다네.

내 생각으로는 이슬람과 베네치아의 선박 한 척당 전투력은 이제 대등해졌다고 보는 게 현실적일 듯싶네."

"그렇다면 베네치아 함대 사령관 카펠로는 총사령관 도리아를 따라 도망칠 수밖에 없었군요."

"그래. 본국 정부에도 카펠로의 책임을 추궁하는 사람은 없어."

"우리 베네치아는 이제 혼자서는 적과 맞설 힘이 없어졌다는 거로군요."

"힘은 상대적인 것일세. 베네치아 해군력도 지난 백 년 동안 두 배로 늘어났지만, 투르크는 전력을 그보다 더 많이 증강하는 데 성공했어. 연합함대를 편성한다는 생각은 대책을 충분히 모색한 끝에 내려진 당연한 결론에 불과하네."

"하지만 결과는 좋지 않았습니다."

"그건 베네치아와 에스파냐의 이해관계가 어긋나기 때문일세. 베네치아는 자국 식민지나 기지가 흩어져 있는 동지중해에서 투르크 세력을 몰아내고 싶어하는 반면, 에스파냐는 서지중해 해역을 수중에 넣고 싶어하고 있지.

그리고 이 문제를 더욱 복잡하게 만들고 있는 것은 이탈리아 안에서의 양국 관계야. 카를로스는 북쪽의 밀라노와 남쪽의 나폴리를 수중에 넣은 다음, 그곳을 근거지로 삼아 이탈리아 반도 전체를 영유할 야심을 가지고 있는데, 거기에 굴복하지 않는 유일한 나라가 바로 우리 베네치아 공화국일세. 에스파냐는 베네치아를 미워하고, 베네치아도 에스파냐를 미워하고 있지.

종교적으로도 두 나라는 입장이 달라. 베네치아는 정교분리를 명확히 하고 있는 반면, 정치와 종교는 동일선상에 있어야 한다고 에스파냐는 주장하고 있지.

경제에서도 생각이 달라. 베네치아는 통상국가인 반면, 에스파냐는 새로운 영토를 획득하여 착취하는 데 경제의 기반을 두고 있네. 양국이 다 상당한 위기감이라도 느끼지 않는 한, 같은 보조는 취할 수 없게끔 되어 있어."

"에스파냐 해군도 언젠가는 독자적으로 투르크와 싸울 수 있을 만큼 증강될까요?"

"배는 돈으로 조달할 수 있겠지만, 그 배를 움직일 능력이 있는 사람은 돈으로 간단히 조달할 수 없지. 에스파냐에는 해운국의 전통이 없어. 실제로 에스파냐나 프랑스에 고용되어 이들 두 나라의 배를 움직이고 있는 건 모두 이탈리아인일세. 에스파냐가 지중해 제일의 해군국이 될 가능성은 거의 없다고 생각하네."

"하지만 어디로 진출하든 에스파냐는 지중해를 무시하지 못할 겁니다. 그렇다면 이제 지중해 세계 제일의 해군국은 아니라 해도 기독교 세계에서는 제일 막강한 해군국인 베네치아가 에스파냐에는 역시 필요한 존재라는 이야기가 됩니다."

"에스파냐도 베네치아를 필요로 하지만, 우리도 에스파냐를 필요로 하고 있네. 서로 미워하고 있는 두 나라가 서로를 가장 필요로 하고 있으니 문제가 복잡해질 수밖에. 결국 로마 교황이 양국 사이에서 중재 역할을 맡을 수밖에 없을 걸세. 그렇다면 베네치아는 지금까지처럼 정교분리 원칙에 따라 경제는 경제일 뿐이라고 주장하면서 기독교 세계의 풍조를 무시하는 행동은 앞으로는 취하기 어렵다는 얘기가 되지.

노파심이지만, 이것만은 말해두고 싶네. 경제만 생각해서는 경제적 이익을 지킬 수 없는 시대가 온다는 것일세. 베네치아 공화국은 점점 더 어려운 시대를 맞이하고 있다는 얘기야."


콘타리니 추기경과 헤어져 집으로 돌아온 마르코는 그날 밤 한숨도 자지 못했다. 그에게는 참으로 드문 일이었다. 기진맥진해서 잠자리에 쓰러진 것은 하얀 새벽빛이 방안으로 비쳐들 무렵이었다.

# 본국 소환

*같은 하늘 아래 살 수만 있다면 그걸로 저는 만족해요.*
*그리고 베네치아에 가면 지난번처럼 창녀 노릇은 하지 않겠어요.*

 프레베자 앞바다의 패전은 평상시에는 이런 일에 무관심한 채 무사태평으로 나날을 보내는 로마 서민들에게도 적잖은 충격을 준 모양이었다. 선술집이나 분수 옆에 모여, 마치 자기가 로마 원로원 의원이라도 된 듯 격론을 벌이는 사람들이 거리 곳곳에서 눈에 띄었다.
 "그 전쟁꾼 놈."
 사람들의 비난은 안드레아 도리아에게 집중되었다. 기독교 세계가 처음으로 바다에 내보낸 연합함대 총사령관의 미적지근한 행동은 일개 서민들한테도 분노의 대상이 되었다.
 물론 그들은 출전 직전에 도리아가 받은 카를로스의 밀명을 모른다. 이 사실을 알고 있는 것은 베네치아 정부와 교황청 상층부뿐이지만, 싸워보지도 않고 달아난 책임은 총사령관에게 있다는 서민들의 판단은 실상이 어떻든 옳은 것이었다. 도리아도 그런 자신이 싫었는지, 자기 배만 거느리고 재빨리 에스파냐로 돌아가버렸다. 해전에서 처음 당한 패배에 대해 긴급히 선후책을 마련할 필요가 있는 베네치아 함대도 본국으로 돌아가버렸기 때문에, 그리스에서 이탈리아에 걸친 바다는 이제 무방비 상태가 된 거나 마찬가지였다.

이런 상황이 평소에는 해전에 아무런 흥미도 보이지 않는 로마의 서민들을 걱정시킨 것이다.

해전이 벌어진 프레베자는 그리스 서쪽 끝에 자리잡고 있다. 거기서 서쪽으로 나아가, 장화처럼 생긴 이탈리아 반도의 발부리에 해당하는 부분과 시칠리아 사이의 좁은 해협을 지나 북쪽으로 올라가면, 열흘도 지나기 전에 로마 앞바다에 이를 수 있다. 프레베자에서 펠로폰네소스 반도를 돌아 동쪽의 에게 해를 북상하여 투르크의 수도 콘스탄티노플에 도착하는 데 걸리는 날짜와 거의 비슷하다. 승리로 기세가 오른 적이 로마에서 그렇게 가까운 거리에 있다는 이야기였다.

로마 시내는 바다에 면해 있지 않지만, 불과 30킬로미터 떨어진 곳에 오스티아 항이 있다. 오스티아에서 테베레 강을 따라 올라와 로마 시내를 공격하는 것은 충분히 가능하다. 그리고 오스티아 주변은 모래밭뿐이다.

소형 쾌속선으로 모래밭에 상륙하여 주변을 휩쓸고 다니는 것이 이슬람 해적의 상투 수단이었다. 로마 서민들의 두려움을 비웃을 수 있는 사람은 아무도 없었다. 하지만 마르코에게는 그보다 더 큰 걱정거리가 있었다.

콘타리니 추기경을 통해 프레베자 패전을 알게 된 그날 밤 이후에도 마르코의 일상은 겉보기에는 아무런 변화도 보이지 않았다. 엔초 노인을 길잡이 삼아 고대를 순례하는 일도 거의 매일처럼 계속하고 있었다. 하지만 엔초 노인은 자신의 설명에 귀를 기울이는 마르코의 태도가 어딘지 모르게 건성인 것을 알아차렸다. 마르코가 속내를 털어놓을 낌새를 보이지 않았기 때문에, 노인도 구태여 묻지 않았다. 개인적인 걱정거리라도 생겼나보다고 생각했을 뿐이다. 다만 이제까지 두 사람 사이에 친밀하게 오갔던 대화가 걸핏하면 끊기게 되었지만, 마르코는 그것도 알아차리지 못하는 듯했다.

마르코는 자주 깊은 생각에 잠겼다. 남자의 이같은 변화를 깨달은 것은 엔초 노인보다 올림피아가 먼저였을 것이다. 하지만 그녀도 구태여 캐물으려고 하지 않았다. 고급 창녀가 생업인 올림피아에게는 상층부밖에 모르는 정보도 들어오기 때문에 마르코의 심중을 상상하기는 어렵지 않았다. 그리고 지금은 자기가 어떻게 해도 남자의 마음을 풀어줄 수 없다는 것도 그녀는 알았다.

마르코의 셋집 문을 두 남자가 두드린 것은 침통한 로마 사람들의 표정과는 반대로 투명할 만큼 맑게 갠 가을 아침이었다.

아침에 늦게 일어나는 로마식 습관에 물들어버린 마르코는 실내복 차림으로 아직도 식탁에 앉아 있었다. 엔초 노인은 벌써 와서, 식당 옆 거실에서 유적 모형을 손질하고 있었다. 문을 연 하인은 베네치아 대사관 직원 두 명이 찾아온 것을 마르코에게 알렸다.

임시로 거처하는 집이라서 거실 외에는 손님을 따로 불러들일

방이 없었다. 하는 수 없이 엔초 노인을 식당으로 내보내고, 마르코는 실내복 차림으로 두 사람을 맞았다.

"대사께서 지금 당장 마르코 단돌로 씨를 대사관까지 모시고 오라십니다."

마르코는 이 두 사람을 본 기억이 없었다. 귀족은 아닐 것이다. 하지만 강한 베네치아 사투리를 들으면 동포인 것은 의심할 여지가 없다. 마르코는 이제 일개인에 불과한 자신을 대사가 왜 부르느냐고 물었다.

"그 이야기는 듣지 못했습니다."

마르코는 물어도 소용없는 질문을 한 것을 깨달았다. 대사관 직원들에게는 몸단장을 하는 동안 기다리라고 말하고, 엔초 노인에게는 내일 아침에 다시 만나자고 말했다.

마르코가 몸단장을 끝내고 아래로 내려가자, 하인이 말을 끌어내려고 했다. 그러자 두 남자는 그것을 가로막고, 자기들은 걸어서 왔으니까 단돌로 씨도 함께 걸어가자고 한다. 두 사람 가운데 하나가 그래도 쓴웃음을 지으면서 말했다.

"배에는 익숙하지만 말에는 익숙하지 않은 베네치아 사람이 말을 탄 모습은 한마디로 꼴불견이라서, 우리가 말을 타고 다니면 당장 베네치아 사람이라는 게 들통나버립니다. 그래서 임무를 수행하고 있을 때는 되도록 말을 타지 않기로 하고 있기 때문에……."

마르코도 웃으면서 대꾸했다.

"그래서는 영영 말에 익숙해질 수 없잖소?"

대사관 직원들도 웃어넘겼다.

마르코는 대사의 갑작스러운 호출이 나쁜 일은 아니라는 것을 눈치챘다. 호출 이유는 듣지 못했다 해도, 하급 직원에게는 나름대로 직감이 있다. 그리고 그것은 그들의 태도에 자연스레 나타난다. 마르코는 대사관 직원들이 찾아온 것을 알고부터, 그동안 가슴을 짓누르고 있던 무거운 의혹이 비로소 걷히는 것을 느꼈다. 무슨 일인지는 모르지만, 자기에게 나쁜 일은 아니라고 확신했다.

마르코는 콘타리니 추기경을 만나러 베네치아 궁전에 자주 다녔지만, 동쪽으로 뚫린 추기경 저택 입구가 아니라 남쪽으로 뚫린 대사관 입구를 통해 베네치아 궁전에 들어간 것은 처음이었다.

그리 넓지는 않지만, 안뜰이 참으로 아름다웠다. 일층과 이층을 둘러싸고 있는 회랑의 아치도 우아하지만, 안뜰을 가득 메우고 있는 초목이 자못 남국의 정취를 자아내었다. 종려나무가 몇 그루나 서 있는 것은 로마에서도 보기 드문 광경이다. 로마 사람들은 안뜰을 초목으로 메우는 경우가 별로 없으니까, 이것만은 고국 베네치아의 집단장 방식을 그대로 가져왔을 것이다. 대사의 집무실은 회랑을 통해 그 안뜰을 바라볼 수 있는 이층에 자리잡고 있었다.

마르코는 곧바로 집무실로 안내되었다. 넓은 방 한구석에 있는 책상 앞에서 일어난 남자는 마르코도 낯이 익었다. 로마 주재 베네치아 대사가 이 남자였나 하고 마르코는 생각했다.

원로원 회의장에서는 별로 눈에 띄지 않던 인물이다. 베네치아 공화국의 최고학부인 파도바 대학을 가장 우수한 성적으로 졸업했고, 복잡하게 얽히는 토론을 마지막에 통합하여 매듭짓는 솜씨가 능란한 인물이었다. 다만 강한 개성의 소유자는 아니다. 이 남자의 장기는 남의 의견을 하나로 모으는 것이지, 자신의 의견을 적극적으로 내세우는 것은 아니었다. 공직에 있을 당시 마르코는 이 선배에게 그다지 존경심도 느끼지 않았고, 서로 친하게 지내지도 않았다. 하지만 사람은 나쁘지 않다. 이날 아침에도 자기 쪽에서 먼저 다가와 마르코에게 의자를 권하고, 선의를 드러낸 얼굴로 입을 열었다.

"드디어 자네를 만날 수 있게 됐군. 직무상 어쩔 수 없이 한 일이긴 하지만, 악착같이 따라다녀서 미안하네."

1년 전부터 내 행동을 감시한 건 우리나라 대사관이었나 하고 마르코는 생각했다. 자기는 결백했으니까 미행당하는 것을 걱정했다고까지는 말할 수 없지만, 불쾌했던 건 사실이다.

"본국 정부의 훈령이었네. 막중한 국사에 관여하는 사람이라면, 더구나 첩보기관에 관여하는 사람이라면, 자기가 맨 먼저 정탐 대상이 되는 건 각오해야 하네."

그런 건 구태여 말하지 않아도 알고 있다고 마르코는 속으로 중얼거렸다.

"그래서 말인데, 오늘 아침에 자네를 부른 건 기쁜 소식을 알려주기 위해서일세. 자네가 10인 위원회 위원에 선출되었다는 소식이 정부에서 공식적으로 전달되었네. 되도록 빨리 베네치아로 돌아오라더군."

마르코의 머릿속에서는 일곱 빛깔의 광선이 미친 듯이 엇갈렸다. 10인 위원회에 다시 돌아갈 수 있다. 베네치아 공화국 국정의 제일선에 복귀할 수 있다. 벽화로 둘러싸인 통령 관저의 회의실. 노까지도 새빨갛게 칠해진 베네치아 함대의 기함. 운하의 초록빛 물. 하얗게 빛나는 고대 석상. 눈앞에 흩어지는 올림피아의 부드러운 금발……

마르코가 계속 침묵하고 있자, 대사는 집무용 책상 위에 있던 편지 한 통을 갖고 돌아와서 마르코 앞의 탁자 위에 놓았다.

"통령께서 자네한테 보낸 편지일세."

마르코는 말없이 붉은 밀랍으로 봉인된 편지를 집어들고 봉을 뜯었다. 두꺼운 아마색 종이에 갈색 잉크로 씌어진 그리티 통령의 친필 서한이었다.

친애하는 마르코 단돌로.

자네를 생각할 때마다 비참하게 죽은 내 막내아들 알비제를 생각지 않을 수 없네. 자네와 알비제가 친구 사이였기 때문이겠지만, 자네에 대한 내 마음은 단순히 그런 것만도 아닌 듯싶네.

다행히 베네치아 원로원은 투표를 통해 자네를 소환하기로 결정했네. 그것도 단순히 원로원 의원으로 소환하는 게 아니라 10인 위원회 위원으로 소환하는 것일세. 반대표도 몇 표 있었지만, 그건 신경 쓸 필요가 없네. 만장일치였다면 그게 오히려 걱정스러울 정도지.

마르코는 그리티 통령이 눈앞에 보이는 것 같아서 저도 모르게 빙긋 웃었다. 통령의 편지는 계속되었다.

우리 공화국은 이제 비상한 위기에 처해 있네. 한 걸음만 잘못 디디면 베네치아도 피렌체나 제노바와 같은 운명을 걷게 될 걸세.
나는 개인적으로 투르크의 술탄 쉴레이만과 친구 사이였네. 하지만 국익은 개인의 이익에 우선하네. 나에 대한 쉴레이만의 우정도 내 아들을 구하지 못했고, 투르크와 베네치아의 전쟁도 막지 못했네.
나도 이제 여든 살이 넘었네. 체력의 쇠퇴는 기력의 쇠퇴와 무관할 수 없네. 솔직히 말해서 깊은 피로를 느끼고 있다네. 이제 세상을 떠날 날도 머지 않은 게 분명해.
내가 안심하고 뒷일을 맡길 수 있는 후계자로 생각한 가스파로 콘타리니는 교황청에 빼앗겨버렸네. 로마에서도 베네치아를 위해 일해주고 있다는 건 알고 있지만, 이제 더 이상 베네치아의 국정을 짊어질 수 있는 처지는 아닐세. 나는 한때 콘타리니를 마음에 두었지만, 이제는 자네를 마음에 두고 싶네.
콘타리니 추기경도 자네가 이 책무를 맡을 적임자라는 데는 전적으로 동감이라고 편지에 썼더군.
나는 지금도 콘타리니를 누구보다 신뢰하고 있네. 그 콘타리니도 동의해주었네. 노령으로 말미암은 육체적 고통도 이것으로 조금은 누그러진 듯한 기분이 드네. 베네치아로 돌아오면, 되도록 빨리 나에게 와서 얼굴을 보여주게. 노인에게는 젊은 인재와 이야기를 나누는 게 무엇보다 큰 낙이라네. 이제 곧 찾아올 죽음이 충실한 하루를 보낸 뒤에 찾아오는 단잠처럼 느껴지기 때문이겠지.

편지를 다 읽은 마르코는 조용히 편지를 접어 품에 넣었다. 그의 머릿속에서 격렬하게 교차하던 일곱 빛깔의 빛은 이제 차분히 가라앉아 있었다. 그래서 마음의 동요가 없이는 들을 수 없는 대사의 다음 말도 동요를 얼굴에 드러내지 않고 태연히 들을 수 있었는지 모른다. 그러나 마르코에게는 역시 충격적인 말이었다.

"아무리 대사라도, 한 시민의 사생활에 간섭하는 건 허용되지 않네. 하지만 자네는 일개 시민이 아니라, 베네치아로 돌아가면 중요한 자리가 기다리고 있는 몸일세. 그래서 내가 알아낼 수 있었던 사실을 자네한테 털어놓겠네. 말해도 소용없다고 생각되면 잠자코 있겠지만, 그렇지는 않을 거라고 생각하니까……실은 자네가 교제하고 있는 여성에 관한 일일세."

마르코는 말없이 대사의 얼굴을 바라보았다. 사람좋은 대사는 하기 어려운 말을 억지로 하는 듯한 투로 말을 이었다.

"자네도 알고 있었는지 어떤지 모르지만, 올림피아라는 그 여성은 오래 전부터 피에르 루이지 파르네세 공작의 애인이라네.

이 사실은 베네치아의 10인 위원회에도 보고하지 않을 수 없는 일이었네. 베네치아에서는 당장 관계를 끊으라는 명령이 내려왔네.

자네도 알고 있겠지만, 지금 베네치아 공화국은 교황청과의 관계를 전보다 훨씬 신중하게 추진해갈 필요가 있네. 파르네세 공작은 교황 파울루스 3세의 친아들일세. 그와 동시에 명목상이긴 하지만 기독교 세계의 군사력을 지휘하는 총사령관이지. 그런 사람의 비위를 건드리는 짓은 용납할 수 없다는 게 10인 위원회가 그런 지시를 내린 이유라네."

마르코는 대사가 하는 이야기의 뒷부분은 더 이상 듣고 있지 않았다. 방에서 뛰쳐나가고 싶은 기분을 예의상 참고 있었을 뿐이다. 그러나 대사의 이야기가 끝나자마자 정중하게 인사를 하고 방에서 나왔다. 그리고는 빠른 걸음으로 안뜰을 가로질러 베네치아 궁전을 떠났다.

어느 길로 집에 도착했는지도 기억나지 않는다. 그의 머릿속은 혼란에 빠져 있었다.

올림피아를 탓할 기분은 전혀 없었다. 그녀가 거짓말을 한 것은 아니다. 마르코가 묻지 않았을 뿐이다. 고급 창녀를 생업으로 삼고 있는 올림피아에게 다른 남자의 존재를 캐묻는 것은 자신의 자존심을 버리는 동시에 어떤 의미에서는 책임을 지는 행위였다. 따라서 마르코가 묻지 않은 것은 그의 마음 속에 책임을 회피하려는 마음이 있었기 때문이다. 비난받아야 할 사람은 마르코였다.

 마르코가 계속 개인의 신분을 유지한다면, 올림피아와 정식 결혼만 하면 되니까 별문제는 없다. 베네치아 공화국도 아무리 국익에 어긋난다 해도 한 시민의 사생활까지 간섭하지는 않는다. 공적인 신분을 갖고 있다 해도 애인관계에 이러쿵저러쿵 참견하는 것은 베네치아의 풍습이 아니었다.

 그리티 통령이 그리스 여자를 애인으로 삼았던 것은 널리 알려진 사실이다. 마르코의 죽마고우였던 알비제는 그 애인과의 사이에 태어난 서자였다. 그러나 마르코와 함께 다닌 베네치아의 학교에서 알비제의 출신을 문제삼는 동급생은 아무도 없었다. 요컨대 마르코의 경우는 경쟁자가 부적당한 인물이었을 뿐이다.

 그렇긴 하지만 두 사람의 연애관계가 시작된 계기와 그후 마르코가 겪은 환경의 변화, 그리고 두 사람의 관계가 여기까지 진전되리라는 것을 아무도 예측하지 못한 것을 생각하면, 결국 이렇게 될 수밖에 없었을 것이다.

 하지만 마르코는 이 문제를 해결할 실마리를 좀처럼 찾을 수가 없었다. 지금 그는 공적인 신분으로 돌아가기로 결정되어 있다. 그 결정도 그의 뜻을 무시하고 강제로 내려진 것은 아니다. 한 개인으로 남겠다고 베네치아 정부에 말할 수도 있다. 물론 그런 일은 베네치아 정부에는 전대미문의 사건일 테고, 또한 그리티 통령의 신뢰를 배반하는 결과가 되겠지만, 마음만 먹으면 불가능한 일은 아니다. 그런데도 공직으로 돌아가 어려움에 처해 있는 조국 베네치아를 위해 일하기로 결정한 것은 어디까지나 마르코 자신이었다.

하지만 그렇게 되면 올림피아와의 사이가 문제가 된다. 그토록 깊이 자기를 사랑하고 자기와 결혼할 수 있게 된 것을 그토록 기뻐했던 여자에게 무어라고 말하면 좋은가.

이날 밤에는 올림피아가 찾아오기로 되어 있었다. 마르코는 외출도 하지 않고, 거실에 가득 차 있는 고대 유적의 도면이나 모형도 들여다보지 않고, 테라스로 나가 눈앞을 흐르는 테베레 강을 멍하니 바라보면서 밤이 오기를 기다렸다.

저녁식탁에 오른 요리는 올림피아가 동석했을 때도 마르코가 혼자 먹을 때와 전혀 다를 게 없었다. 마르코가 올림피아를 손님으로 대하지 않으니까, 요리를 하는 하인도 그녀를 손님으로 생각지 않는다. 애인과 저녁식사를 함께할 때는 식탁에 촛대가 하나 더 놓이는 게 다를 뿐이다. 평상시에는 식탁 위에 놓이는 은촛대가 하나인데, 올림피아가 있으면 한 쌍이 놓인다.

오늘밤에도 작은 식탁에 마주앉은 올림피아의 얼굴이 좌우에서 불빛을 받아 더한층 화사해 보인다. 마르코는 평상시에는 왕성한 식욕을 발휘하여 그녀에게 웃음거리가 될 정도였지만, 이날 밤에는 불빛을 받아 반짝이는 여자의 얼굴을 저도 모르게 넋을 잃고 바라보느라 입으로 음식을 가져가는 손길이 걸핏하면 멈추곤 했다.

"무슨 일이 있었군요?"

이 목소리도 귀에 익어 자기 목소리처럼 된 지 오래라고 생각하면서, 마르코는 마침내 말을 꺼내기로 결심했다.

"피에르 루이지 파르네세 공작과 당신은……."

마지막까지 말하기를 망설인 것은 마르코의 성격 때문이었다. 이제까지 마르코에게 미소를 머금은 눈길을 던지고 있던 여자는 눈에서 미소를 거두었을 뿐, 변함없는 목소리로 되물었다.

"그 이야기는 누구한테 들으셨어요?"

"오늘 아침에 베네치아 대사를 만났어. 10인 위원회에서 보내 온 정보라더군."

"10인 위원회는 그 일에 관해서 무언가 다른 말은 하지 않았나요?"

"예를 들면?"

"예를 들면 나와 파르네세 공작 사이에 태어난 아이에 관해서라든가……."

남자의 목소리는 가슴 속의 동요와는 반대로 차분해졌다.

"거기에 대해서는 아무 말도 없었어."

올림피아의 얼굴에는 안심한 듯한 미소가 돌아왔다. 여자의 표정이 누그러지는 것을 보고, 남자는 반대로 표정이 굳어졌다. 강하게 변한 남자의 시선을 정면으로 받으면서, 올림피아는 조용히 말하기 시작했다.

"정확성과 침투의 깊이로 악명높은 그 10인 위원회가 당신한테도 알리지 않았다면, 그 사람들은 정말로 알아내지 못했을 거예요. 언젠가는 적어도 당신한테만은 털어놓아야 한다고 생각했는데, 아무래도 그때가 온 모양이군요."

올림피아는 모든 것을 털어놓았다. 피에르 루이지 파르네세와는 소싯적부터 사이가 좋았다는 것. 성장하면서 아주 자연스럽게 애인 사이가 되었다는 것. 아들이 태어났다는 것. 피에르 루이지의 부인이 자식을 낳을 기미가 보이지 않았기 때문에 파르네세 집안이 그 아이를 빼앗아가서 적자로 삼았다는 것. 다만 부인의 친정인 오르시니 집안의 요구에 따라, 부인이 친아들을 낳으면 그 아들이 상속자가 되어 가문의 대를 잇기로 결정되었다는 것. 그리고 실제로 그렇게 되어, 올림피아가 낳은 아들은 성직계에 들어갔다는 것.

"알레산드로 파르네세 추기경이 그 아이예요."

올림피아는 상냥한 얼굴로 말했다. 마르코도 이 말에는 어지간히 놀랐다. 그 젊은이가 피에르 루이지의 장남인데도 성직계에 들어간 이유를 비로소 납득할 수 있었다.

"추기경은 그걸 알고 있나?"

"아뇨. 공작부인을 친어머니로 믿고 자랐어요."

생모가 얼마나 괴롭고 슬펐을지는 짐작하고도 남지만, 그런 것은 이미 초월해버렸는지, 올림피아의 목소리와 얼굴은 부드러운 상냥함으로 가득 차 있었다. 마르코도 그런 여자를 말로나마 안아주고 싶은 기분이 들었다.

"좋은 청년이야. 머리도 좋고 교양도 있고, 행동거지에서 품격을 느끼지 않을 수가 없어. 게다가 열린 마음을 갖고 있더군. 정열도 풍부하고, 그 정열은 올바른 방향으로 나아가고 있어."

처음으로 여자의 눈에 눈물이 고였다.

"어머니라고 나설 수는 없지만, 줄곧 가까이에서 지켜보면서 살았어요."

한동안은 젊은 파르네세 추기경이 두 사람의 머리를 점령하고 있었지만, 문제는 다른 인물이라는 것을 마르코가 먼저 생각해냈다.

"파르네세 공작은 내 존재를 모르겠지?"

"아뇨. 그분이 캐묻길래 사실대로 말씀드렸어요. 당신과 결혼할 거니까 헤어져달라고도 말했어요."

"공작은 뭐라고 대답했지?"

올림피아는 작은 소리로 웃었다.

"결혼만은 나한테 해줄 수 없는 거니까, 축복해줄 수밖에 없다고 하더군요."

마르코는 가슴이 아팠다. 하지만 말할 수밖에 없었다.

"올림피아, 대사가 나를 베네치아 궁전으로 부른 건 내가 10인 위원회 위원에 선출되었다는 소식을 전하기 위해서였어. 나는 그걸 받아들였어."

여자가 뭐라고 비난해도 달게 받을 각오였지만, 올림피아는 전혀 그를 탓하지 않았다. 탓하기는커녕, 또다시 작은 소리로 웃었다. 그리고는 미소가 담긴 눈길을 마르코에게 쏟으면서 말했다.

"이렇게 되지 않을까, 줄곧 생각하고 있었어요. 모든 일이 당신 말씀대로 실현된다면, 하느님이 저한테 과분한 행복을 베풀어주시는 결과가 되었을 거예요. 그런 일이 있을 턱이 없죠. 행복이란 언제나 뭔가 부족하고 불완전한 점을 어딘가에 내포하고 있는 법이니까요."

남자는 눈을 내리깔고 말했다. 올림피아는 의자에서 일어나 남자 곁으로 다가와서 무릎을 꿇었다. 그러고는 남자의 손을 잡고, 남자의 눈을 밑에서 쳐다보며 말했다.

"하지만 저는 당신을 포기할 수 없어요."

그럼 어떡할 거냐고 마르코는 눈으로 물었다.

"결혼은 못해도 좋아요. 하지만 당신 곁에서 사는 것만은 허락해주세요. 그동안 로마에서 살았던 건 아들과 같은 하늘 아래 있다는 생각 때문이었어요. 하지만 그 아이도 이제 열여덟 살이에요. 어머니가 이러쿵저러쿵 참견하면서 돌봐줄 나이는 지났어요. 제가 로마에 계속 살아야 할 이유는 없어진 셈이죠. 제 감정에 충실하게 베네치아로 이주해도 상관없어요. 당신만 허락해주신다면."

"올림피아!"

마르코는 가슴 속에 넘쳐흐르는 뜨거운 것을 느끼면서 말했다.

"올림피아, 이곳 로마에서 당신은 나름의 세계를 갖고 있어. 그런데 베네치아에 가면 당신은 결국 타관 사람이야. 나는 어느 누구하고도 결혼하지 않겠다고 맹세하겠어. 하지만 그 이상은 할 수 없어."

"같은 하늘 아래 살 수만 있다면 그걸로 저는 만족해요. 그리고 베네치아에 가면 지난번처럼 창녀 노릇은 하지 않겠어요. 보석상이나 할까 봐요. 좋아하는 일이기도 하고……."

"당신이 베네치아에서 지금 일을 계속한다 해도, 부끄러운 일이라고는 조금도 생각지 않아. 내 기분은 그래."

"당신 체면을 손상시킬 우려가 있어서 직업을 바꾸는 건 아니에요. 종교개혁이니 반동종교개혁이니 해서 앞으로는 세상이 시끄러워질 것 같아요. 그런 시대에는 창녀 같은 일은 점점 더 하기 어려워지죠. 이대로 로마에 남는다 해도 조만간 직업을 바꿀 필요가 있을 거예요."

올림피아는 자기 개인에 대해 이야기한다기보다 사회 전반을 분석하고 있는 듯한 느낌을 주었다. 하지만 이것이 마르코의 마음을 가볍게 해주었다.

베네치아로 함께 가자고 마르코는 결국 말하고 말았다.

그러나 남은 걱정거리는 파르네세 공작이었다. 마르코가 그 이야기를 꺼내자, 올림피아는 속마음이야 어떻든 분명한 투로 대답했다.

"도망치겠어요."

그 길밖에 없다는 것이다. 로마 교황청의 힘이 그다지 먹혀들지 않는 베네치아 공화국 영내에만 들어가버리면, 교황의 아들도 어쩔 수 없다. 그리고 자기는 제 발로 달아나는 것이지, 당신한테 강제로 끌려가는 것이 아니라고 웃으면서 말했다. 그러니까 베네치아 공화국의 공인이 된 마르코에게 해가 미칠 우려는 없다는 것이다. 그리고 베네치아까지는 따로 가는 편이 좋겠다고 말했다.

하지만 마르코는 함께 떠나자고 고집했다.

본국 소환 233

나중에 뒤따라가겠다는 여자를 믿지 못했기 때문은 아니다. 언제나 그녀를 그림자처럼 따라다니며 모셔온 그 과묵하고 덩치 큰 하인은 파르네세 공작이 붙여준 남자니까 해고할 수밖에 없다는 올림피아의 말을 듣고, 여자 혼자서 여행하게 할 수는 없다고 생각했기 때문이다.

그러나 무엇보다도 마르코의 모든 사정을 흔쾌히 받아들여준 올림피아가 너무 사랑스러워서, 앞으로는 되도록 많은 시간을 이 여자와 함께 보내기로 결심했기 때문이다. 베네치아까지 가는 여행으로 그 결심을 처음 실행에 옮길 작정이었다.

올림피아는 따로 떠나는 게 좋겠다고 말했지만, 결국에는 남자의 거듭된 간청을 받아들였다. 떠나는 날짜는 일주일 뒤로 결정되었다. 마르코는 로마에서 일시 체류자에 불과했지만, 그래도 작별을 고하고 싶은 사람이 몇 명 있었다.

올림피아의 고백을 들은 뒤 더한층 친밀감을 느끼게 된 파르네세 추기경. 추기경의 소개로 알게 되어, 정치 세계에서만 살아온 마르코에게 다른 세계가 있다는 것을 깨우쳐준 미켈란젤로. 그리고 그 세계를 실제로 안내하는 역할을 맡아준 열성적이고 충직하며 성실한 엔초 노인. 명쾌한 동시에 깊은 통찰력으로 마르코의 시야를 넓혀주고 문제점을 떠올려준 콘타리니 추기경.

마르코의 로마 생활을 충실하게 해준 이들과의 작별은 단순한 인사만으로는 끝나지 않았다.

파르네세 추기경은 젊은이답게, 공직으로 돌아간다면 언젠가는 어딘가에서 반드시 만나게 될 거라고 말했다.

미켈란젤로는 아직 완성되지 않은 「최후의 심판」의 덮개를 일부러 벗기고 그림을 보여주었다. 마르코는 그림이 완성되면 꼭 보러 오겠다고 약속했다.

엔초 노인에게도 진심으로 고맙다는 인사를 했다. 과분한 사례금을 주었으니까 그걸로 충분하다고는 생각지 않았다. 그리고 노인이 그린 유적 도면과 노인이 만든 복원 모형들은 베로나에 있는 산장으로 보내달라고 부탁했다. 노인도 자신의 봉사가 헛되지 않은 것을 기뻐하며, 봄이 되면 자기가 직접 도면과 모형을 베로나까지 가져가겠다고 약속했다.

베네치아까지 가는 길은 처음에는 육로를, 다음에는 해로를 택하기로 했다.

육로로는 로마에서 북동쪽으로 뻗어 있는 플라미니아 가도를 골랐다. 플라미니아 가도를 택하면 아펜니노 산맥을 넘어야 하기 때문에, 겨울이 되기 전에 떠나고 싶었다. 고대 로마 가도의 하나인 플라미니아 가도는 이탈리아 반도를 서에서 동으로 횡단하는 도로 중에서는 가장 거리가 짧고 안전한 길이기도 했다.

플라미니아 가도를 지나 아드리아 해 쪽으로 빠져나가면, 그 일대에서는 가장 큰 안코나 항이 바로 가까이에 있다. 안코나까지 가면, 베네치아 배를 쉽게 잡아탈 수 있다. 안코나를 떠난 뒤에는 아드리아 해를 곧장 북쪽으로 올라가기만 하면 베네치아에 도착할 수 있다.

이런 일로 바빴기 때문에, 올림피아가 어떻게 이사 준비를 하고 있는지에 대해서는 좀처럼 신경을 써주지 못했다. 영리한 여자는 아무래도 손해보는 점이 있다. 혼자서도 잘해낼 거라고 믿기 때문에, 남자는 그만 안심하고 여자에게 맡겨버린다. 출발하기 전날 아침에 황급히 상황을 보러간 것도 다른 일에 매달려 있느라 올림피아에게 신경을 쓰지 못한 것을 깨달았기 때문이다.

여자는 행복감으로 볼을 발갛게 물들이며, 마르코의 얼굴을 보자마자 온몸으로 그를 끌어안았다. 꼭 스무 살짜리 처녀 같다고 말하자, 올림피아도 쾌활한 웃음소리를 내면서 대답했다.

"하느님은 행복을 베풀어주시고는 또 금방 모든 것을 빼앗아버리곤 하죠. 장래를 생각해서 조금씩 누리는 건 내 성미에 맞지 않아요."

이날은 포옹만 하고 헤어졌다. 내일부터는 줄곧 함께 지낼 수 있기 때문이다.

# 이별

*바닥에 쓰러진 올림피아의 얼굴에는 여전히 미소가 남아 있었다.*
*붉은 피가 새하얀 비단 잠옷 가슴께에 소리도 없이 번져가기 시작했다.*

평상시에는 모든 면에 빈틈이 없는 올림피아가 치명적인 실수를 저지르고 말았다.

가진 돈을 모두 베네치아 은행으로 몰래 옮긴 것까지는 좋았다. 반평생에 걸친 고급 창녀 생활과 관계가 있는 것은 모두 로마에 놔두고 가기로 작정한 것도 잘못은 아니다. 사치스러운 가재도구도 아깝지 않았다. 화려하고 값비싼 옷들도 새로운 인생에는 필요없다. 패물은 거의 다 피에르 루이지한테 선물로 받은 것이니까, 놓아두고 가는 게 예의다.

가져가기로 한 것은 티치아노가 그려준 초상화와 마르코가 선물한 '라파엘로의 목걸이'뿐이다. 그밖에는 여행중에 갈아입을 옷과 아끼던 옷 몇 벌뿐이었다.

이것만 해도 마르코가 준비해줄 말에 실으려면 하인의 주의를 끌지 않을 수 없다. 그래서 떠나기 전날 아침, 올림피아는 그 과묵하고 덩치 큰 하인을 불러서 사나흘 집을 비울 테니까 그동안 고향에나 다녀오라고 말했다. 하인의 고향은 파르네세 공작의 영지이고, 그곳에는 며칠 전부터 공작이 머물고 있었다. 그러나 이런 사실까지는 올림피아가 알지 못했다.

하인이 고향으로 떠난 뒤, 올림피아는 준비라고 할 수도 없는 준비를 시작했다.

티치아노의 작품을 벽에서 떼어 모직천으로 포장한다. 말등에 실려 흔들려도, 이렇게 하면 망가질 염려는 없을 듯했다. 목걸이는 내일 아침에 당장이라도 목에 걸 수 있도록 침실의 작은 탁자 위에 놓아두었다. 이제는 누구의 눈도 걱정할 필요가 없기 때문에, 늘 곁에 두고 쓰는 물건들을 챙긴 여행용 궤짝은 침실에 그대로 놓아두었다. 날이 밝으면 마르코의 하인이 와서 아래층까지 운반해줄 것이다.

아는 사람은 많지만 친척이 없는 올림피아는 굳이 찾아가 작별을 고할 사람도 없었다. 파르네세 추기경만은 딱 한 번 만나러 갔지만, 작별을 고한 것은 아니고, 여느 때와 다름없는 예사로운 만남이었다.

추기경은 중요한 회의를 앞두고 있었지만 그런 내색을 하지 않고, 평소처럼 상냥하고 예의바른 태도로 올림피아를 대해주었다. 두 사람은 추기경의 방에서 한 시간쯤 같이 보냈다. 이야기는 주로 젊은 추기경이 했다. 화제는 공의회 문제에서부터 미켈란젤로와 함께 추진하고 있는 로마 개조 계획에 이르기까지 다양했다. 올림피아는 줄곧 미소를 지으며 귀를 기울였다. 그 다음에는 혼자 로마에서 보내는 마지막 밤이 기다리고 있을 뿐이었다.

올림피아는 침실 거울 앞에 앉아 머리를 빗고 있었다. 그때 갑자기 침실 문이 열렸다. 집 안에 사람이 들어와 있는 것을 그녀는 알아차리지 못하고 있었다. 열린 문지방에는 피에르 루이지의 커다란 몸이 입구를 가로막듯 서 있었다.

말을 계속 채찍질하여 밤길을 달려왔는지, 발등까지 내려오는 검은 망토 자락에는 온통 진흙이 묻어 있었다. 머리는 바람에 흐트러져, 창백하고 넓은 이마와 검은 눈이 여느 때보다 훨씬 강한 인상을 주었다.

피에르 루이지는 여전히 입구를 가로막듯 서 있었다. 여자에게 쏠렸던 그의 눈길이 여자 옆에 놓여 있는 여행용 궤짝을 포착했다.

"이건 어찌된 일이지?"

남자의 목소리가 뜻밖에 조용한 것이 오히려 올림피아를 불안하게 했다. 여느 때라면 어떻게든 곤경에서 벗어날 수 있을 텐데, 그녀의 입에서는 한마디도 나오지 않았다. 남자는 여전히 선 채로 말을 이었다.

"결혼이라면 내가 이미 축복해주었을 텐데. 말없이 달아날 필요까지는 없잖은가?"

"결혼은 할 수 없게 됐어요."

올림피아는 그녀답지 않게 억지로 쥐어짜내는 듯한 목소리로 말했다. 남자는 여자의 눈길을 붙잡은 채 한마디도 하지 않았다. 무거운 침묵이 흘렀다. 여자는 마침내 그 침묵을 견디지 못하고 입을 열었다.

"단돌로 씨는 공직에 복귀하게 됐어요. 그래서 저하고는 결혼할 수 없어요."

피에르 루이지는 그제서야 문지방을 떠나 방안으로 들어왔다. 그 순간 올림피아의 머리는 단 한 가지 생각으로 가득 찼다. 이 남자에게 안겨버리면 끝장이다. 그녀는 경대 앞에서 뒷걸음질치면서 울먹이는 듯한 소리로 외쳤다.

"그래도 저는 베네치아로 갈 거예요. 그분의……."

그러나 끝까지 말할 수 없었다. 남자의 팔이 여자의 어깨를 끌어안았다. 그 자세로 피에르 루이지는 여전히 냉정함을 잃지 않은 목소리로 말했다.

"정식 아내가 된다고 해서 나는 물러나기로 했던 거야. 그런데 단돌로도 당신과 결혼할 수 없다면, 단돌로와 나는 대등한 처지에 서게 돼."

올림피아는 키가 큰 남자를 밑에서 올려다보면서 "피에르!" 하고 외쳤다. 그것은 두 사람이 아직 소년과 소녀였던 시절에 그녀만 사용했던 애칭이었다.

"피에르, 나는 그분 곁에 있고 싶을 뿐이에요."

남자의 눈이 문득 차갑게 변했다. 하지만 그것도 순간이었다. 여자의 어깨를 잡고 있던 피에르 루이지의 두 손이 여자의 몸을 따라 아래로 내려갔다. 자연히 남자는 여자의 발치에 무릎을 꿇게 되었다. 올려다보는 것은 이제 남자 쪽이다. 그런 자세로 남자는 낮은 소리로 말하기 시작했다. 남자도 옛날의 애칭으로 여자를 불렀다.

"올리, 그런 잔인한 말은 우리한테 어울리지 않아. 우리 두 사람은 줄곧 함께 자랐어. 앞으로도 함께 늙어갈 운명이야. 우리 아들도 건강하게 자라고 있어. 왜 이제 와서 이 소중한 보물을 망가뜨리려 하지?

그늘에 사는 신세가 싫다면, 나도 이해해. 하지만 그 베네치아 남자도 당신한테 그보다 나은 처지를 줄 수는 없다는 거잖아? 나는 사랑하는 당신을 이런 처지에 놓아둘 수밖에 없는 나 자신을 줄곧 책망해왔어. 줄곧 괴로워했어.

단돌로는 나하고는 달라. 삶의 방식을 스스로 선택할 수 있는 입장에 있어. 그런데도 그는 당신을 버리는 쪽을 선택했어."

"버린 건 아니에요."

"그렇다면 당신이 선택했군. 계속 그늘에 사는 몸으로 남겠다는 건 당신이 스스로 생각해서 내린 결정인가?"

남자는 조용히 일어났다. 여자는 그런 남자의 눈을 바라보면서 단호하게 말했다.

"네, 그분 곁에서 살기로 결정했어요."

드디어 말해버렸다고 올림피아는 생각했다. 그렇게 생각하면서, 눈앞에 있는 남자의 눈빛이 자존심에 상처를 입은 분노와 슬픔으로 불타듯 변해가는 것을 어쩔 수 없다는 심정으로 바라보고 있었다.

여자는 남자가 성난 목소리로 마구 고함을 지르기를 기다렸다. 하지만 아무리 기다려도 분노의 목소리는 쏟아지지 않았다.

문득 여자의 시선이 남자의 허리께로 떨어졌다. 검정 일색인 남자의 옷차림 가운데 그곳만 빛이 비친 듯 환하게 떠올라 있었다. 호신용 단검이 허리띠에 매달려 있었다.

그것은 피에르 루이지가 성년이 된 해에 올림피아가 선물한 것이었다. 갖고 있던 패물을 팔아 마련한 돈으로 로마에서 가장 뛰어난 세공사에게 주문한 물건이지만, 그 당시 올림피아는 창녀 일을 시작한 지 얼마 되지 않아서 값나가는 패물을 갖고 있지 않았다. 칼자루에 진주를 몇 개 박아 장식한 게 고작이었다. 지금의 파르네세 공작이라면 보석을 아로새긴 값비싼 단검도 마음대로 주문할 수 있을 것이다. 하지만 피에르 루이지는 그 단검을 한시도 몸에서 떼어놓으려 하지 않았다. 호화로운 옷을 걸치고 있을 때도, 옷차림에 어울리지 않을 만큼 소박한 그 단검은 늘 피에르 루이지의 허리에 매달려 있었다.

올림피아는 그 단검을 아무 생각도 없이 바라보았다. 그 단검에 남자의 손이 닿은 것을 보면서도 아무 느낌도 받지 않았다. 단검에서 뗀 눈을 다시 남자에게 돌렸을 때, 올림피아의 얼굴은 다정함이 담긴 미소로 가득 차 있었다.

비명은커녕 신음도 없었다. 칼자루를 진주로 장식한 단검은 심장을 꿰뚫었다. 격렬한 고통에 시달릴 겨를도 없었을 것이다. 바닥에 쓰러진 올림피아의 얼굴에는 여전히 미소가 남아 있었다. 붉은 피가 새하얀 비단 잠옷 가슴께에 소리도 없이 번져가기 시작했다.

남자는 여전히 선 채였다. 한동안 그 자세로 여자의 얼굴을 내려다보고 있다가 쓰러진 여자 옆에 한쪽 무릎을 꿇었다. 남자는 소리없이 울었다. 흐느끼면서 여자의 볼에 손을 대고 머리를 쓰다듬었다.

어느새 방안에 덩치 큰 하인이 들어와 있었다. 하인은 피에르 루이지 곁으로 다가가 그를 안아 일으키면서 말했다.

"나리, 여긴 저한테 맡겨주십시오. 우선 댁까지 모셔다드리겠습니다."

파르네세 공작은 올림피아의 차가워진 입술에 입을 맞추었다. 그러고는 하인의 부축을 받으며 방에서 나갔다.

집 밖에는 말 두 마리가 매어져 있었다. 하인의 말을 듣자마자 수행원도 거느리지 않고 달려왔기 때문에, 평소에는 늘 따라다니는 호위병의 모습도 없었다. 덩치 큰 하인은 공작을 말에 태운 다음 고삐를 잡고 걷기 시작했다. 나보나 광장에서 파르네세 궁전은 가까운 거리다. 한밤중이라 도중에 아무도 만나지 않았다.

궁전 정문을 지키던 경비병들은 말에 탄 공작을 보고는 얼른 문을 열었다. 하인이 안뜰로 말을 끌고 들어가 말에서 공작을 내리려 하고 있을 때, 뜻밖에 주인이 돌아온 데 놀란 공작의 하인이 달려왔다. 덩치 큰 하인은 그 하인에게 공작을 침실로 데려가 침대에 눕히고 밤새도록 옆에 붙어앉아 한시도 눈을 떼면 안된다고 명령했다.

덩치 큰 하인은 곧바로 발길을 돌려, 같은 건물 반대쪽에 있는 계단을 올라갔다. 추기경은 벌써 잠자리에 들었다고 하인이 말했지만, 덩치 큰 하인은 이를 무시하고 추기경의 침실문을 열었다. 파르네세 추기경은 아직 잠자리에서 책을 읽고 있었다.

하인들이 엿듣지 못하도록 문을 단단히 닫은 덩치 큰 하인은, 무슨 일이냐고 묻는 추기경 곁에 한쪽 무릎을 꿇고 몇 마디 속삭였다.

추기경은 침대에서 내려와 말없이 몸단장을 시작했다. 검정색 수도복이었다. 그러고는 놀라서 지켜보는 하인들 앞을 아무 말도 없이 지나쳐, 덩치 큰 하인만 데리고 파르네세 궁전을 나섰다. 둘 다 말은 타지 않았다.

올림피아의 침실로 들어간 추기경은 순간 우뚝 멈춰섰다. 방안에는 피비린내가 진동했다. 아직도 심장에 꽂혀 있는 단검이 모든 것을 말해주었다. 추기경의 젊은 몸이 죽은 사람 쪽으로 허물어지듯 기울어졌다.

"어머니!"

젊은이의 어깨는 소리없는 통곡으로 떨렸다. 하지만 조금 뒤에는 추기경의 얼굴에 평상시의 차분함이 돌아왔다. 추기경은 올림피아의 가슴에 꽂힌 단검을 살며시 빼내어 자기 품에 넣었다. 그러고는 뒤에 무릎을 꿇고 있는 덩치 큰 하인을 돌아보며 조용한 목소리로 말했다.

"오늘밤은 내가 곁에 있겠네. 어머니의 몸을 깨끗이 닦고 옷을 갈아입혀 드리지 않겠나?"

하인이 피로 얼룩진 올림피아의 몸을 씻는 동안, 젊은이는 옷장 안에서 올림피아의 옷을 한 벌 골라내었다. 호화롭지만 청초한 진주빛 비단옷이다. 패물은 어머니가 언제나 목에 걸고 있던 목걸이로 하자는 추기경의 말에 따라 '라파엘로의 목걸이'로 결정되었다.

살롱에는 식사도 할 수 있는 직사각형 테이블이 있었다. 그 위에 보라빛 비단천을 깔고, 아름답게 치장한 올림피아의 시신을 눕혔다. 네 귀퉁이에는 은촛대를 하나씩 놓았다. 촛불이 베개에서 흘러내린 금빛 머리와 진주빛 옷자락을 더 한층 부드러운 빛으로 바꾸어놓았다. 하얀 얼굴은 조금씩 차가운 색깔로 변해갔지만, 아직도 미소가 남은 편안한 얼굴은 그저 잠깐 잠이 든 것처럼 보였다.

젊은이는 그 곁에 선 채 나직한 소리로 기도를 드리기 시작했다.

여느 때보다 마음이 들떠 있었는지, 이날 아침 마르코는 드물게 일찍 눈을 떴다. 아침식사는 하지 않았다. 로마의 북쪽 성문(포폴로 문)을 나와 플라미니아 가도를 조금 따라가면 선술집 겸 여관이 나오는데, 거기서 늦은 아침식사와 이른 점심식사를 겸하여 느긋하게 식사를 하기로 올림피아와 약속이 되어 있었기 때문이다.

하인은 이미 일어나 있었다. 마르코는 하인의 도움을 받아 여행에 알맞은 옷을 걸쳤다. 아래로 내려가자, 말도 준비를 끝내고 기다리고 있었다. 마르코가 타고 갈 말과 하인이 타고 갈 말, 마르코의 짐을 싣고 갈 말과 올림피아의 짐을 싣고 갈 말, 그리고 올림피아를 태우고 갈 말…… 모두 합해서 다섯 마리였다. 안코나에 도착하여 배에 오르면 말은 더 이상 소용이 없어지므로, 거기서 팔아버릴 작정이었다. 짐을 마차가 아니라 말에 실어 운반하기로 한 것은, 도중에 무슨 불상사가 생겨서 타고 갈 말을 쓸 수 없게 되더라도 당장 보충할 수 있기 때문이다. 플라미니아 가도는 사람 왕래가 끊이지 않는 길이지만, 계절은 어느덧 겨울로 접어들고 있었다.

로마에서는 드물게도 구름이 낮게 깔린 쌀쌀한 아침이었다. 걱정스러운 듯 하늘을 쳐다보는 마르코에게 하인은 바다의 나라 베네치아 남자답게 내일은 시로코(동남풍)가 불 테니까 따뜻해질 거라고 말했다. 익숙지 않은 추위에 몸을 움츠리고 오가는 사람들은 다섯 마리의 말을 쳐다보지도 않았다.

마르코는 여자의 집 근처에 하인과 말을 대기시키고 돌계단을 뛰어올라갔다. 문에 매달린 쇠고리를 힘껏 두드렸다. 그러나 나타난 것은 고향에 돌아가 있을 터인 그 덩치 큰 하인이었다.

하인은 마르코를 안으로 들이지 않고 거기서 잠시 기다려달라고만 말한 다음, 어리둥절해진 마르코 앞에서 문을 닫아버렸다.

문은 곧 다시 열렸다. 덩치 큰 하인은 말없이 마르코를 안으로 안내했다. 대기실을 지나 살롱 입구에 도착한 마르코는 활짝 열린 문 안쪽이 이상하게 달라져 있는 것을 보고 숨이 멎는 듯했다.

커튼이 무겁게 내려진 살롱은 밤처럼 촛불로 밝혀져 있었다. 시신 옆에 서 있던 파르네세 추기경이 마르코를 돌아보며 말했다.

"어머님께 작별인사를 해주십시오."

마르코는 추기경의 말을 듣고 있지 않았다. 안치된 시신 옆으로 달려간 마르코는 조금 떨어진 곳에 우뚝 멈춰섰다.

목소리도 나오지 않고 눈물도 나오지 않았다. 지금 보고 있는 정경을 믿을 수가 없었다. 가슴 위에서 맞잡은 올림피아의 손을 살짝 만져보았다. 그 손은 마르코의 마음을 얼어붙게 할 만큼 차가웠다.

한참 뒤에야 마르코는 옆에 서 있는 추기경을 생각해내고, 그쪽으로 얼굴을 돌리며 신음하는 듯한 목소리로 물었다.

"누가?"

열여덟 살의 젊은 추기경은 처음으로 나이에 어울리는 격렬한 목소리를 냈다.

"나에게 그런 질문을 할 권리가 당신한테는 없습니다!"

마르코는 알았다. 올림피아를 죽인 게 누군지 비로소 알았다. 그의 가슴은 깊은 슬픔으로 가득 찼다. 너무나 큰 슬픔에 울음소리도 목구멍에서 새어나오지 않고 눈물도 넘쳐흐르지 않았다. 잠들어 있는 듯한 여자의 얼굴을 그저 멍하니 바라볼 뿐이었다.

이 방에 들어왔을 때 들은 파르네세 추기경의 말이 그제서야 마르코의 머리에 되살아났다. 추기경은 분명히 '어머님께'라고 말했다.

마르코는 추기경을 돌아보며 조용한 어조로 물었다.

"알고 계셨습니까? 올림피아가 친어머니라는 걸 알고 계셨습니까?"

파르네세 추기경의 어조도 평상시의 조용한 말투로 돌아와 있었다.

"그렇고말고요. 아주 오래 전부터 알고 있었습니다."

이별　247

추기경의 얼굴에는 온화한 미소마저 감돌고 있었다.

"공작부인이 나를 대하는 태도와 내 동생들을 대하는 태도가 다르다는 것은 어린 마음에도 알아차리지 않을 수 없었을 겁니다. 계모가 나를 모질게 대한 건 아닙니다. 언제나 정중하고 예의발랐지요. 내가 장남이기 때문이라고 공작부인은 늘 말했습니다. 하지만 나는 알았습니다. 그것 때문만은 아니라는 것을…… 그런데 올림피아 부인을 만나면 전혀 다른 겁니다. 언제나 어머니를 따라다니는 그 덩치 큰 하인이 찾아와서 나를 데리고 나가, 교회 안이나 그런 데서 어머니를 만났습니다. 나는 어머니를 부인이라고 불렀고, 어머니는 내가 성직계에서 갖고 있는 직함으로 불렀지요. 주교님이라든가 추기경님이라든가.

어린 나는 사정을 상상할 수도 없었지만, 뭔가 다르다는 것을 느끼고 있었습니다. 어머니는 팔로는 나를 얼싸안지 않았지만, 눈으로는 언제나 나를 힘껏 끌어안아 주셨으니까요.

진실을 알고 싶었지만, 아버지는 그런 일을 저에게 털어놓을 분이 아닙니다. 할아버지는 언제나 저한테 상냥했지만, 그분한테 묻는 것 역시 망설여졌습니다. 그래서 언젠가 어머니를 만나고 나서 집으로 돌아갈 때, 나를 바래다준 그 하인에게 물었지요. 그 부인이 내 어머니가 아니냐고.

하인은 놀라서 한동안 묵묵부답이었지만, 무슨 일이 있어도 비밀을 지키겠다고 단단히 맹세를 시킨 다음 사실을 털어놓았습니다. 하지만 진상을 알고 난 뒤에도 우리 모자 사이는 전혀 달라진 게 없었습니다. 내 마음은 훨씬 평온해졌지만요."

"올림피아는 추기경님이 모르는 줄 알고 있었습니다."

"그게 좋습니다. 그렇기 때문에 어머니는 당신을 사랑할 수 있었을 겁니다. 어머니일 뿐 여자가 아닌 여자는 남자를 사랑할 수 없게 되니까요."

풋내기인 줄 알았는데, 아무래도 마르코가 잘못 생각한 모양이었다. 마르코의 표정이 달라지는 것을 알아차린 듯, 파르네세 추기경은 마지막으로 한마디 덧붙인다는 느낌으로 말을 이었다.

"아버지를 원망하진 말아주십시오. 불쌍한 분입니다. 하지만 행복한 사람이기도 하지요. 어머니에 대해서도 너무 슬퍼하지 말아주십시오. 어머니도 불쌍한 분이었지만, 행복한 사람이기도 했습니다."

그리고 나서 젊은 추기경은 말투를 바꾸어, 마치 친족 대표가 조문객을 대하듯 의젓한 투로 말했다.

"이만 실례하고 집으로 돌아가 옷을 갈아입고 오겠습니다. 묘지는 벌써 정해졌습니다. 이 근처에 내 지원을 받아 세워지고 있는 교회가 있는데, 그곳 예배당을 어머니가 영면하실 곳으로 정했습니다.

장례식이라 해도, 이런 상황에서는 어머니의 시신을 거기까지 운구해서 매장하는 것뿐입니다. 되도록이면 남의 눈을 피하고 싶습니다. 장례식에 참석해주시겠습니까?"

마르코는 말없이 고개를 끄덕였다. 장례식에 참석하는 사람은 추기경과 마르코 단둘일 것이다. 화려한 생애를 보낸 올림피아지만, 그런 조촐한 장례식을 더 기뻐할 거라고 마르코는 생각했다.

교회는 나보나 광장과 파르네세 궁전 중간에 자리잡고 있었다. 귀인을 장사지낼 때의 관습에 따라 얇은 베일로 온 몸이 덮인 올림피아의 시신은 추기경의 하인 네 명이 멘 가마에 실려 교회까지 운구되었다. 추운 날인데다 점심 때이기도 했기 때문에 길을 오가는 사람은 적었지만, 장례 행렬과 마주친 사람들은 그 행렬을 선도하는 사람이 참석자도 적은 장례 행렬과는 어울리지 않게 진홍빛 옷차림의 추기경인 것을 보고는 모두 놀란 얼굴로 지켜보았다.

외부는 완성되었지만 내부는 아직 공사가 진행되고 있는 교회에는 꽃도 없었다. 시신은 좌우에 늘어서 있는 예배당 가운데 하나로 운구되어, 벽을 우묵하게 파낸 자리에 안치되었다.

그 구멍이 대리석판으로 막혀버리면 영원한 이별이 된다. 마르코는 눈 속에 비로소 뜨거운 것이 치밀어 올라오는 것을 느꼈다. 추기경은 마르코 앞에 서 있었기 때문에 표정을 알 수는 없었지만, 추기경도 같은 심정이었을지 모른다. 자기가 성직자라는 것도 잊어버린 듯, 알레산드로 파르네세의 입에서는 기도의 말도 새어나오지 않았다.

말없이 서 있는 두 남자 앞에서, 아직 아무것도 새겨지지 않은 대리석판이 벽에 끼워졌다. 그런 다음, 석판이 벽감 가장자리와 맞닿는 부분을 접착시키기 위해 회반죽을 발랐다.

추기경은 마르코를 돌아보며 작별인사를 위해 손을 내밀었다.

"어머니는 내가 지키겠습니다. 얼마 뒤에는 이 교회도 아름답게 변할 겁니다. 아니, 내가 아름답게 바꾸겠습니다. 단돌로 씨도 로마에 오시면 얼굴을 보여주십시오."

마르코는 추기경에 대한 인사가 아니라 세속인의 방식으로 젊은이의 손을 힘껏 쥐었다. 그러고는 미소를 지으면서 분명하게 말했다.

"약속하겠습니다."

다른 말은 모두 부질없게 여겨졌다. 마르코는 파르네세 추기경을 남겨두고 교회에서 나왔다.

몹시 피곤했다. 하지만 지금은 한시라도 빨리 로마를 떠나고 싶었다. 실려나오는 시신을 보았을 때부터 모든 사정을 알아차린 마르코의 하인은 돌아온 주인이 말에 올라타는 것을 말없이 도와주었다. 말 위에서 마르코는 이제 말 두 마리는 필요가 없다는 것을 깨달았다. 하지만 아무래도 그 말을 할 수가 없었다. 하인도 그걸 알았지만 아무 말도 않은 채 말 세 마리의 고삐를 쥐고, 말없이 말머리를 북쪽으로 돌린 주인을 뒤따라갔다.

말 다섯 마리와 두 이방인은, 점심식사를 끝내고 일터로 돌아가는 로마 사람들 사이를 지나 북쪽으로 멀어져갔다.

# 에필로그

*로마의 서민들은 파르네세 추기경을 '가장 아름다운 여인과
가장 멋진 로마를 남긴 남자'라고 불렀다.*

16세기 로마 건축의 걸작 중의 걸작으로 꼽히는 파르네세 궁전은 이 이야기로부터 9년 뒤인 1547년에 안토니오 다 상갈로가 죽은 뒤 건축 총감독이 미켈란젤로로 바뀌었다. 20세기인 현재는 프랑스 대사관으로 쓰이고 있다.

완성된 파르네세 궁전과는 달리, 테베레 강을 다리로 연결하고 양쪽 강기슭에 걸쳐 파르네세 구역을 세운다는 웅대한 착상은 결국 실현되지 못했다. 강을 사이에 두고 파르네세 궁전과 한 쌍을 이룰 예정이었던 궁전은 '작은 파르네세'라는 의미에서 파르네시나라고 불리는데, 지금은 이탈리아 외무부 영빈관으로 쓰이고 있다.

미켈란젤로가 시스티나 예배당에 그린 벽화 「최후의 심판」은 1536년부터 제작되기 시작하여, 이 이야기로부터 3년 뒤인 1541년에 완성되었다.

로마의 일곱 언덕 가운데 하나인 카피톨리노 언덕에 있는 캄피돌리오가 미켈란젤로의 착상대로 모두 완성된 것은 이 이야기

로부터 한 세기 뒤인 17세기 중엽이다. 그 무렵이 되면 로마에서는 수많은 분수가 물줄기를 뿜어올리고, 로마는 바로크 시대의 전성기를 맞이하게 된다.

기독교 세계에서 첫번째 교회로 꼽히는 로마의 산 피에트로 대성당의 둥근 지붕이 브라만테와 라파엘로의 계획안을 거쳐 결국 미켈란젤로의 생각대로 완성된 것은 1588년이었다. 다만 베르니니가 고안한 주랑으로 둘러싸인 광장이 현재와 같은 형태로 완성되기까지는 그후 다시 80년 세월이 필요했다.

르네상스 최후의 교황으로 알려진 파르네세 집안 출신의 파울루스 3세는 종교개혁파와 반동종교개혁파 사이에 끼여 있으면서도 균형감각을 잃지 않았고, 덕분에 로마는 광신의 파도를 피할 수 있었지만, 교황 자신은 이 이야기로부터 11년 뒤인 1549년에 여든한 살의 나이로 세상을 떠났다. 티치아노가 그린 만년의 초상화가 남아 있다.

그의 아들인 피에르 루이지 파르네세는 자신의 소원대로 파르마-피아첸차 공작령의 주인이 되지만, 1547년에 카를로스 황제의 심복이었던 밀라노 총독의 음모로 암살되었다. 그의 나이 마흔네 살이었다.

공작의 지위는 피에르 루이지의 둘째아들로, 카를로스 황제의 서녀와 결혼한 오타비오가 물려받았다.

교황 파울루스 3세의 뜻에 따라 종교개혁파와 반종교개혁파의

협조노선을 담당했던 가스파로 콘타리니 추기경은 추기경단의 강경파, 즉 반종교개혁파인 카라파 추기경(나중에 교황 파울루스 4세) 일파에게 공의회 준비위원회의 주도권을 빼앗기고 만다. 그는 이 이야기로부터 7년 뒤인 1545년에 볼로냐에서 세상을 떠났다. 향년 예순두 살이었다. 가톨릭 교회는 그후 점점 종교개혁파에게 강경한 자세를 취하게 된다. 기독교 세계는 콘타리니가 죽은 해에 열린 트렌토 공의회에서 결정적인 분열을 맞게 되었다.

교황 파울루스 3세와 마찬가지로, 베네치아의 통령 안드레아 그리티도 당대 최고의 초상화가로 이름이 높았던 티치아노가 그린 반신상을 남겼는데, 그는 통령의 지위에 오른 지 15년 뒤, 마르코가 베네치아로 돌아와 공직에 복귀한 1538년 말에 여든세 살로 생애를 마쳤다. 베네치아 공화국이 가장 화려했던 시대를 체현한 정치 지도자의 죽음이었다.

그러나 모든 나라의 역사는 가장 화려해 보이는 시기야말로 '종말의 시작'이었음을 실증하고 있다. 그래도 베네치아의 종말은 그로부터 250년이 지난 뒤에야 찾아왔다. 마르코 단돌로처럼 사명감에 불타는 인재들이 키를 잡고 현실적으로 현명하게 배를 조종한 덕분이다. 군사대국이 되기에는 많은 요소가 부족했던 베네치아 공화국은 이 무렵부터 정치외교대국의 색채를 더 한층 강하게 띠게 된다. 그것이 경제적 번영을 오래 유지하고 장기간에 걸쳐 독립을 지킬 수 있었던 진정한 요인이 되었다.

이 이야기가 전개된 시기에는 아직 십대 청소년에 불과했던 알레산드로 파르네세 추기경은 암살당한 아버지의 죽음을 지켜보고, 할아버지인 교황의 죽음도 지켜보고, 1564년 '신 같은 예술가'라고 부르며 존경했던 미켈란젤로에게 찾아온 죽음도 지켜본 뒤, 1589년에 예순아홉 살로 자신의 죽음을 맞이했다.

파울루스 3세, 율리우스 3세, 마르켈루스 2세, 파울루스 4세, 피우스 4세, 피우스 5세, 그레고리우스 13세, 식스투스 5세 등 여덟 명의 교황을 모신 파르네세 추기경은, 교황에 뽑힐 만한 뛰어난 인재라는 말을 노상 들으면서도 교황 후보에 오르는 것조차 끝내 사양했다. 사람들은 그 이유를 알지 못해 의아해했다.

그가 파르네세 궁전에서 숨을 거둔 날 로마 전체가 울었다고 한다.

파르네세 추기경은 역사에 이름이 남아 있지 않은 한 여인과 관계하여 클레리아라는 딸을 낳았다. 로마에서 가장 아름다운 여인으로 평판이 자자했던 클레리아는 로마의 귀족인 체사리니 집안으로 출가했다.

로마의 서민들은 파르네세 추기경을 '가장 아름다운 여인과 가장 멋진 로마를 남긴 남자'라고 불렀다. 그 또한 티치아노가 그린 반신상을 남겼는데, 이 초상화는 그가 20대 후반이었을 때의 조용한 풍모를 여실히 보여준다.

# 시오노 나나미를 사랑하는 독자 여러분께

• 옮긴이의 말

　시오노 나나미를 사랑하는 독자 여러분께, 나는 이 삼부작을 마치 회심의 카드라도 꺼내는 듯한 기분으로 소개합니다.

　일견 건방지게 들릴 수도 있는 이 말을 감히 하는 까닭은, 이 삼부작이 『로마인 이야기』나 『바다의 도시 이야기』나 『나의 친구 마키아벨리』 같은 책들보다 뛰어나서가 아니라, 오히려 그런 틀의 변별성을 벗어난 곳에 자리잡고 있는 독특한 책이기 때문입니다.

　잘 알려져 있다시피, 시오노 나나미는 역사와 문학을 넘나들며 다양한 장르의 작품을 발표해온 작가입니다. 그리고 지금까지 번역된 그의 작품들은 대부분, 역사평설이 되었든 문명비평서가 되었든 인물평전이 되었든, 역사가로서 기울인 노력의 산물들입니다.

　그런데 그의 저작들을 읽노라면, 역사책인데도 곳곳에 문학적 상상력이 번득이고 넘실대는 것을 자주 느끼게 됩니다. 물론 작가 자신은 역사적 사실이 상상력 때문에 훼손되는 일이 없도록 나름대로 애쓰고 있습니다. 책마다 적잖은 분량의 참고문헌을 밝히는 것도 그렇고, 스스로 확인하지 아니한 사료는 한 구절도 인용하지 않는다는 집필 방침도 그의 꼼꼼하고 순정한 학자적 소양을 말해주고 있습니다. 그런데도 그의 글에는 문학적 재능이 적잖이 작용하고 있음을 느낄 수 있습니다.

그래서 그의 책을 읽어본 독자들 중에는, 그처럼 뛰어난 재능을 가진 작가라면 소설을 써도 괜찮은 작품을 쓸 수 있을 텐데, 하고 생각하는 분들이 많은 게 사실이고, 그런 아쉬움을 토로하신 분들도 적지 않습니다. 그때마다 "언젠가는 나올 테니 두고 보시라"고 회심의 미소를 짓곤 했는데, 그것은 바로 이 삼부작을 염두에 두고 있었기 때문입니다.


『주홍빛 베네치아』에서 『은빛 피렌체』을 거쳐 『황금빛 로마』로 이어지는 이 삼부작은, 독자들의 취향에 따라 다양한 입맛으로 읽을 수 있을 것입니다.

제목에 밝혀져 있는 대로 '도시 삼부작'일 수도 있고, 각각의 도시에서 벌어진 '살인사건 삼부작'일 수도 있습니다. 어쨌든 이 삼부작은 추리소설의 형식을 빌려, 우리를 역사의 현장으로 안내하고 있습니다.

학문적 소양이 풍부한 학자가 소설, 특히 추리소설 창작에 손을 대는 것은 그리 드문 일이 아닙니다. 예컨대, 고전적 명작인 『어느 시인에게 바치는 만가(輓歌)』의 작가로 알려진 영국의 마이클 이네스는 옥스퍼드 대학 영문학 교수를 역임한 존 이네스

매킨토시 스튜어트이고, 『제임스 조이스 살인사건』 등의 빼어난 작품으로 이름난 미국의 여류작가 어맨다 크로스도 컬럼비아 대학 영문학 교수인 캐럴라인 하이브론입니다. 좀더 많이 알려진 예로는 『장미의 이름』을 쓴 움베르토 에코가 있는데, 그는 독창적인 기호학자로 국제적 명성을 얻고 있는 이탈리아 볼로냐 대학 교수입니다.

이런 학자들이 쓰는 소설이나 추리소설은 당연히 전공 분야의 학문적 지식을 살리는 경우가 많습니다. 시오노 나나미의 경우도 마찬가지여서, 르네상스 시대의 이탈리아를 세 도시에서 삼각측량하듯 되살려내고 있는 것입니다.

시오노의 '세 도시 이야기'는 요컨대 남녀 주인공을 창작하여, 그들로 하여금 베네치아와 피렌체와 로마를 여행하게 하고 또 거기서 생활하게 함으로써, 르네상스를 대표하는 이 세 도시를 그의 다른 작품들과는 다른 각도에서 묘사하고 있습니다. 따라서 이 삼부작은 각각 독립되어 있으되 차례로 맞물려 있는 일종의 '연작'인 셈입니다.

주인공 마르코 단돌로는 베네치아의 명문 귀족의 적자로, 서른 살에 원로원 의원에 선출되고 10인 위원회(오늘날의 미국의 '중앙정보부'와 비슷한 국가안보기관) 위원까지 지낸 엘리트입니다. 그리고 여주인공 올림피아는 고급 창녀(일반적인 매춘부이기보다 황진이 같은 존재에 가깝습니다)인데, 화가 티치아노가 초상화를 그린 것으로 설정되어 있는 30대 후반의 대단한 미인입니다.

제1부 『주홍빛 베네치아』는 한 경찰관이 산 마르코 종루에서 몸을 던져 죽은 사건으로 막이 열립니다. 이 사건은 뜻밖의 결말로 이어지고, 마르코는 결국 3년 간의 공직 추방 처분을 받게 됩니다.

고국을 떠난 마르코가 피렌체에 머무는 동안 겪게 되는 사건과 모험이 제2부 『은빛 피렌체』를 이룹니다. 외떨어진 산장에서 시체가 발견되고, 이 살인사건은 결국 더 큰 음모로 발전하여, 당시 피렌체를 지배하고 있던 메디치 가의 알레산드로 대공에 대한 암살로 이어집니다.

베네치아에서 창녀와 고객으로 시작된 두 주인공의 교제는 피렌체에서 우연히 재회하면서 진정한 사랑으로 발전합니다. 그리하여 둘은 여자의 고향인 로마로 떠납니다. 그러나 제3부 「황금빛 로마」는 이들의 앞길에 또 다른 비극적 사건을 준비해놓고 있습니다. 이처럼 굽이치는 사랑의 묘사도 이 책을 읽는 즐거움일 것입니다.

아니, 이 삼부작은 '연애 삼부작'이라고 불러도 좋을 만큼 각 권마다 애절한 사랑이 그려져 있습니다. 「주홍빛 베네치아」는 마르코의 친구이자 베네치아 통령의 아들인 알비제 그리티와 유부녀인 프리울리 부인의 금지된 사랑의 비극을 그리고 있고, 「은빛 피렌체」는 애증이 엇갈리는 가운데 무르익어가는 두 주인공의 사랑을, 그리고 「황금빛 로마」는 교황의 아들 파르네세 공작과 올림피아의 은밀하고도 질긴 사랑의 인연을 그리고 있습니다.

시오노 나나미는 이 삼부작을 통해 역사에서 흔히 무시되기 쉬운 온갖 세부를 풍부한 지식과 상상력으로 생생하게 그려냅니다. 역사라는 비정한 톱니바퀴 때문에 비극적인 인생을 마쳐야 하는 권력자와 그 주변 인물들, 베네치아와 피렌체와 로마의 아름다운 풍물들, 역사의 현장에서 불려나온 예술가들……. 권력과 애증이 교차하는 르네상스의 '너무나도 인간적인' 정경을 눈앞에서 보는 듯합니다.

1998년 여름
김석희

# 관련 지도

- 16세기 지중해 세계
- 르네상스기의 로마
- 로마에서 오스티아까지

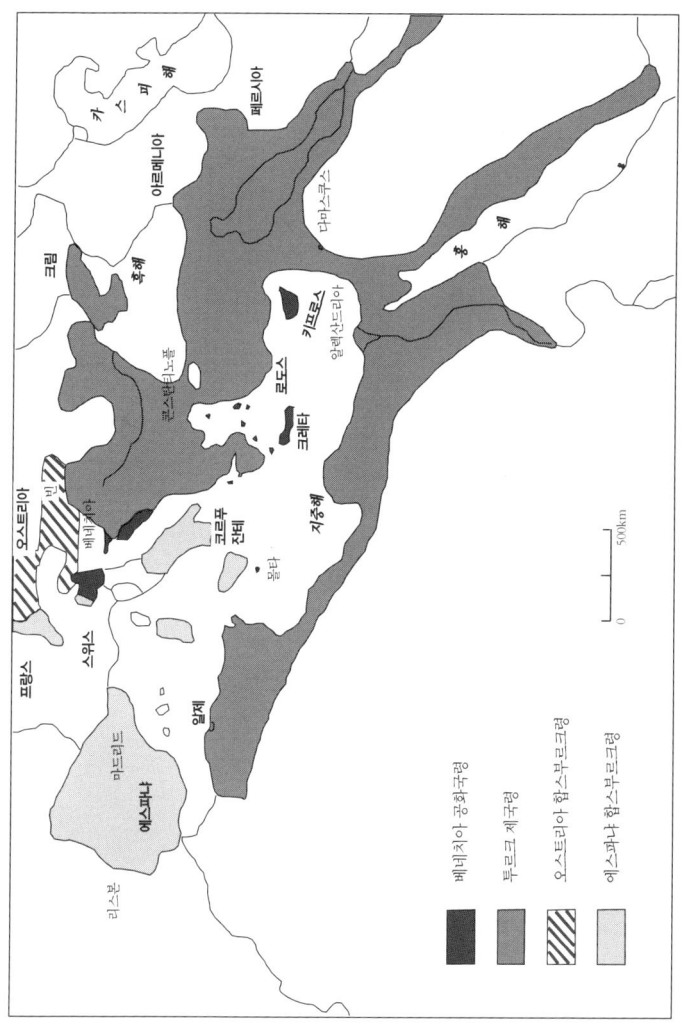

16세기 지중해 세계

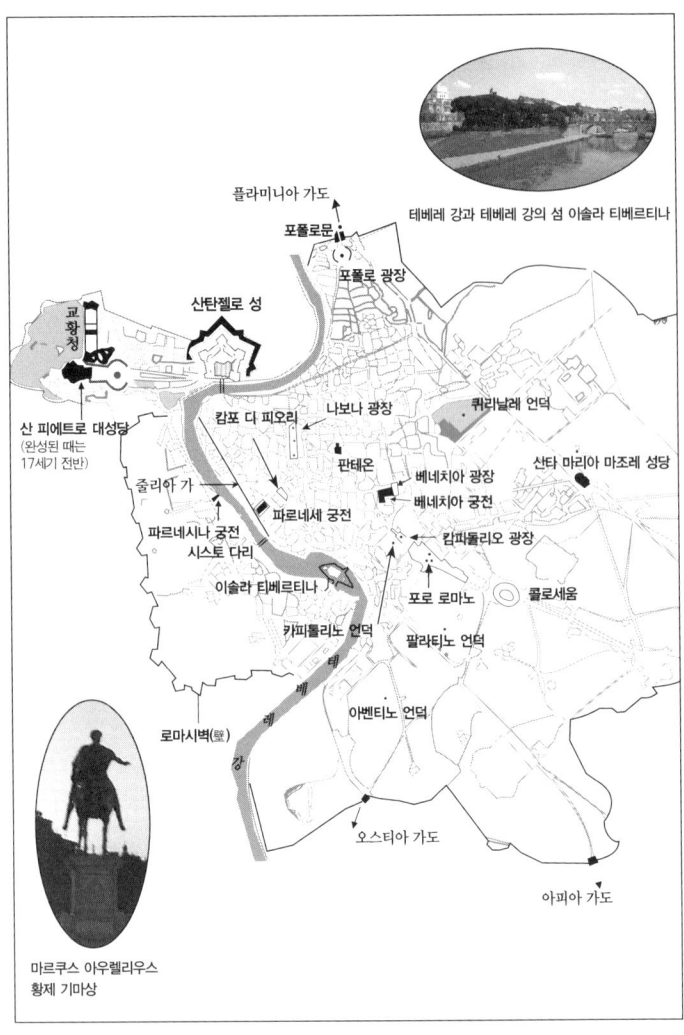

르네상스기의 로마

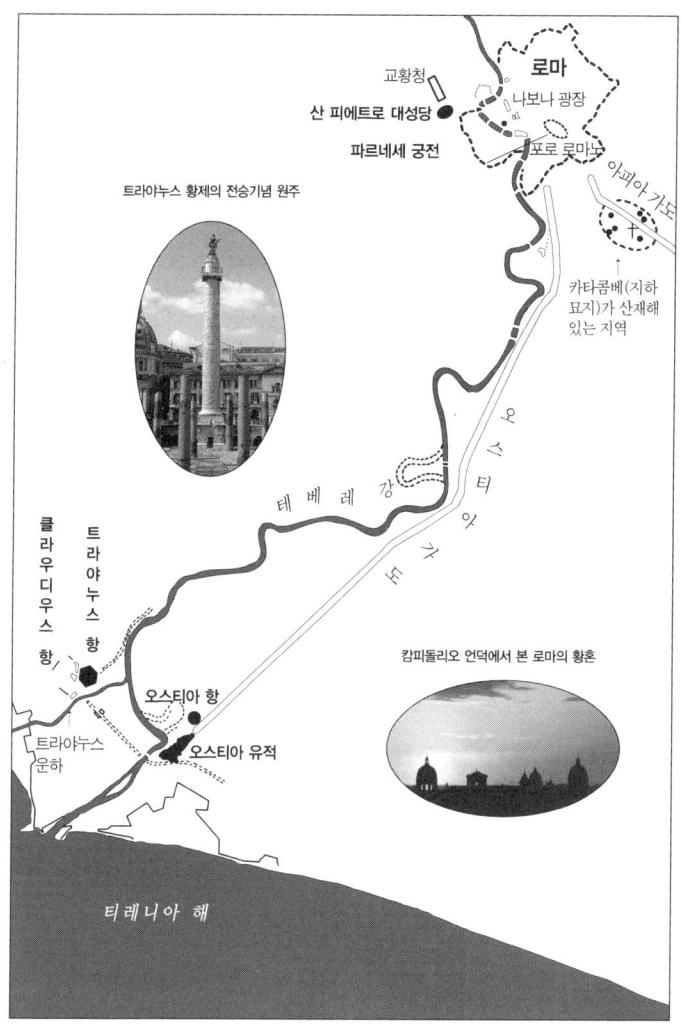

**로마에서 오스티아까지**

관련 지도

## 지은이 시오노 나나미

시오노 나나미는 1937년 7월 7일 도쿄에서 태어나 가쿠슈인 대학 철학과를 졸업한 뒤 이듬해인 1964년 이탈리아로 건너가 어떤 공식교육기관에도 적을 두지 않고 혼자서 공부했다. 서양문명의 모태인 고대 로마와 르네상스의 역사현장을 발로 취재하며 40년이 넘는 세월 동안 로마사에 천착하고 있는 그는 기존의 관념을 파괴하는 도전적 역사해석과 소설적 상상력을 뛰어넘는 놀라운 필력으로 수많은 독자들을 사로잡고 있다. 2002년 이탈리아의 국가훈장인 국가공로상을 받았고, 2007년에는 일본 정부로부터 문화공로자로 선정되었다. 작품으로 처녀작 『르네상스의 여인들』을 비롯하여 『체사레 보르자 혹은 우아한 냉혹』(1970년 마이니치 출판문화상) 『바다의 도시 이야기』(1982년 산토리 학예상) 『나의 친구 마키아벨리』(1988년 여류문학상) 『신의 대리인』 『르네상스를 만든 사람들』 그리고 그의 필생의 역작인 『로마인 이야기』(1993년 신조학예상, 1999년 시바 료타로상)가 있다. 이 『로마인 이야기』 시리즈는 1992년에 제1권 '로마는 하루아침에 이루어지지 않았다'를 시작으로 15년 동안 매년 한 권씩 집필하여 2006년 마침내 제15권 '로마 세계의 종언'을 끝으로 기나긴 대장정을 끝냈다. 여기서 멈추지 않고 그는 로마제국의 멸망 이후 지중해 패권을 둘러싼 기독교 세력과 이슬람 세력의 충돌을 서술한 『로마 멸망 이후의 지중해 세계』(상·하)를 펴냈다. 그밖에 『침묵하는 소수』 『나의 인생은 영화관에서 시작되었다』 『사랑의 풍경』 『살로메 유모 이야기』 『이탈리아에서 온 편지』(1·2) 『생각의 궤적』 등의 에세이가 있다.

## 옮긴이 김석희

옮긴이 김석희는 서울대 문리대 불문학과를 졸업하고 대학원 국문학과를 중퇴했다. 1988년 한국일보 신춘문예에 소설이 당선되었으며 창작집 『이상의 날개』와 장편소설 『섬에는 옹달샘』, 역자후기 모음집 『북마니아를 위한 에필로그 60』 『번역가의 서재』 등을 발표했다. 번역한 책으로는 한길사에서 펴낸 『르네상스 미술기행』, 홋타 요시에의 『고야』(전4권)와 『위대한 교양인 몽테뉴』(전3권), 시오노 나나미의 『로마인 이야기』(제1회 한국번역대상 수상) 『르네상스의 여인들』 『르네상스를 만든 사람들』 카사노바의 『카사노바 나의 편력』(전3권), 사토 겐이치의 『소설 프랑스혁명』 등이 있고, 한길아트에서 펴낸 『인상주의』와 『고야』가 있다.

## 한길사의 스테디셀러들

### 위대한 항해자 마젤란 1·2
베른하르트 카이·박계수 옮김
나는 미지의 세계, 불가능의 세계를 항해한다

"현실을 떠나 광대한 나만의 세상을 꿈꾸는 이들에게, 마젤란의 대항해를 다룬 이 방대한 소설은 흥분과 감동, 움츠러들 듯한 뜨거운 열정을 불러일으킬 것이다."

·신국판 | 반양장 | 400, 448쪽

### 과학의 시대!
제라드 피엘·전대호 옮김
과학자들은 비밀과 원리를 어떻게 알아냈는가

이 책은 극미의 원자세계에서 광활한 우주까지, 인류 과학발전의 위대한 성과와 인간 지식의 찬란한 진보의 기록을 담은, 한마디로 '괴물 같은 책'이다.

·신국판 | 반양장 | 504쪽

### 지식의 최전선
김호기 외 54인 공동집필
세상을 변화시키는 더 새롭고 창조적인 발상들

시사저널 2002 올해의 책/조선일보 2002 올해의 책/문광부 2002 우수학술도서/한국출판인회의 9월의 책/제43회 한국백상 출판문화상

·신국판 | 양장본 | 712쪽

### 월경越境하는 지식의 모험자들
강봉균 외 55명 공동집필
혁명적 발상으로 세상을 바꾸는 프런티어들

"지식의 모험자들은 창조적 발상과 능동적인 실천력으로 미래의 시간을 앞당긴다. 그들이 보여주는 미래의 그림을 엿보면서 세계를 향해 지적 모험을 감행한다."

·신국판 | 양장본 | 888쪽

### 뜻으로 본 한국역사
함석헌 지음
살아 있는 역사정신 함석헌을 만난다

"역사를 아는 것은 지나간 날의 천만 가지 일을 뜻도 없이 그저 머릿속에 기억하는 것이 아니다. 값어치가 있는 일을 뜻이 있게 붙잡아내는 것이다."

·신국판 | 반양장 | 504쪽

### 선비의 나라 한국유학 2천년
강재언 지음·하우봉 옮김
교양인을 위해 새로운 시각에서 쓴 한국유교사

"나는 '주자일존'을 무비판적으로 긍정하는 한국유교사 연구에 저항감을 품어왔다. 나의 생명이 소진되기 전에 한국유학의 뿌리를 캐내는 과제와 싸워보고 싶었다."

·신국판 | 반양장 | 520쪽

### 간디 자서전
함석헌 옮김
영원한 고전, 간디의 진리실험 이야기

"당신도 나의 진리실험에 참여하기 바랍니다. 나에게 가능한 것이면 어린아이들에게도 가능하다는 확신이 날마다 당신의 마음속에 자라날 것입니다."

·46판 | 양장본 | 648쪽

### 마하트마 간디
요게시 차다·정영목 옮김
간디의 전 생애를 담아낸 최고의 평전

"이 고통받는 세계에 좁고 곧은 길 외에는 희망이 없다. 이 진리를 증명하는 데 실패할지라도 그것은 그들의 실패일 뿐, 이 영원한 법칙의 오류는 아니다."

·46판 | 양장본 | 880쪽

## 대서양 문명사

김명섭 지음

거친 바다를 건너 세계를 지배한 열강의 실체

"광대한 대서양을 배경으로 벌어진 제국들 간의 치열한 경주. 팽창·침탈·헤게모니의 역사로 물든 문명의 빛과 어둠을 파헤친다."

· 신국판 | 양장본 | 760쪽

## 온천의 문화사

설혜심 지음

건전한 스포츠로부터 퇴폐적인 향락에 이르기까지

"레저는 산업화의 산물이 아니라 인간의 본능이다. 단순한 재충전의 기회가 아니라 자유의 적극적인 경험형태다."

· 2002 대한민국학술원 선정 우수학술도서
· 신국판 | 양장본 | 344쪽

## 서양의 관상학 그 긴 그림자

설혜심 지음

고대부터 20세기까지 서구 관상학의 역사를 추적한다

"나와 타자를 이분법적으로 나누었던 관상학의 긴 역사. 관상학이란 그 시대에 잘 풀릴 수 있는 사람과 아닌 사람을 구별짓는 코드였다."

· 신국판 | 양장본 | 372쪽

## 세계와 미국

이삼성 지음

20세기를 반성하고 21세기를 전망한다

"미국과 세계에 관한 연구가 단순히 정치사나 외교사적 서술로 끝날 수 없다. 그것은 우리의 존재양식, 우리의 사유양식, 우리 자신의 연구일 수밖에 없다."

· 신국판 | 양장본 | 836쪽

## 자기의식과 존재사유

김상봉 지음

칸트철학과 근대적 주체성의 존재론

"모든 나는 비어 있는 가난함 속에서 하나의 우리가 된다. 참된 존재사유는 모든 나를 없음의 어둠 속으로 불러모음으로써 하나의 우리로 만드는 실천이다."

· 신국판 | 양장본 | 392쪽

## 그리스 비극에 대한 편지

김상봉 지음

슬픔의 미학을 통해 인간의 고귀함을 사유한다

"내가 타인의 고통으로 눈물 흘리고 우주적 비극성 앞에서 전율할 때 나의 사사로운 고통과 번민은 가벼워지고 나의 정신은 무한히 넓어집니다."

· 신국판 | 반양장 | 400쪽

## 나르시스의 꿈

김상봉 지음

자기애에 빠진 서양정신을 넘어 우리 철학의 길로 걸어라

"자기도취에 뿌리박고 있는 서양정신은 영원한 처녀신 아테나처럼 품위와 단정함을 지킬 수는 있겠지만 아무것도 잉태할 수 없는 불임의 지혜다."

· 신국판 | 양장본 | 396쪽

## 호모 에티쿠스

김상봉 지음

윤리적 인간의 탄생을 위하여

"참으로 선하게 살기 위해 우리는 희망 없이 인간을 사랑하는 법을, 보상에 대한 기대 없이 우리의 의무를 다하는 법을 배우지 않으면 안 됩니다."

· 신국판 | 반양장 | 356쪽

### 중국인의 상술
강효백 지음
상상을 초월하는 중국상인들의 장사비법

"개방적인 자세로 상술을 펼쳐나가는 광둥사람, 신용 하나로 우직하게 밀고나가는 산둥사람. 이들이 바로 오늘의 중국을 움직이는 중국상인들이다."

· 신국판 | 반양장 | 360쪽

### 그림자
이부영 지음
분석심리학의 탐구 제1부 / 우리 마음속의 어두운 반려자

"인간의 내면, 그 어두운 측면을 성찰하는 시간을 갖는다는 것은 하나의 축복이다. 나는 융의 그림자 개념을 통해 우리의 마음과 사회현실을 비추어 본다."

· 신국판 | 반양장 | 336쪽

### 아니마와 아니무스
이부영 지음
분석심리학의 탐구 제2부 / 남성 속의 여성, 여성 속의 남성

"당신은 첫눈에 반한 이성이 있는가. 가까워지고 싶은 조바심, 그리움과 안타까움. 이때 두 남녀는 상대방을 통해 자신의 아니마와 아니무스를 경험한다."

· 신국판 | 반양장 | 368쪽

### 자기와 자기실현
이부영 지음
분석심리학의 탐구 제3부 / 하나의 경지, 하나가 되는 길

"자기실현은 삶의 본연의 목표이며 값진 열매와도 같다. 우리는 인간의 본성을 좀 더 이해할 필요가 있다. 모든 재앙의 근원은 바로 우리 자신이기 때문이다."

· 신국판 | 반양장 | 356쪽

### 사랑의 풍경
시오노 나나미 · 백은실 옮김
목숨과 명예를 걸고 과감하게 사랑을 한 여인들의 이야기

"인간의 사랑과 드라마에는 역사가 없다. 르네상스 시대 사람들도 사랑에 속아 슬피 울기도 하고, 질투에 눈이 멀어 자신의 삶을 파멸로 몰아넣기도 한다."

· 46판 | 양장본 | 260쪽

### 로마인 이야기 11
시오노 나나미 · 김석희 옮김
마침내 시오노 나나미판 로마제국 쇠망사가 시작된다

"강력한 권력을 부여받은 지도자의 존재 이유는 언젠가 찾아올 비에 대비하여 사람들이 쓸 수 있는 우산을 미리 준비하는 데 있다."

· 신국판 | 반양장 | 440쪽

### 나의 인생은 영화관에서 시작되었다
시오노 나나미 · 양억관 옮김
시오노가 들려주는 고품격 영화에세이

"정의 · 관능 · 사랑 · 전쟁 · 죽음 · 품격 · 아름다움, 그리고 영원히 해결되지 않는 문제에 대하여 나는 말한다. 내가 사랑하는 모든 영화로."

· 46판 | 양장본 | 350쪽

### 바다의 도시 이야기 상 · 하
시오노 나나미 · 정도영 옮김
베네치아 공화국, 그 1천년의 메시지는 무엇인가

"천혜의 자원이라고는 아무것도 없었던 바다의 도시가, 어떻게 국체를 한 번도 바꾼 일 없이 그토록 오랫동안 나라를 이끌어갔는가."

· 신국판 | 양장본 | 524, 584쪽

## 비평의 해부
노스럽 프라이 · 임철규 옮김
호메로스부터 제임스 조이스까지 서구의 고전을 해부한다

"비평은 과학적 객관성을 바탕으로 하는 독립된 학문이 되어야 한다. 재능 없는 문학도가 감탄과 질투를 배설하는 기생적인 문학 장르에서 벗어나야 한다."
· 신국판 | 양장본 | 706쪽

## 낭만적 거짓과 소설적 진실
르네 지라르 · 김치수 송의경 옮김
문학 지망생의 필독서이자 문학 이론의 고전

"이 책은 오늘날 우리의 욕망체계를 소설 주인공의 욕망체계에서 발견하여 우리가 살고 있는 사회적 특성을 제시한 탁월한 고전이다." 2002 대한민국학술원 선정 우수학술도서
· 신국판 | 양장본 | 430쪽

## 한비자 Ⅰ · Ⅱ
한비 · 이운구 옮김
동양의 마키아벨리 한비자의 국가경영의 법

"인간의 애정이나 의리 자체를 경솔하게 부정하려는 것이 결코 아니다. 현실적으로 사랑보다는 힘(권력)의 논리가, 의(義)보다는 이(利)가 앞선다는 것이다."
· 신국판 | 양장본 | 528, 442쪽

## 증여론
마르셀 모스 · 이상률 옮김 류정아 해제
선물주기와 답례로 풀어낸 인간사회의 실체

"주기와 받기, 답례로 이루어진 선물의 삼각구조가 총체적인 사회적 사실이 되어 생활의 모든 분야에 관여하며 사회구조를 작동시킨다." 2002 문광부 우수학술도서 선정
· 신국판 | 양장본 | 308쪽

## 신기관
프랜시스 베이컨 · 진석용 옮김
자연의 해석과 인간의 자연 지배에 관한 잠언

"참된 철학은 정신의 힘에만 기댈 것도 아니요, 기계적인 실험을 통해 얻은 재료를 비축만 할 것도 아니다. 오직 지성의 힘으로 변화시켜 소화해야 한다."
· 신국판 | 양장본 | 320쪽

## 관용론
볼테르 · 송기형 임미경 옮김
18세기 전제정치에 맞서는 볼테르의 관용정신

"모든 사람들이 똑같은 방식으로 생각하기를 바라는 것은 터무니없는 욕심이다. 인간 세계의 사소한 차이들이 증오와 박해의 구실이 되지 않기를."
· 신국판 | 양장본 | 308쪽

## 로마사 논고
니콜로 마키아벨리 · 강정인 안선재 옮김
마키아벨리 정치사상의 핵심 논저!

"잘 조직된 공화국은 시민에 대한 상벌제도가 분명하며, 공을 세웠다고 하여 잘못을 묵인하지 않는다. 군주는 은혜를 베푸는 일을 지체해서는 안 된다."
· 신국판 | 양장본 | 596쪽

## 인류학의 거장들
제리 무어 · 김우영 옮김
인물로 읽는 인류학의 역사와 이론

"타일러와 모건의 시대로부터 레비-스트로스와 거츠, 포스트모더니즘에 이르는 인류학의 이론적 발달과정을, 21명의 '거장 인류학자'들을 통해 설명한다."
· 46판 | 양장본 | 456쪽

## 금기의 수수께끼

최창모 지음

인류학으로 풀어내는 성서 속의 금기와 인간의 지혜

"금지된 지식에 대해 알고자 하는 인간의 욕망과 그것에 대해 안다는 것 사이의 관계는 무엇인가. 알고자 하는 욕망이 죄인가, 아는 것이 문제인가."

· 46판 | 양장본 | 352쪽

## 르네상스 미술기행

앤드루 그레이엄 딕슨 · 김석희 옮김

BBC 방송이 기획하고 출판한 최고 권위의 미술체험

"우리가 보는 것은 미술관 속의 과거가 아니라, 우리가 살고 있는 지금 여기입니다. 그만큼 르네상스 시대의 예술작품은 우리의 현재와 연결되어 있습니다."

· 신국판 올컬러 | 양장본 | 488쪽

## 동과 서의 茶 이야기

이광주 지음

차 한잔의 여유가 놀이와 사교의 풍경을 이룬다

"나는 아직 차의 참맛을 모른다. 더욱이 다중선(茶中仙)의 경지란. 그러나 차와 찻잔이 놓인 자리에서 나는 매일 한(閒)을 즐기는 호모 루덴스가 된다."

· 46판 올컬러 | 양장본 | 396쪽

## 베네치아에서 비발디를 추억하며

정태남 지음

건축가가 체험한 눈부신 이탈리아 음악여행

"벨칸토의 본고장 나폴리에서, '토스카'의 배경 로마, 롯시니를 성장시킨 볼로냐, 베르디의 도시 밀라노를 거쳐 찬란한 빛과 선율의 도시 베네치아까지."

· 신국판 올컬러 | 반양장 | 336쪽

## 지중해의 영감

장 그르니에 · 함유선 옮김

시적 명상 · 철학적 반성 · 찬란한 지중해의 찬가

"알제의 구릉 위에서 맞이한 열기 가득한 밤들, 욕망처럼 입술을 바짝 마르게 하는 시로코 바람, 이탈리아의 눈부신 풍경들과 사람들의 열정."

· 46판 | 양장본 | 236쪽

## 침묵의 언어

에드워드 홀 · 최효선 옮김

시간과 공간이 말을 한다

"홀은 사람들이 언어를 사용하지 않고 서로 '이야기를 나누는' 다양한 방식을 분석하고 있다. 부지간에 행하는 인간의 모든 몸짓과 행동들."

· 신국판 | 반양장 | 288쪽

## 문화를 넘어서

에드워드 홀 · 최효선 옮김

문화의 숨겨진 차원을 초월하라

"사람들은 지금까지 자신의 생활방식만을 당연시해왔다. 이제 인류는 잃어버린 자아와 통찰력을 되찾기 위하여 문화를 넘어서는 힘든 여행을 떠나야 한다."

· 신국판 | 반양장 | 372쪽

## 생명의 춤

에드워드 홀 · 최효선 옮김

시간의 문화적 성격에 관한 인류학적 보고서

"시간은 하나의 문화가 발달하는 방식뿐만 아니라 그 문화에 속한 사람들이 세계를 체험하는 방식과도 밀접한 관련을 맺고 있다."

· 신국판 | 반양장 | 354쪽

## 숨겨진 차원
에드워드 홀 · 최효선 옮김
공간의 인류학을 위하여

"홀은 인간이 공간을 사용하는 방식이 어떻게 사적이고 업무적인 관계, 문화간의 상호작용, 건축, 등에 영향을 미칠 수 있는가를 날카롭게 관찰한다."
· 신국판 | 반양장 | 328쪽

## 문화의 수수께끼
마빈 해리스 · 박종렬 옮김
문화의 기저에 흐르는 진실은 무엇인가

"힌두교는 왜 암소를 싫어하며, 남녀불평등은 무엇에서 비롯되었으며, 그 결과는 어떤 생활양식을 만드는가? 인류의 생활양식의 근거를 분석한 탁월한 명저."
· 신국판 | 반양장 | 232쪽

## 음식문화의 수수께끼
마빈 해리스 · 서진영 옮김
기이한 음식문화에 관한 문화생태학적 보고서

"마빈 해리스의 해석을 따라 기이한 음식문화의 풍습을 하나씩 검토하다보면, 우리는 인간의 놀라운 적응력과 엄청난 다양성을 깨닫게 될 것이다."
· 신국판 | 반양장 | 328쪽

## 식인과 제왕
마빈 해리스 · 정도영 옮김
문명인의 편견과 오만을 벗겨낸다

"문명인은 원시인을 야만인이라 부른다. 야만인들은 에덴동산에서 아이들을 살해했고, 인간을 먹기 위해 전쟁을 했다. 야만 속에 감추어진 그들의 합리성이란?"
· 신국판 | 반양장 | 312쪽

## 미켈란젤로의 복수
필리프 반덴베르크 · 안인희 옮김
시스티나 천장화의 숨겨진 비밀은 무엇인가

"시스티나 성당 천장화를 보수하는 과정에서 나타난 '아불라피아'(A-B-U-L-A-F-I-A)라는 글자. 왜 천재 미켈란젤로는 이상한 단어를 그림 속에 숨겼을까?"
· 신국판 | 반양장 | 364쪽

## 레오나르도 다 빈치의 진실
필리프 반덴베르크 · 안인희 옮김
성모의 목걸이에 숨겨진 암호를 찾아라

"황산 테러를 당한 뒤에야 세상에 드러낸 보석 목걸이. 다 빈치가 알고 있었던 비밀은? 요한복음보다 먼저 쓰여진 제5복음서의 비밀이 교회에 미칠 영향은?"
· 신국판 | 반양장 | 408쪽

## 파라오의 음모
필리프 반덴베르크 · 박계수 옮김
신의 무덤을 찾아나선 추적자들의 암투

"인간으로 태어나 신으로 죽은 사나이 임호테프. 사막의 모래 속으로 영원히 사라진 그의 무덤에는 엄청난 황금과 세계를 지배하는 위대한 지혜가 있으니."
· 신국판 | 반양장 | 478쪽

## 구텐베르크의 가면
필리프 반덴베르크 · 최상안 옮김
인쇄술을 둘러싼 암투가 지중해를 붉게 물들인다

"교황청이 면죄부를 남발한다. 르네상스가 인간을 자각시킨다. 세계역사를 뒤바꾼 구텐베르크의 금속활자의 탄생. 그러나 과연 그가 금속활자를 만들었을까."
· 신국판 | 반양장 | 528쪽